EL GENERAL EN SU LABERINTO

Diseño de tapa: Claudio Arango,
realizada por Ediciones del Equilibrista, México
Fotografía: Carlos Somonte

Gabriel García Márquez

EL GENERAL EN SU LABERINTO

EDITORIAL SUDAMERICANA
BUENOS AIRES

PRIMERA EDICION
Marzo de 1989

DECIMOQUINTA EDICION
Noviembre de 1991

IMPRESO EN LA ARGENTINA

Queda hecho el depósito
que previene la ley 11.723.
© *1989, Editorial Sudamericana S.A.*
Humberto I 531, Buenos Aires.

ISBN 950-07-0551-6

© 1989, Gabriel García Márquez
Derechos exclusivos para ARGENTINA, CHILE, URUGUAY y PARAGUAY
EDITORIAL SUDAMERICANA S.A., Humberto I 531, Bs. As., Argentina
Prohibida su venta en los demás países del área idiomática de lengua castellana

*Para Álvaro Mutis, que me regaló
la idea de escribir este libro.*

Parece que el demonio dirige
las cosas de mi vida.

(Carta a Santander, 4 de agosto de 1823)

José Palacios, su servidor más antiguo, lo encontró flotando en las aguas depurativas de la bañera, desnudo y con los ojos abiertos, y creyó que se había ahogado. Sabía que ése era uno de sus muchos modos de meditar, pero el estado de éxtasis en que yacía a la deriva parecía de alguien que ya no era de este mundo. No se atrevió a acercarse, sino que lo llamó con voz sorda de acuerdo con la orden de despertarlo antes de las cinco para viajar con las primeras luces. El general emergió del hechizo, y vio en la penumbra los ojos azules y diáfanos, el cabello encrespado de color de ardilla, la majestad impávida de su mayordomo de todos los días sosteniendo en la mano el pocillo con la infusión de amapolas con goma. El general se agarró sin fuerzas de las asas de la bañera, y surgió de entre las aguas medicinales con un ímpetu de delfín que no era de esperar en un cuerpo tan desmedrado.

«Vámonós», dijo. «Volando, que aquí no nos quiere nadie».

José Palacios se lo había oído decir tantas veces y en ocasiones tan diversas, que todavía no creyó que fuera cierto, a pesar de que las recuas estaban preparadas en las caballerizas y la comitiva oficial empezaba a reunirse. Lo ayudó a secarse de cualquier modo, y le puso la ruana de los páramos sobre el cuerpo desnudo, porque la taza le castañeteaba con el temblor de las manos. Meses antes, poniéndose unos pantalones de gamuza que no usaba desde las noches babilónicas de Lima, él había descubierto que a medida que bajaba de peso iba disminuyendo de estatura. Hasta su desnudez era distinta, pues tenía el cuerpo pálido y la cabeza y las manos como achicharradas por el abuso de la intemperie. Había cumplido cuarenta y seis años el pasado mes de julio, pero ya sus ásperos rizos caribes se habían vuelto de ceniza y tenía los huesos desordenados por la decrepitud prematura, y todo él se veía tan desmerecido que no parecía capaz de perdurar hasta el julio siguiente. Sin embargo, sus ademanes resueltos parecían ser de otro menos dañado por la vida, y caminaba sin cesar alrededor de nada. Se bebió la tisana de cinco sorbos ardientes que por poco no le ampollaron la lengua, huyendo de sus propias huellas de agua en las esteras desgreñadas del piso, y fue como beberse el filtro de la resurrección. Pero no dijo una palabra mientras no sonaron las cinco en la torre de la catedral vecina.

«Sábado ocho de mayo del año de treinta, día de La Santísima Virgen, medianera de todas las gracias», anunció el mayordomo. «Está lloviendo desde las tres de la madrugada».

«Desde las tres de la madrugada del siglo diecisiete», dijo el general con la voz todavía perturbada por el aliento acre del insomnio. Y agregó en serio: «No oí los gallos».

«Aquí no hay gallos», dijo José Palacios.

«No hay nada», dijo el general. «Es tierra de infieles».

Pues estaban en Santa Fe de Bogotá, a dos mil seiscientos metros sobre el nivel del mar remoto, y la enorme alcoba de paredes áridas, expuesta a los vientos helados que se filtraban por las ventanas mal ceñidas, no era la más propicia para la salud de nadie. José Palacios puso la bacía de espuma en el mármol del tocador, y el estuche de terciopelo rojo con los instrumentos de afeitarse, todos de metal dorado. Puso la palmatoria con la vela en una repisa cerca del espejo, de modo que el general tuviera bastante luz, y acercó el brasero para que se le calentaran los pies. Después le dio unas antiparras de cristales cuadrados con una armazón de plata fina, que llevaba siempre para él en el bolsillo del chaleco. El general se las puso y se afeitó gobernando la navaja con igual destreza de la mano izquierda como de la derecha, pues era ambidiestro natural, y con un dominio asombroso del mismo pulso que minutos antes no le había servido para sostener la taza. Terminó afeitándose a ciegas sin dejar de dar vueltas por el cuarto, pues procuraba verse en el espejo lo menos posible para no encontrarse con sus propios ojos. Luego se arrancó a tirones los pelos de la nariz y las orejas, se pulió los dientes perfectos con polvo de carbón en un cepillo de seda con mango de plata, se cortó y se pulió las uñas de las manos y los pies, y por último se quitó la ruana y se vació encima un frasco grande de agua de colonia, dándose fricciones con ambas manos en el cuerpo entero hasta quedar exhausto. Aquella madrugada oficiaba la misa diaria de la limpieza con una sevicia más frenética que la habitual, tratando de purificar el cuerpo y el ánima de veinte años de guerras inútiles y desengaños de poder.

La última visita que recibió la noche anterior fue

la de Manuela Sáenz, la aguerrida quiteña que lo amaba, pero que no iba a seguirlo hasta la muerte. Se quedaba, como siempre, con el encargo de mantener al general bien informado de todo cuanto ocurriera en ausencia suya, pues hacía tiempo que él no confiaba en nadie más que en ella. Le dejaba en custodia algunas reliquias sin más valor que el de haber sido suyas, así como algunos de sus libros más preciados y dos cofres de sus archivos personales. El día anterior, durante la breve despedida formal, le había dicho: «Mucho te amo, pero más te amaré si ahora tienes más juicio que nunca». Ella lo entendió como otro homenaje de los tantos que él le había rendido en ocho años de amores ardientes. De todos sus conocidos ella era la única que lo creía: esta vez era verdad que se iba. Pero también era la única que tenía al menos un motivo cierto para esperar que volviera.

No pensaban verse otra vez antes del viaje. Sin embargo, la dueña de casa quiso darles el regalo de un último adiós furtivo, e hizo entrar a Manuela vestida de jineta por el portón de los establos burlando los prejuicios de la beata comunidad local. No porque fueran amantes clandestinos, pues lo eran a plena luz y con escándalo público, sino por preservar a toda costa el buen nombre de la casa. Él fue aún más timorato, pues le ordenó a José Palacios que no cerrara la puerta de la sala contigua, que era un paso obligado de la servidumbre doméstica, y donde los edecanes de guardia jugaron a las barajas hasta mucho después que terminó la visita.

Manuela le leyó durante dos horas. Había sido joven hasta hacía poco tiempo, cuando sus carnes empezaron a ganarle a su edad. Fumaba una cachimba de marinero, se perfumaba con agua de verbena que era una loción de militares, se vestía de hombre y andaba entre soldados, pero su voz afónica seguía siendo buena para las penumbras del amor. Leía a la luz escasa de la palmatoria, sentada en un sillón que aún tenía el escudo de armas del último virrey, y él la escuchaba tendido bocarriba en la cama, con la ropa civil de estar en casa y cubierto con la ruana de vicuña. Sólo por el ritmo de la respiración se sabía que no estaba dormido. El libro se llamaba *Lección de noticias y rumores que corrieron por Lima en el año de gracia de 1826*, del peruano Noé Calzadillas, y ella lo leía con unos énfasis teatrales que le iban muy bien al estilo del autor.

Durante la hora siguiente no se oyó nada más que su voz en la casa dormida. Pero después de la última ronda estalló de pronto una carcajada unánime de muchos hombres, que alborotó a los perros de la cuadra. Él abrió los ojos, menos inquieto que intrigado, y ella cerró el libro en el regazo, marcando la página con el pulgar.

«Son sus amigos», le dijo.

«No tengo amigos», dijo él. «Y si acaso me quedan algunos ha de ser por poco tiempo».

«Pues están ahí afuera, velando para que no lo maten», dijo ella.

Fue así como el general se enteró de lo que toda la ciudad sabía: no uno sino varios atentados se estaban fraguando contra él, y sus últimos partidarios aguardaban en la casa para tratar de impedirlos. El zaguán y los corredores en torno del jardín interior estaban tomados por los húsares y granaderos, todos venezolanos, que iban a acompañarlo hasta el puerto de Cartagena de Indias, donde debía abordar un velero para

Europa. Dos de ellos habían tendido sus petates para acostarse de través frente a la puerta principal de la alcoba, y los edecanes iban a seguir jugando en la sala contigua cuando Manuela acabara de leer, pero los tiempos no eran para estar seguros de nada en medio de tanta gente de tropa de origen incierto y diversa calaña. Sin inmutarse por las malas noticias, él le ordenó a Manuela con un gesto de la mano que siguiera leyendo.

Siempre tuvo a la muerte como un riesgo profesional sin remedio. Había hecho todas sus guerras en la línea de peligro, sin sufrir ni un rasguño, y se movía en medio del fuego contrario con una serenidad tan insensata que hasta sus oficiales se conformaron con la explicación fácil de que se creía invulnerable. Había salido ileso de cuantos atentados se urdieron contra él, y en varios salvó la vida porque no estaba durmiendo en su cama. Andaba sin escolta, y comía y bebía sin ningún cuidado de lo que le ofrecían donde fuera. Sólo Manuela sabía que su desinterés no era inconciencia ni fatalismo, sino la certidumbre melancólica de que había de morir en su cama, pobre y desnudo, y sin el consuelo de la gratitud pública.

El único cambio notable que hizo en los ritos del insomnio aquella noche de vísperas, fue no tomar el baño caliente antes de meterse en la cama. José Palacios se lo había preparado desde temprano con agua de hojas medicinales para recomponer el cuerpo y facilitar la expectoración, y lo mantuvo a buena temperatura para cuando él lo quisiera. Pero no lo quiso. Se tomó dos píldoras laxantes para su estreñimiento habitual, y se dispuso a dormitar al arrullo de los chismes galantes de Lima. De pronto, sin causa aparente, lo acometió un acceso de tos que pareció estremecer los estribos de la casa. Los oficiales que jugaban en la sala contigua se quedaron en suspenso. Uno de ellos, el irlandés Belford Hinton Wilson, se asomó al dormitorio por si lo requerían, y vio al general atravesado bocabajo en la cama, tratando de vomitar las entrañas. Manuela le sostenía la cabeza sobre la bacinilla. José Palacios, el único autorizado para entrar en el dormitorio sin tocar, permaneció junto a la cama en estado de alerta hasta que la crisis pasó. Entonces el general respiró a fondo con los ojos llenos de lágrimas, y señaló hacia el tocador.

«Es por esas flores de panteón», dijo.

Como siempre, pues siempre encontraba algún culpable imprevisto de sus desgracias. Manuela, que lo conocía mejor que nadie, le hizo señas a José Palacios para que se llevara el florero con los nardos marchitos de la mañana. El general volvió a tenderse en la cama con los ojos cerrados, y ella reanudó la lectura en el mismo tono de antes. Sólo cuando le pareció que él se había dormido puso el libro en la mesa de noche, le dio un beso en la frente abrasada por la fiebre, y le susurró a José Palacios que desde las seis de la mañana estaría para una última despedida en el sitio de Cuatro Esquinas, donde empezaba el camino real de Honda. Luego se embozó con una capa de campaña y salió en puntillas del dormitorio. Entonces el general abrió los ojos y le dijo con voz tenue a José Palacios:

«Dile a Wilson que la acompañe hasta su casa».

La orden se cumplió contra la voluntad de Manuela, que se creía capaz de acompañarse sola mejor que con un piquete de lanceros. José Palacios la precedió con un candil hasta los establos, en torno de un jardín interior con una fuente de piedra, donde empezaban a florecer los primeros nardos de la madrugada. La lluvia hizo una pausa y el viento dejó de silbar entre los árboles, pero no había ni una estrella en el cielo helado. El coronel Belford Wilson iba repitiendo el santo y seña de la noche para tranquilizar a los centinelas tendidos en las esteras del corredor. Al pasar frente a la ventana de la sala principal, José Palacios vio al dueño de casa sirviendo el café al grupo de amigos, militares y civiles, que se aprestaban para velar hasta el momento de la partida.

Cuando volvió a la alcoba encontró al general a merced del delirio. Le oyó decir frases descosidas que cabían en una sola: «Nadie entendió nada». El cuerpo ardía en la hoguera de la calentura, y soltaba unas ventosidades pedregosas y fétidas. El mismo general no sabría decir al día siguiente si estaba hablando dormido o desvariando despierto, ni podría recordarlo. Era lo que él llamaba "mis crisis de demencia". Que ya no alarmaban a nadie, pues hacía más de cuatro años que las padecía, sin que ningún médico se hubiera arriesgado a intentar alguna explicación científica, y al día siguiente se le veía resurgir de sus cenizas con la razón intacta. José Palacios lo envolvió en una manta, dejó el candil encendido en el mármol del tocador, y salió del cuarto sin cerrar la puerta para seguir velando en la sala contigua. Sabía que él se restablecería a cualquier hora del amanecer, y se metería en las aguas yertas de la bañera tratando de restaurar las fuerzas estragadas por el horror de las pesadillas.

Era el final de una jornada fragorosa. Una guarnición de setecientos ochenta y nueve húsares y granaderos se había sublevado, con el pretexto de reclamar el pago de tres meses de sueldos atrasados. La razón de verdad fue otra: la mayoría de ellos era de Venezuela, y muchos habían hecho las guerras de liberación de cuatro naciones, pero en las semanas recientes habían sido víctimas de tantos vituperios y tantas provocaciones callejeras, que tenían motivos para temer por su suerte después de que el general saliera del país. El conflicto se arregló mediante el pago de los viáticos y mil pesos oro, en vez de los setenta mil que los insurrectos pedían, y éstos habían desfilado al atardecer hacia su tierra de origen, seguidos por una turbamulta de mujeres de carga, con sus niños y sus animales caseros. El estrépito de los bombos y los cobres marciales no alcanzó a acallar la gritería de las turbas que les azuzaban perros y les tiraban ristras de buscapiés para discordarles el paso, como no lo hicieron nunca con una tropa enemiga. Once años antes, al cabo de tres siglos largos de dominio español, el feroz virrey don Juan Sámano había huido por esas mismas calles disfrazado de peregrino, pero con sus baúles repletos de ídolos de oro y esmeraldas sin desbravar, tucanes sagrados, vidrieras radiantes de mariposas de Muzo, y no faltó quien lo llorara desde los balcones y le tirara una flor y le deseara de todo corazón mar tranquila y próspero viaje.

El general había participado en secreto en la negociación del conflicto, sin moverse de la casa donde vivía de prestado, que era la del ministro de guerra y marina, y al final había mandado con la tropa rebelde al general José Laurencio Silva, su sobrino político y ayudante de gran confianza, como prenda de que no habría nuevos disturbios hasta la frontera de Venezuela. No vio el desfile bajo su balcón, pero había oído los clarines y los redoblantes, y el barullo de la gente amontonada en la calle, cuyos gritos no alcanzó a entender. Les dio tan poca importancia, que mientras tanto revisó con sus amanuenses la correspondencia atrasada, y dictó una carta para el Gran Mariscal don Andrés de Santa Cruz, presidente de Bolivia, en la cual le anunciaba su retiro del poder, pero no se mostraba muy seguro de que su viaje fuera para el exterior. «No escribiré una carta más en el resto de mi vida», dijo al terminarla. Más tarde, mientras sudaba la fiebre de la siesta, se le metieron en el sueño los clamores de tumultos distantes, y despertó sobrecogido por un reguero de petardos que lo mismo podían ser de insurgentes que de polvoreros. Pero cuando lo preguntó le contestaron que era la fiesta. Así no más: «Es la fiesta, mi general». Sin que nadie, ni el mismo José Palacios, se hubiera atrevido a explicarle qué fiesta sería.

Sólo cuando Manuela se lo contó en la visita de la noche supo que eran las gentes de sus enemigos políticos, los del partido demagogo, como él decía, que andaban por la calle alborotando contra él a los gremios de artesanos, con la complacencia de la fuerza pública. Era viernes, día de mercado, lo cual hizo más fácil el desorden en la plaza mayor. Una lluvia más recia que la de costumbre, con relámpagos y truenos, dispersó a los revoltosos al anochecer. Pero el daño estaba hecho. Los estudiantes del colegio de San Bartolomé se habían tomado por asalto las oficinas de la corte suprema de justicia para forzar un juicio público contra el general, y habían destrozado a bayoneta y tirado por el balcón un retrato suyo de tamaño natural, pintado al óleo por un antiguo abanderado del ejército libertador. Las turbas borrachas de chicha habían saqueado las tiendas de la Calle Real y las cantinas de los suburbios que no cerraron a tiempo, y fusilaron en la plaza mayor a un general de almohadas de aserrín que no necesitaba la casaca azul con botones de oro para que todo el mundo lo reconociera. Lo acusaban de ser el promotor oculto de la desobediencia militar, en un intento tardío de recuperar el poder que el congreso le había quitado por voto unánime al cabo de doce años de ejercicio continuo. Lo acusaban de querer la presidencia vitalicia para dejar en su lugar a un príncipe europeo. Lo acusaban de estar fingiendo un viaje al exterior, cuando en realidad se iba para la frontera de Venezuela, desde donde planeaba regresar para tomarse el poder al frente de las tropas insurgentes. Las paredes públicas estaban tapizadas de papeluchas, que era el nombre popular de los pasquines de injurias que se imprimían contra él, y sus partidarios más notorios permanecieron escondidos en casas ajenas hasta que se apaciguaron los ánimos. La prensa adicta al general Francisco de Paula Santander, su enemigo principal, había hecho suyo el rumor de que su enfermedad incierta pregonada con tanto ruido, y los alardes machacones de que se iba, eran simples artimañas políticas para que le rogaran que no se fuera. Esa noche, mientras Manuela Sáenz le contaba los pormenores de la jornada borrascosa, los soldados del presidente interino trataban de borrar en la pared del palacio arzobispal un letrero escrito con carbón: ''Ni se va ni se muere''. El general exhaló un suspiro.

«Muy mal deben andar las cosas», dijo, «y yo peor que las cosas, para que todo esto hubiera ocurrido a una cuadra de aquí y me hayan hecho creer que era una fiesta».

La verdad era que aun sus amigos más íntimos no

21

creían que se iba, ni del poder ni del país. La ciudad era demasiado pequeña y su gente demasiado cominera para no conocer las dos grandes grietas de su viaje incierto: que no tenía dinero suficiente para llegar a ninguna parte con un séquito tan numeroso, y que habiendo sido presidente de la república no podía salir del país antes de un año sin un permiso del gobierno, y ni siquiera había tenido la malicia de solicitarlo. La orden de hacer el equipaje, que él dio de un modo ostensible para ser oído por quien quisiera, no fue entendida como una prueba terminante ni por el mismo José Palacios, pues en otras ocasiones había llegado hasta el extremo de desmantelar una casa para fingir que se iba, y siempre fue una maniobra política certera. Sus ayudantes militarcs sentían que los síntomas del desencanto eran demasiado evidentes en el último año. Sin embargo, otras veces había ocurrido, y el día menos pensado lo veían despertar con un ánimo nuevo, y retomar el hilo de la vida con más ímpetus que antes. José Palacios, que siempre siguió de cerca estos cambios imprevisibles, lo decía a su manera: «Lo que mi señor piensa, sólo mi señor lo sabe».

Sus renuncias recurrentes estaban incorporadas al cancionero popular, desde la más antigua, que anunció con una frase ambigua en el mismo discurso con que asumió la presidencia: ''Mi primer día de paz será el último del poder''. En los años siguientes volvió a renunciar tantas veces, y en circunstancias tan disímiles, que nunca más se supo cuándo era cierto. La más ruidosa de todas había sido dos años antes, la noche del 25 de septiembre, cuando escapó ileso de una conjura para asesinarlo dentro del dormitorio mismo de la casa de gobierno. La comisión del congreso que lo visitó en la madrugada, después de que él pasó seis horas sin abrigo debajo de un puente, lo encontró envuelto en una manta de lana y con los pies en un platón de agua caliente, pero no tan postrado por la fiebre como por la desilusión. Les anunció que la conjura no sería investigada, que nadie sería procesado, y que el congreso previsto para el Año Nuevo se reuniría de inmediato para elegir otro presidente de la república.

«Después de eso», concluyó, «yo abandonaré Colombia para siempre».

Sin embargo, la investigación se hizo, se juzgó a los culpables con un código de hierro, y catorce fueron fusilados en la plaza mayor. El congreso constituyente del 2 de enero no se reunió hasta dieciséis meses después, y nadie volvió a hablar de la renuncia. Pero no hubo por esa época visitante extranjero, ni contertulio casual ni amigo de paso a quien él no le hubiera dicho: «Me voy para donde me quieran».

Las noticias públicas de que estaba enfermo de muerte no se tenían tampoco como un indicio válido de que se iba. Nadie dudaba de sus males. Al contrario, desde su último regreso de las guerras del sur, todo el que lo vio pasar bajo los arcos de flores se quedó con el asombro de que sólo venía para morir. En vez de Palomo Blanco, su caballo histórico, venía montado en una mula pelona con gualdrapas de estera, con los cabellos encanecidos y la frente surcada de nubes errantes, y tenía la casaca sucia y con una manga descosida. La gloria se le había salido del cuerpo. En la velada taciturna que le ofrecieron esa noche en la casa de gobierno permaneció acorazado dentro de sí mismo, y nunca se supo si fue por perversidad política o por simple descuido que saludó a uno de sus ministros con el nombre de otro.

No bastaban sus aires de postrimerías para que creyeran que se iba, pues desde hacía seis años se decía que estaba muriéndose, y sin embargo conservaba entera su disposición de mando. La primera noticia la había llevado un oficial de la marina británica que lo vio por casualidad en el desierto de Pativilca, al norte de Lima, en plena guerra por la liberación del sur. Lo encontró tirado en el suelo de una choza miserable improvisada como cuartel general, envuelto en un capote de barragán y con un trapo amarrado en la cabeza, porque no soportaba el frío de los huesos en el infierno del mediodía, y sin fuerzas siquiera para espantar las gallinas que picoteaban en torno suyo. Después de una conversación difícil, atravesada por ráfagas de demencia, despidió al visitante con un dramatismo desgarrador:

«Vaya y cuéntele al mundo cómo me vio morir, cagado de gallinas en esta playa inhóspita», dijo.

Se dijo que su mal era un tabardillo causado por los soles mercuriales del desierto. Se dijo después que estaba agonizando en Guayaquil, y más tarde en Quito, con una fiebre gástrica cuyo signo más alarmante era un desinterés por el mundo y una calma absoluta del espíritu. Nadie supo qué fundamentos científicos tenían estas noticias, pues él fue siempre contrario a la ciencia de los médicos, y se diagnosticaba y recetaba a sí mismo basado en *La médecine à votre manière*, de Donostierre, un manual francés de remedios caseros que José Palacios le llevaba a todas partes, como un oráculo para entender y curar cualquier trastorno del cuerpo o del alma.

En todo caso, no hubo una agonía más fructífera que la suya. Pues mientras se pensaba que muriera en Pativilca, atravesó una vez más las crestas andinas, venció en Junín, completó la liberación de toda la América española con la victoria final de Ayacucho, creó la república de Bolivia, y todavía fue feliz en Lima como nunca lo había sido ni volvería a serlo jamás con la embriaguez de la gloria. De modo que los anuncios repetidos de que por fin se iba del poder y del país porque estaba enfermo, y los actos formales que parecían confirmarlo, no eran sino repeticiones viciosas de un drama demasiado visto para ser creído.

Pocos días después del regreso, al final de un agrio consejo de gobierno, tomó del brazo al mariscal Antonio José de Sucre. «Usted se queda conmigo», le dijo. Lo condujo al despacho privado, donde sólo recibía a muy pocos elegidos, y casi lo obligó a sentarse en su sillón personal.

«Ese lugar es ya más suyo que mío», le dijo.

El Gran Mariscal de Ayacucho, su amigo entrañable, conocía a fondo el estado del país, pero el general le hizo un recuento detallado antes de llegar a sus propósitos. En breves días había de reunirse el congreso constituyente para elegir al presidente de la república y aprobar una nueva constitución, en una tentativa tardía de salvar el sueño dorado de la integridad continental. El Perú, en poder de una aristocracia regresiva, parecía irrecuperable. El general Andrés de Santa Cruz se llevaba a Bolivia de cabestro por un rumbo propio. Venezuela, bajo el imperio del general José Antonio Páez, acababa de proclamar su autonomía. El general Juan José Flores, prefecto general del sur, había unido a Guayaquil y Quito para crear la república independiente del Ecuador. La república de Colombia, primer embrión de una patria inmensa y unánime, estaba reducida al antiguo virreinato de la Nueva Granada. Dieciséis millones de americanos iniciados apenas en la vida libre quedaban al albedrío de sus caudillos locales.

«En suma», concluyó el general, «todo lo que hemos hecho con las manos lo están desbaratando los otros con los pies».

«Es una burla del destino», dijo el mariscal Sucre. «Tal parece como si hubiéramos sembrado tan hondo el ideal de la independencia, que estos pueblos están tratando ahora de independizarse los unos de los otros».

El general reaccionó con una gran vivacidad.

«No repita las canalladas del enemigo», dijo, «aun si son tan certeras como ésa».

El mariscal Sucre se excusó. Era inteligente, ordenado, tímido y supersticioso, y tenía una dulzura del semblante que las viejas cicatrices de la viruela no habían logrado disminuir. El general, que tanto lo quería, había dicho de él que fingía ser modesto sin serlo. Fue héroe en Pichincha, en Tumusla, en Tarqui, y apenas cumplidos los veintinueve años había comandado la gloriosa batalla de Ayacucho que liquidó el último reducto español en la América del Sur. Pero más que por estos méritos estaba señalado por su buen corazón en la victoria, y por su talento de estadista. En aquel momento había renunciado a todos sus cargos, y andaba sin ínfulas militares de ninguna clase, con un sobretodo de paño negro, largo hasta los tobillos, y siempre con el cuello levantado para protegerse mejor de las cuchillas de vientos glaciales de los cerros vecinos. Su único compromiso con la nación, y el último, según sus deseos, era participar como diputado por Quito en el congreso constituyente. Había cumplido treinta y cinco años, tenía una salud de piedra, y estaba loco de amor por doña Mariana Carcelén, marquesa de Solanda, una hermosa y traviesa quiteña casi adolescente, con quien se había casado por poder dos años antes, y con quien tenía una hija de seis meses.

El general no podía imaginarse a nadie mejor calificado que él para sucederlo en la presidencia de la república. Sabía que le faltaban todavía cinco años para la edad reglamentaria, por una limitación constitucional impuesta por el general Rafael Urdaneta para cerrarle el paso. Sin embargo, el general estaba haciendo diligencias confidenciales para enmendar la enmienda.

«Acepte usted», le dijo, «y yo me quedaré como generalísimo, dando vueltas alrededor del gobierno como un toro alrededor de un rebaño de vacas».

Tenía el aspecto desfallecido, pero su determinación era convincente. Sin embargo, el mariscal sabía desde hacía tiempo que nunca sería suyo el sillón en que estaba sentado. Poco antes, cuando se le planteó por primera vez la posibilidad de ser presidente, había dicho que nunca gobernaría una nación cuyo sistema y cuyo rumbo eran cada vez más azarosos. En su opinión, el primer paso para la purificación era apartar del poder a los militares, y quería proponer al congreso que ningún general pudiera ser presidente en los próximos cuatro años, tal vez con el propósito de cerrarle el paso a Urdaneta. Pero los opositores más fuertes de esta enmienda serían los más fuertes: los mismos generales.

«Yo estoy demasiado cansado para trabajar sin brújula», dijo Sucre. «Además, Su Excelencia sabe tan bien

27

como yo que aquí no hará falta un presidente sino un domador de insurrecciones».

Asistiría al congreso constituyente, por supuesto, e incluso aceptaría el honor de presidirlo si le fuera ofrecido. Pero nada más. Catorce años de guerras le habían enseñado que no había victoria mayor que la de estar vivo. La presidencia de Bolivia, el país vasto e ignoto que había fundado y gobernado con mano sabia, le enseñó las veleidades del poder. La inteligencia de su corazón le había enseñado la inutilidad de la gloria. «De modo que no, Excelencia», concluyó. El 13 de junio, día de san Antonio, había de estar en Quito con su esposa y su hija, para celebrar con ellas no sólo aquel onomástico sino todos los que le deparara el porvenir. Pues su determinación de vivir para ellas, y sólo para ellas en los goces del amor, estaba tomada desde la Navidad reciente.

«Es todo cuanto le pido a la vida», dijo.

El general estaba lívido. «Yo pensaba que ya no podía sorprenderme de nada», dijo. Y lo miró a los ojos:

«¿Es su última palabra?»

«Es la penúltima», dijo Sucre. «La última es mi eterna gratitud por las bondades de Su Excelencia».

El general se dio una palmada en el muslo para despertarse a sí mismo de un sueño irredimible.

«Bueno», dijo. «Usted acaba de tomar por mí la decisión final de mi vida».

Aquella noche redactó su renuncia bajo el efecto desmoralizador de un vomitivo que le prescribió un médico ocasional para tratar de calmarle la bilis. El 20 de enero instaló el congreso constituyente con un discurso de adioses en el cual elogió a su presidente, el mariscal Sucre, como el más digno de los generales. El elogio arrancó una ovación al congreso, pero un diputado que estaba cerca de Urdaneta le murmuró al oído: «Quiere decir que hay un general más digno que usted». La frase del general, y la perversidad del diputado, se quedaron como dos clavos ardientes en el corazón del general Rafael Urdaneta.

Era justo. Si bien Urdaneta no tenía los inmensos méritos militares de Sucre, ni su gran poder de seducción, no había razón para pensar que fuera menos digno. Su serenidad y su constancia habían sido exaltadas por el propio general, su fidelidad y su afecto por él estaban más que probados, y era uno de los pocos hombres de este mundo que se atrevía a cantarle en la cara las verdades que temía conocer. Consciente de su descuido, el general trató de enmendarlo en las pruebas de imprenta, y en lugar de ''el más digno de los generales'', corrigió de su puño y letra: ''uno de los más dignos''. El remiendo no mitigó el rencor.

Días más tarde, en una reunión del general con diputados amigos, Urdaneta lo acusó de fingir que se iba mientras trataba en secreto de que lo reeligieran. Tres años antes, el general José Antonio Páez se había tomado el poder por la fuerza en el departamento de Venezuela, en una primera tentativa de separarlo de Colombia. El general fue entonces a Caracas, se reconcilió con Páez en un abrazo público entre cantos de júbilo y repiques de campanas, y le fabricó sobre medidas un régimen de excepción que le permitía mandar a su antojo. «Ahí empezó el desastre», dijo Urdaneta. Pues aquella complacencia no sólo había acabado de envenenar las relaciones con los granadinos, sino que los contaminó con el germen de la separación. Ahora, concluyó Urdaneta, el mejor servicio que el general podía prestarle a la patria era renunciar sin más dilaciones al vicio de mandar, y salir del país. El general replicó con igual vehemencia. Pero Urdaneta era un hombre íntegro, con un verbo fácil y ardiente, y dejó en todos la impresión de haber asistido a la ruina de una grande y vieja amistad.

El general reiteró su renuncia, y designó a don Domingo Caycedo como presidente interino mientras el congreso elegía al titular. El primero de marzo abandonó la casa de gobierno por la puerta de servicio para no encontrarse con los invitados que estaban agasajando a su sucesor con una copa de champaña, y se fue en una carroza ajena para la quinta de Fucha, un remanso idílico en las goteras de la ciudad, que el presidente provisional le había prestado. La sola certidumbre de no ser más que un ciudadano corriente agravó los estragos del vomitivo. Le pidió a José Palacios, soñando despierto, que le dispusiera los medios para empezar a escribir sus memorias. José Palacios le llevó tinta y papel de sobra para cuarenta años de recuerdos, y él previno a Fernando, su sobrino y amanuense, para que le prestara sus buenos oficios desde el lunes siguiente a las cuatro de la madrugada, que era su hora más propicia para pensar con los rencores en carne viva. Según le dijo muchas veces al sobrino, quería empezar por su recuerdo más antiguo, que era un sueño que tuvo en la hacienda de San Mateo, en Venezuela, poco después de cumplir los tres años. Soñó que una mula negra con la dentadura de oro se había metido en la casa y la había recorrido desde el salón principal hasta las despensas, comiéndose sin prisa todo lo que encontró a su paso mientras la familia y los esclavos hacían la siesta, hasta que acabó de comerse las cortinas, las alfombras, las lámparas, los floreros, las vajillas y cubiertos del comedor, los santos de los altares, los roperos y los arcones con todo lo que tenían dentro, las ollas de las cocinas, las puertas y ventanas con sus goznes y aldabas y todos los muebles desde el pórtico hasta los dormitorios, y lo único que dejó intacto, flotando en su espacio, fue el óvalo del espejo del tocador de su madre.

Pero se sintió tan bien en la casa de Fucha, y el aire era tan tenue bajo el cielo de nubes veloces, que no volvió a hablar de las memorias, sino que aprovechaba los amaneceres para caminar por los senderos perfumados de la sabana. Quienes lo visitaron en los días siguientes tuvieron la impresión de que se había repuesto. Sobre todo los militares, sus amigos más fieles, que lo instaban a permanecer en la presidencia aunque fuera por un golpe de cuartel. Él los desalentaba con el argumento de que el poder de la fuerza era indigno de su gloria, pero no parecía descartar la esperanza de ser confirmado por la decisión legítima del congreso. José Palacios repetía: «Lo que mi señor piensa, sólo mi señor lo sabe».

Manuela seguía viviendo a pocos pasos del palacio de San Carlos, que era la casa de los presidentes, con el oído atento a las voces de la calle. Aparecía en Fucha dos o tres veces por semana, y más si había algo urgente, cargada de mazapanes y dulces calientes de los conventos, y barras de chocolate con canela para la merienda de las cuatro. Raras veces llevaba los periódicos, porque el general se había vuelto tan susceptible a la crítica que cualquier reparo banal podía sacarlo de quicio. En cambio le refería la letra menuda de la política, las perfidias de salón, los augurios de los mentideros, y él tenía que escucharlos con las tripas torcidas aunque le fueran adversos, pues ella era la única persona a quien le permitía la verdad. Cuando no tenían mucho que decirse revisaban la correspondencia, o ella le leía, o jugaban a las barajas con los edecanes, pero siempre almorzaban solos.

Se habían conocido en Quito ocho años antes, en el baile de gala con que se celebró la liberación, cuando ella era todavía la esposa del doctor James Thorne, un caballero inglés implantado en la aristocracia de Lima en los últimos tiempos del virreinato. Además de ser la última mujer con quien él mantuvo un amor continuado desde la muerte de su esposa, veintisiete años antes, era también su confidente, la guardiana de sus archivos y su lectora más emotiva, y estaba asimilada a su estado mayor con el grado de coronela. Lejos quedaban los tiempos en que ella había estado a punto de mutilarle una oreja de un mordisco en un pleito de celos, pero sus diálogos más triviales solían culminar todavía con los estallidos de odio y las capitulaciones tiernas de los grandes amores. Manuela no se quedaba a dormir. Se iba con tiempo bastante para que no la sorprendiera la noche en el camino, sobre todo en aquella estación de atardeceres fugaces.

Al contrario de lo que ocurría en la quinta de La Magdalena, en Lima, donde él tenía que inventarse pretextos para mantenerla lejos mientras folgaba con damas de alcurnia, y con otras que no lo eran tanto, en la quinta de Fucha daba muestras de no poder vivir sin ella. Se quedaba contemplando el camino por donde debía llegar, exasperaba a José Palacios preguntándole la hora a cada instante, pidiéndole que cambiara el sillón de lugar, que atizara la chimenea, que la apagara, que la encendiera otra vez, impaciente y de mal humor, hasta que veía aparecer el coche por detrás de las lomas y se le iluminaba la vida. Pero daba muestras de igual ansiedad cuando la visita se prolongaba más de lo previsto. A la hora de la siesta se metían en la cama sin cerrar la puerta, sin desvestirse y sin dormir, y más de una vez incurrieron en el error de intentar un último amor, pues él no tenía ya suficiente cuerpo para complacer a su alma, y se negaba a admitirlo.

Su insomnio tenaz dio muestras de desorden por aquellos días. Se quedaba dormido a cualquier hora en mitad de una frase mientras dictaba la correspondencia, o en una partida de barajas, y él mismo no sabía muy bien si eran ráfagas de sueño o desmayos fugaces, pero tan pronto como se acostaba se sentía deslumbrado por una crisis de lucidez. Apenas si lograba conciliar un medio sueño cenagoso al amanecer, hasta que volvía a despertarlo el viento de la paz entre los árboles. Entonces no resistía la tentación de aplazar el dictado de sus memorias una mañana más, para hacer una caminata solitaria que a veces se prolongaba hasta la hora del almuerzo.

Se iba sin escolta, sin los dos perros fieles que a veces lo acompañaron hasta en los campos de batalla, sin ninguno de sus caballos épicos que ya habían sido vendidos al batallón de los húsares para aumentar los dineros del viaje. Se iba hasta el río cercano por sobre la colcha de hojas podridas de las alamedas interminables, protegido de los vientos helados de la sabana con el poncho de vicuña, las botas forradas por dentro de lana viva, y el gorro de seda verde que antes usaba sólo para dormir. Se sentaba largo rato a cavilar frente al puentecito de tablas sueltas, bajo la sombra de los sauces desconsolados, absorto en los rumbos del agua que alguna vez comparó con el destino de los hombres, en un símil retórico muy propio de su maestro de la juventud, don Simón Rodríguez. Uno de sus escoltas lo seguía sin dejarse ver, hasta que regresaba ensopado de rocío, y con un hilo de aliento que apenas si le alcanzaba para la escalinata del portal, maciliento y atolondrado, pero con unos ojos de loco feliz. Se sentía tan bien en aquellos paseos de evasión, que los guardianes escondidos lo oían entre los árboles cantando canciones de soldados como en los años de sus glorias legendarias y sus derrotas homéricas. Quienes lo conocían mejor se preguntaban por la razón de su buen ánimo, si hasta la propia Manuela dudaba de que fuera confirmado una vez más para la presidencia de la república por un congreso constituyente que él mismo había calificado de admirable.

El día de la elección, durante el paseo matinal, vio un lebrel sin dueño retozando entre los setos con las codornices. Le lanzó un silbido de rufián, y el animal se detuvo en seco, lo buscó con las orejas erguidas, y lo descubrió con la ruana casi a rastras y el gorro de pontífice florentino, abandonado de la mano de Dios entre las nubes raudas y la llanura inmensa. Lo husmeó a fondo, mientras él le acariciaba la pelambre con la yema de los dedos, pero luego se apartó de golpe, lo miró a los ojos con sus ojos de oro, emitió un gruñido de recelo y huyó espantado. Persiguiéndolo por un sendero desconocido, el general se encontró sin rumbo en un suburbio de callecitas embarradas y casas de adobe con tejados rojos, en cuyos patios se alzaba el vapor del ordeño. De pronto, oyó el grito:

«¡Longanizo!»

No tuvo tiempo de esquivar una bosta de vaca que le arrojaron desde algún establo y se le reventó en mitad del pecho y alcanzó a salpicarle la cara. Pero fue el grito, más que la explosión de boñiga, lo que lo despertó del estupor en que se encontraba desde que abandonó la casa de los presidentes. Conocía el apodo que le habían puesto los granadinos, que era el mismo de un loco de la calle famoso por sus uniformes de utilería. Hasta un senador de los que se decían liberales lo había llamado así en el congreso, en ausencia suya, y sólo dos se habían levantado para protestar. Pero nunca lo había sentido en carne viva. Empezó a limpiarse la cara con el borde de la ruana, y no había terminado cuando el custodio que lo seguía sin ser visto surgió de entre los árboles con la espada desnuda para castigar la afrenta. Él lo abrasó con un destello de cólera.

«¿Y usted qué carajos hace aquí?», le preguntó.

El oficial se cuadró.

«Cumplo órdenes, Excelencia».

«Yo no soy excelencia suya», replicó él.

Lo despojó de sus cargos y sus títulos con tanta saña, que el oficial se consideró bien servido de que ya no tuviera poder para una represalia más feroz. Hasta a José Palacios, que tanto lo entendía, le costó trabajo entender su rigor.

Fue un mal día. Pasó la mañana dando vueltas en la casa con la misma ansiedad con que esperaba a Manuela, pero a nadie se le ocultó que esta vez no agonizaba por ella sino por las noticias del congreso. Trataba de calcular minuto a minuto los pormenores de la sesión. Cuando José Palacios le contestó que eran las diez, dijo: «Por mucho que quieran rebuznar los demagogos ya deben haber empezado la votación». Después, al final de una larga reflexión, se preguntó en voz alta: «¿Quién puede saber lo que piensa un hombre como Urdaneta?» José Palacios sabía que el general lo sabía, porque Urdaneta no había cesado de pregonar por todas partes los motivos y el tamaño de su resentimiento. En un momento en que José Palacios volvió a pasar, el general le preguntó al descuido: «¿Por quién crees que votará Sucre?» José Palacios sabía tan bien como él que el mariscal Sucre no podía votar, porque había viajado por esos días a Venezuela junto con el obispo de Santa Marta, monseñor José María Estévez, en una misión del congreso para negociar los términos de la separación. Así que no se detuvo para contestar: «Usted lo sabe mejor que nadie, señor». El general sonrió por primera vez desde que regresó del paseo abominable.

A pesar de su apetito errático, casi siempre se sentaba a la mesa antes de las once para comer un huevo tibio con una copa de oporto, o para picotear la pezuña del queso, pero aquel día se quedó vigilando el camino desde la terraza mientras los otros almorzaban, y estuvo tan absorto que ni José Palacios se atrevió a importunarlo. Pasadas las tres se incorporó de un salto, al percibir el trote de las mulas antes de que apareciera por las lomas el carruaje de Manuela. Corrió a recibirla, abrió la puerta para ayudarla a bajar, y desde el momento en que le vio la cara conoció la noticia. Don Joaquín Mosquera, primogénito de una casa ilustre de Popayán, había sido electo presidente de la república por decisión unánime.

Su reacción no fue de rabia ni de desengaño, sino de asombro, pues él mismo había sugerido al congreso el nombre de don Joaquín Mosquera, seguro de que no aceptaría. Se sumergió en una cavilación profunda, y no volvió a hablar hasta la merienda. «¿Ni un solo voto por mí?», preguntó. Ni uno solo. Sin embargo, la delegación oficial que lo visitó más tarde, compuesta por diputados adictos, le explicó que sus partidarios se habían puesto de acuerdo para que la votación fuera unánime, de modo que él no apareciera como perdedor en una contienda reñida. Él estaba tan contrariado que no pareció apreciar la sutileza de aquella maniobra galante. Pensaba, en cambio, que habría sido más digno de su gloria que le aceptaran la renuncia desde que la presentó por primera vez.

«En resumidas cuentas», suspiró, «los demagogos han vuelto a ganar, y por partida doble».

Sin embargo, se cuidó muy bien de que no se le notara el estado de conmoción en que se encontraba, hasta que los despidió en el pórtico. Pero los coches no se habían perdido de vista cuando cayó fulminado por una crisis de tos que mantuvo la quinta en estado de alarma hasta el anochecer. Uno de los miembros de la comitiva oficial había dicho que el congreso fue tan prudente en su decisión, que había salvado a la república. Él lo había pasado por alto. Pero esa noche, mientras Manuela lo obligaba a tomarse una taza de caldo, le dijo: «Ningún congreso salvó jamás una república». Antes de acostarse reunió a sus ayudantes y a la gente de servicio, y les anunció con la solemnidad habitual de sus renuncias sospechosas:

«Mañana mismo me voy del país».

No fue mañana mismo, pero fue cuatro días después. Mientras tanto recobró la templanza perdida, dictó una proclama de adiós en la que no dejaba traslucir las lacras del corazón, y volvió a la ciudad para preparar el viaje. El general Pedro Alcántara Herrán, ministro de guerra y marina del nuevo gobierno, se lo llevó para su casa de la calle de La Enseñanza, no tanto por darle hospital, como para protegerlo de las amenazas de muerte que cada vez se hacían más temibles.

Antes de irse de Santa Fe remató lo poco de valor que le quedaba para mejorar sus arcas. Además de los caballos vendió una vajilla de plata de los tiempos pródigos del Potosí, que la Casa de Moneda había tasado por el simple valor metálico sin tomar en cuenta el preciosismo de su artesanía ni sus méritos históricos: dos mil quinientos pesos. Hechas las cuentas finales, llevaba en efectivo diecisiete mil seiscientos pesos con sesenta centavos, una libranza de ocho mil pesos contra el tesoro público de Cartagena, una pensión vitalicia que le había acordado el congreso, y poco más de seiscientas onzas de oro repartidas en distintos baúles. Éste era el saldo de lástima de una fortuna personal que el día de su nacimiento se tenía entre las más prósperas de las Américas.

En el equipaje que José Palacios arregló sin prisa la mañana del viaje mientras él acababa de vestirse, sólo tenía dos mudas de ropa interior muy usadas, dos camisas de quitar y poner, la casaca de guerra con una doble fila de botones que se suponían forjados con el oro de Atahualpa, el gorro de seda para dormir y una caperuza colorada que el mariscal Sucre le había traído de Bolivia. Para calzarse no tenía más que las pantuflas caseras y las botas de charol que llevaría puestas. En los baúles personales de José Palacios, junto con el botiquín y otras pocas cosas de valor, llevaba el *Contrato Social* de Rousseau, y *El Arte Militar* del general italiano Raimundo Montecuccoli, dos joyas bibliográficas que pertenecieron a Napoleón Bonaparte y le habían sido regaladas por sir Robert Wilson, padre de su edecán. El resto era tan escaso, que todo cupo embutido en un morral de soldado. Cuando él lo vio, listo para salir a la sala donde lo aguardaba la comitiva oficial, dijo:

«Nunca hubiéramos creído, mi querido José, que tanta gloria cupiera dentro de un zapato».

En sus siete mulas de carga, sin embargo, iban otras cajas con medallas y cubiertos de oro y cosas múltiples de cierto valor, diez baúles de papeles privados, dos de libros leídos y por lo menos cinco de ropa, y varias cajas con toda clase de cosas buenas y malas que nadie había tenido la paciencia de contar. Con todo, aquello no era ni la sombra del equipaje con que regresó de Lima tres años antes, investido con el triple poder de presidente de Bolivia y Colombia y dictador del Perú: una recua con setenta y dos baúles y más de cuatrocientas cajas con cosas innumerables cuyo valor no se estableció. En esa ocasión había dejado en Quito más de seiscientos libros que nunca trató de recuperar.

Eran casi las seis. La llovizna milenaria había hecho una pausa, pero el mundo seguía turbio y frío, y la casa tomada por la tropa empezaba a exhalar un tufo de cuartel. Los húsares y granaderos se levantaron en tropel cuando vieron acercarse desde el fondo del corredor al general taciturno entre sus edecanes, verde en el resplandor del alba, con la ruana terciada sobre el hombro y un sombrero de alas grandes que ensombrecían aún más las sombras de su cara. Se tapaba la boca con un pañuelo embebido en agua de colonia, de acuerdo con una vieja superstición andina, para protegerse de los malos aires por la salida brusca a la intemperie. No llevaba ninguna insignia de su rango ni le quedaba el menor indicio de su inmensa autoridad de otros días, pero el halo mágico del poder lo hacía distinto en medio del ruidoso séquito de oficiales. Se dirigió a la sala de visitas, caminando despacio por el corredor tapizado de esteras que bordeaba el jardín interior, indiferente a los soldados de la guardia que se cuadraban a su paso. Antes de entrar en la sala se guardó el pañuelo en el puño de la manga, como ya sólo lo hacían los clérigos, y le dio a uno de los edecanes el sombrero que llevaba puesto.

Además de los que habían velado en la casa, otros civiles y militares seguían llegando desde el amanecer. Estaban tomando café en grupos dispersos, y los atuendos sombríos y las voces amordazadas habían enrarecido el ambiente con una solemnidad lúgubre. La voz afilada de un diplomático sobresalió de pronto por encima de los susurros:

«Esto parece un funeral».

No acababa de decirlo, cuando percibió a sus espaldas el hálito de agua de colonia que saturó el clima de la sala. Entonces se volvió con la taza de café humeante sostenida con el pulgar y el índice, y lo inquietó la idea de que el fantasma que acababa de entrar hubiera oído su impertinencia. Pero no: aunque la última visita del general a Europa había sido veinticuatro años antes, siendo muy joven, las añoranzas europeas eran más incisivas que sus rencores. Así que el diplomático fue el primero a quien se dirigió para saludarlo con la cortesía extremada que le merecían los ingleses.

«Espero que no haya mucha niebla este otoño en Hyde Park», le dijo.

El diplomático tuvo un instante de vacilación, pues

en los últimos días había oído decir que el general se iba para tres lugares distintos, y ninguno era Londres. Pero se repuso de inmediato.

«Trataremos de que haya sol de día y de noche para Su Excelencia», dijo.

El nuevo presidente no estaba allí, pues el congreso lo había elegido en ausencia y le haría falta más de un mes para llegar desde Popayán. En su nombre y lugar estaba el general Domingo Caycedo, vicepresidente electo, del cual se había dicho que cualquier cargo de la república le quedaba estrecho, porque tenía el porte y la prestancia de un rey. El general lo saludó con una gran deferencia, y le dijo en un tono de burla:

«¿Usted sabe que no tengo permiso para salir del país?»

La frase fue recibida con una carcajada de todos, aunque todos sabían que no era una broma. El general Caycedo le prometió enviar a Honda en el correo siguiente un pasaporte en regla.

La comitiva oficial estaba formada por el arzobispo de la ciudad, y otros hombres notables y funcionarios de alto rango con sus esposas. Los civiles llevaban zamarros y los militares llevaban botas de montar, pues se disponían a acompañar varias leguas al proscrito ilustre. El general besó el anillo del arzobispo y las manos de las señoras, y estrechó sin efusión las de los caballeros, maestro absoluto del ceremonial untuoso, pero ajeno por completo a la índole de aquella ciudad equívoca, de la cual había dicho en más de una ocasión: «Éste no es mi teatro». Los saludó a todos en el orden en que los fue encontrando en el recorrido de la sala, y para cada uno tuvo una frase aprendida con toda deliberación en los manuales de urbanidad, pero no miró a nadie a los ojos. Su voz era metálica y con grietas de fiebre, y su acento caribe, que tantos años de viajes y cambios de guerras no habían logrado amansar, se sentía más crudo frente a la dicción viciosa de los andinos.

Cuando terminó los saludos, recibió del presidente interino un pliego firmado por numerosos granadinos notables que le expresaban el reconocimiento del país por sus tantos años de servicios. Fingió leerlo ante el silencio de todos, como un tributo más al formalismo local, pues no hubiera podido ver sin lentes ni una caligrafía aun más grande. No obstante, cuando fingió haber terminado dirigió a la comitiva unas breves palabras de gratitud, tan pertinentes para la ocasión que nadie hubiera podido decir que no había leído el documento. Al final hizo con la vista un recorrido del salón, y preguntó sin ocultar una cierta ansiedad:

«¿No vino Urdaneta?»

El presidente interino le informó que el general Rafael Urdaneta se había ido detrás de las tropas rebeldes para apoyar la misión preventiva del general José Laurencio Silva. Alguien se dejó oír entonces por encima de las otras voces:

«Tampoco vino Sucre».

Él no podía pasar por alto la carga de intención que tenía aquella noticia no solicitada. Sus ojos, apagados y esquivos hasta entonces, brillaron con un fulgor febril, y replicó sin saber a quién:

«Al Gran Mariscal de Ayacucho no se le informó la hora del viaje para no importunarlo».

Al parecer, ignoraba entonces que el mariscal Sucre había regresado dos días antes de su fracasada misión en Venezuela, donde le habían prohibido la entrada a su propia tierra. Nadie le había informado que el general se iba, tal vez porque a nadie podía ocurrírsele que no fuera el primero en saberlo. José Palacios lo supo en un mal momento, y luego lo había olvidado en los tumultos de las últimas horas. No descartó la mala idea, por supuesto, de que el mariscal Sucre estuviera resentido por no haber sido avisado.

En el comedor contiguo, la mesa estaba servida para el espléndido desayuno criollo: tamales de hoja, morcillas de arroz, huevos revueltos en cazuelas, una rica variedad de panes de dulce sobre paños de encajes, y las marmitas de un chocolate ardiente y denso como un engrudo perfumado. Los dueños de casa habían retrasado el desayuno por si él aceptaba presidirlo, aunque sabían que en la mañana no tomaba nada más que la infusión de amapolas con goma arábiga. De todos modos, cumplieron con invitarlo a ocupar la poltrona que le habían reservado en la cabecera, pero él declinó el honor y se dirigió a todos con una sonrisa formal.

«Mi camino es largo», dijo. «Buen provecho».

Se empinó para despedirse del presidente interino, y éste le correspondió con un abrazo enorme, que les permitió a todos comprobar qué pequeño era el cuerpo del general, y qué desamparado e inerme se veía a la hora de los adioses. Después volvió a estrechar las manos de todos y a besar las de las señoras. Alguien trató de retenerlo hasta que escampara, aunque sabía tan bien como él que no iba a escampar en lo que faltaba del siglo. Además, se le notaba tanto el deseo de irse cuanto antes, que tratar de demorarlo le pareció una impertinencia. El dueño de casa lo condujo hasta las caballerizas bajo la llovizna invisible del jardín.

Había tratado de ayudarlo llevándolo del brazo con la punta de los dedos, como si fuera de vidrio, y lo sorprendió la tensión de la energía que circulaba debajo de la piel, como un torrente secreto sin ninguna relación con la indigencia del cuerpo. Delegados del gobierno, de la diplomacia y de las fuerzas militares, con el barro hasta los tobillos y las capas ensopadas por la lluvia, lo esperaban para acompañarlo en su primera jornada. Nadie sabía a ciencia cierta, sin embargo, quiénes lo acompañaban por amistad, quiénes para protegerlo, y quiénes para estar seguros de que en verdad se iba.

La mula que le estaba reservada era la mejor de una recua de cien que un comerciante español le había dado al gobierno a cambio de la destrucción de su sumario de cuatrero. El general tenía ya la bota en el estribo que le ofreció el palafrenero, cuando el ministro de guerra y marina lo llamó: «Excelencia». Él permaneció inmóvil, con el pie en el estribo, y agarrado de la silla con las dos manos.

«Quédese», le dijo el ministro, «y haga un último sacrificio por salvar la patria».

«No, Herrán», replicó él, «ya no tengo patria por la cual sacrificarme».

Era el fin. El general Simón José Antonio de la Santísima Trinidad Bolívar y Palacios se iba para siempre. Había arrebatado al dominio español un imperio cinco veces más vasto que las Europas, había dirigido veinte años de guerras para mantenerlo libre y unido, y lo había gobernado con pulso firme hasta la semana anterior, pero a la hora de irse no se llevaba ni siquiera el consuelo de que se lo creyeran. El único que tuvo bastante lucidez para saber que en realidad se iba, y para dónde se iba, fue el diplomático inglés que escribió en un informe oficial a su gobierno: «El tiempo que le queda le alcanzará a duras penas para llegar a la tumba».

La primera jornada había sido la más ingrata, y lo habría sido incluso para alguien menos enfermo que él, pues llevaba el humor pervertido por la hostilidad larvada que percibió en las calles de Santa Fe la mañana de la partida. Apenas empezaba a clarear entre la llovizna, y sólo encontró a su paso algunas vacas descarriadas, pero el encono de sus enemigos se sentía en el aire. A pesar de la previsión del gobierno, que había ordenado conducirlo por las calles menos usuales, el general alcanzó a ver algunas de las injurias pintadas en las paredes de los conventos.

José Palacios cabalgaba a su lado, vestido como siempre, aun en el fragor de las batallas, con la levita sacramental, el prendedor de topacio en la corbata de seda, los guantes de cabritilla, y el chaleco de brocado con las dos leontinas cruzadas de sus relojes gemelos. Las guarniciones de su montura eran de plata del Potosí, y sus espuelas eran de oro, por lo cual lo habían confundido con el presidente en más de dos aldeas de los Andes. Sin embargo, la diligencia con que atendía hasta los mínimos deseos de su señor hacía impensable cualquier confusión. Lo conocía y lo quería tanto que padecía en carne propia aquel adiós de fugitivo, en una ciudad que solía convertir en fiestas patrias el mero anuncio de su llegada. Apenas tres años antes, cuando regresó de las áridas guerras del sur abrumado por la mayor cantidad de gloria que ningún americano vivo o muerto había merecido jamás, fue objeto de una recepción espontánea que hizo época. Eran todavía los tiempos en que la gente se agarraba del bozal de su caballo y lo paraba en la calle para quejarse de los servicios públicos o de los tributos fiscales, o para pedirle mercedes, o sólo para sentir de cerca el resplandor de la grandeza. Él prestaba tanta atención a esos reclamos callejeros como a los asuntos más graves del gobierno, con un conocimiento sorprendente de los problemas domésticos de cada uno, o del estado de sus negocios, o de los riesgos de la salud, y a todo el que hablaba con él le quedaba la impresión de haber compartido por un instante los deleites del poder.

Nadie hubiera creído que él fuera el mismo de entonces, ni que fuera la misma aquella ciudad taciturna que abandonaba para siempre con precauciones de forajido. En ninguna parte se había sentido tan forastero como en aquellas callecitas yertas con casas iguales de tejados pardos y jardines íntimos con flores de buen olor, donde se cocinaba a fuego lento una comunidad aldeana, cuyas maneras relamidas y cuyo dialecto ladino servían más para ocultar que para decir. Y sin embargo, aunque entonces le pareciera una burla de la imaginación, era ésa la misma ciudad de brumas y soplos helados que él había escogido desde antes de conocerla para edificar su gloria, la que había amado más que a ninguna otra, y la había idealizado como centro y razón de su vida y capital de la mitad del mundo.

A la hora de las cuentas finales él mismo parecía

ser el más sorprendido de su propio descrédito. El gobierno había apostado guardias invisibles aun en los lugares de menor peligro, y esto impidió que le salieran al paso las gavillas coléricas que lo habían ejecutado en efigie la tarde anterior, pero en todo el trayecto se oyó un mismo grito distante: «¡Longaniiiizo!». La única alma que se apiadó de él fue una mujer de la calle que le dijo al pasar:

«Ve con Dios, fantasma».

Nadie dio muestras de haberla oído. El general se sumergió en una cavilación sombría, y siguió cabalgando, ajeno al mundo, hasta que salieron a la sabana espléndida. En el sitio de Cuatro Esquinas, donde empezaba el camino empedrado, Manuela Sáenz esperó el paso de la comitiva, sola y a caballo, y le hizo al general desde lejos un último adiós con la mano. Él le correspondió de igual modo, y prosiguió la marcha. Nunca más se vieron.

La llovizna cesó poco después, el cielo se tornó de un azul radiante, y dos volcanes nevados permanecieron inmóviles en el horizonte por el resto de la jornada. Pero esta vez él no dio muestras de su pasión por la naturaleza, ni se fijó en los pueblos que atravesaban a trote sostenido, ni en los adioses que les hacían al pasar sin reconocerlos. Con todo, lo que más insólito pareció a sus acompañantes fue que no tuviera ni una mirada de ternura para las caballadas magníficas de los muchos criaderos de la sabana, que según había dicho tantas veces era la visión que más amaba en el mundo.

En la población de Facatativá, donde durmieron la primera noche, el general se despidió de los acompañantes espontáneos y prosiguió el viaje con su séquito. Eran cinco, además de José Palacios: el general José

María Carreño, con el brazo derecho cercenado por una herida de guerra; su edecán irlandés, el coronel Belford Hinton Wilson, hijo de sir Robert Wilson, un general veterano de casi todas las guerras de Europa; Fernando, su sobrino, edecán y escribano con el grado de teniente, hijo de su hermano mayor, muerto en un naufragio durante la primera república; su pariente y edecán, el capitán Andrés Ibarra, con el brazo derecho baldado por un corte de sable que sufrió dos años antes en el asalto del 25 de septiembre, y el coronel José de la Cruz Paredes, probado en numerosas campañas de la independencia. La guardia de honor estaba compuesta por cien húsares y granaderos escogidos entre los mejores del contingente venezolano.

José Palacios tenía un cuidado especial con dos perros que habían sido tomados como botín de guerra en el Alto Perú. Eran hermosos y valientes, y habían sido guardianes nocturnos de la casa de gobierno de Santa Fe hasta que dos de sus compañeros fueron muertos a cuchillo la noche del atentado. En los interminables viajes de Lima a Quito, de Quito a Santa Fe, de Santa Fe a Caracas, y otra vez de vuelta a Quito y Guayaquil, los dos perros habían cuidado la carga caminando al paso de la recua. En el último viaje de Santa Fe a Cartagena hicieron lo mismo, a pesar de que esa vez la carga no era tanta, y estaba custodiada por la tropa.

El general había amanecido de mal humor en Facatativá, pero fue mejorando a medida que descendían de la planicie por un sendero de colinas ondulantes, y el clima se atemperaba y la luz se hacía menos tersa. En varias ocasiones lo invitaron a descansar, preocupados por el estado de su cuerpo, pero él prefirió seguir sin almorzar hasta la tierra caliente. Decía que el paso del caballo era propicio para pensar, y viajaba durante días y noches cambiando varias veces de montura para no reventarla. Tenía las piernas cazcorvas de los jinetes viejos y el modo de andar de los que duermen con las espuelas puestas, y se le había formado alrededor del sieso un callo escabroso como una penca de barbero, que le mereció el apodo honorable de Culo de Fierro. Desde que empezaron las guerras de independencia había cabalgado dieciocho mil leguas: más de dos veces la vuelta al mundo. Nadie desmintió nunca la leyenda de que dormía cabalgando.

Pasado el mediodía, cuando ya empezaban a sentir el vaho caliente que subía de las cañadas, se concedieron una pausa para reposar en el claustro de una misión. Los atendió la superiora en persona, y un grupo de novicias indígenas les repartió mazapanes recién sacados del horno y un masato de maíz granuloso y a punto de fermentar. Al ver la avanzada de soldados sudorosos y vestidos sin ningún orden, la superiora debió pensar que el coronel Wilson era el oficial de mayor graduación, tal vez porque era apuesto y rubio y tenía el uniforme mejor guarnecido, y se ocupó sólo de él con una deferencia muy femenina que provocó comentarios malignos.

José Palacios no desaprovechó el equívoco para que su señor descansara a la sombra de las ceibas del claustro, envuelto en una manta de lana para sudar la fiebre. Así permaneció sin comer y sin dormir, oyendo entre brumas las canciones de amor del repertorio criollo que las novicias cantaron acompañadas con un arpa por una monja mayor. Al final, una de ellas recorrió el claustro con un sombrero pidiendo limosnas para la misión. La monja del arpa le dijo al pasar: «No le pidas al enfermo». Pero la novicia no le hizo caso. El general, sin mirarla siquiera, le dijo con una sonrisa amarga: «Para limosnas estoy yo, hija». Wilson dio una de su faltriquera personal, con una prodigalidad que mereció la burla cordial de su jefe: «Ya ve lo que cuesta la gloria, coronel». El mismo Wilson manifestó más tarde su sorpresa de que nadie en la misión ni en el resto del camino hubiera reconocido al hombre más conocido de las repúblicas nuevas. También para éste, sin duda, fue una lección extraña.

«Ya no soy yo», dijo.

La segunda noche la pasaron en una antigua factoría de tabaco convertida en albergue de caminantes, cerca de la población de Guaduas, donde se quedaron esperándolos para un acto de desagravio que él no quiso sufrir. La casa era inmensa y tenebrosa, y el paraje mismo causaba una rara congoja, por la vegetación brutal y el río de aguas negras y escarpadas que se desbarrancaban hasta los platanales de las tierras calientes con un estruendo de demolición. El general lo conocía, y desde la primera vez que pasó por allí había dicho: «Si yo tuviera que hacerle a alguien una emboscada matrera, escogería este lugar». Lo había evitado en otras ocasiones, sólo porque le recordaba a Berruecos, un paso siniestro en el camino de Quito que aun los viajeros más temerarios preferían eludir. En una ocasión había acampado dos leguas antes contra el criterio de todos, porque no se creía capaz de soportar tanta tristeza. Pero esta vez, a pesar del cansancio y la fiebre, le pareció de todos modos más soportable que el ágape de condolencias con que estaban esperándolo sus azarosos amigos de Guaduas.

Al verlo llegar en condiciones tan penosas, el dueño del hostal le había sugerido llamar a un indio de una vereda cercana que curaba con sólo oler una camisa sudada por el enfermo, a cualquier distancia y aunque no lo hubiera visto nunca. Él se burló de su credulidad, y prohibió que alguno de los suyos intentara cualquier clase de tratos con el indio taumaturgo. Si no creía en los médicos, de los cuales decía que eran unos traficantes del dolor ajeno, menos podía esperarse que confiara su suerte a un espiritista de vereda. Al final, como una afirmación más de su desdén por la ciencia médica, despreció el buen dormitorio que le habían preparado por ser el más conveniente para su estado, y se hizo colgar la hamaca en la amplia galería descubierta que daba sobre la cañada, donde pasaría la noche expuesto a los riesgos del sereno.

No había tomado en todo el día nada más que la infusión del amanecer, pero no se sentó a la mesa sino por cortesía con sus oficiales. Aunque se conformaba mejor que nadie a los rigores de la vida en campaña, y era poco menos que un asceta del comer y el beber, gustaba y conocía de las artes de la cava y la cocina como un europeo refinado, y desde su primer viaje había aprendido de los franceses la costumbre de hablar de comida mientras comía. Aquella noche sólo se bebió media copa de vino tinto y probó por curiosidad el guiso de venado, para comprobar si era cierto lo que decía el dueño y confirmaron sus oficiales: que la carne fosforescente tenía un sabor de jazmín. No dijo más de dos frases en la cena, ni las dijo con más aliento que las muy pocas que había dicho en el curso del viaje, pero todos apreciaron su esfuerzo por endulzar con una cucharadita de buenas maneras el vinagre de sus desgracias públicas y su mala salud. No había vuelto a decir

53

una palabra de política ni había evocado ninguno de los incidentes del sábado, un hombre que no lograba superar el reconcomio de la inquina muchos años después del agravio.

Antes que acabaran de comer pidió permiso para levantarse, se puso el camisón y el gorro de dormir tiritando de fiebre, y se derrumbó en la hamaca. La noche era fresca, y una enorme luna anaranjada empezaba a alzarse entre los cerros, pero él no tenía humor para verla. Los soldados de la escolta, a pocos pasos de la galería, rompieron a cantar a coro canciones populares de moda. Por una vieja orden suya acampaban siempre cerca de su dormitorio, como las legiones de Julio César, para que él conociera sus pensamientos y sus estados de ánimo por sus conversaciones nocturnas. Sus caminatas de insomne lo habían llevado muchas veces hasta los dormitorios de campaña, y no pocas había visto el amanecer cantando con los soldados canciones de cuartel con estrofas de alabanza o de burla improvisadas al calor de la fiesta. Pero aquella noche no pudo soportar los cantos y ordenó que los hicieran callar. El estropicio eterno del río entre las rocas, magnificado por la fiebre, se incorporó al delirio.

«¡La pinga!», gritó. «Si al menos pudiéramos pararlo un minuto».

Pero no: ya no podía parar el curso de los ríos. José Palacios quiso calmarlo con uno de los tantos paliativos que llevaban en el botiquín, pero él lo rechazó. Ésa fue la primera vez en que le oyó decir su frase recurrente: «Acabo de renunciar al poder por un vomitivo mal recetado, y no estoy dispuesto a renunciar también a la vida». Años antes había dicho lo mismo, cuando otro médico le curó unas fiebres tercianas con un brebaje arsenical que estuvo a punto de matarlo de disentería. Desde entonces, las únicas medicinas que aceptó fueron las píldoras purgantes que tomaba sin reticencias varias veces por semana para su estreñimiento obstinado, y una lavativa de sen para los retrasos más críticos.

Poco después de la medianoche, agotado por el delirio ajeno, José Palacios se tendió en los ladrillos pelados del piso y se quedó dormido. Cuando despertó, el general no estaba en la hamaca, y había dejado en el suelo la camisa de dormir ensopada en sudor. No era raro. Tenía la costumbre de abandonar el lecho, y deambular desnudo hasta el amanecer para entretener el insomnio cuando no había nadie más en la casa. Pero esa noche había razones de más para temer por su suerte, pues acababa de vivir un mal día, y el tiempo fresco y húmedo no era el mejor para pasear a la intemperie. José Palacios lo buscó con una manta en la casa iluminada por el verde lunar, y lo encontró acostado en un poyo del corredor, como una estatua yacente sobre un túmulo funerario. El general se volvió con una mirada lúcida en la que no quedaba ni un vestigio de fiebre.

«Es otra vez como la noche de San Juan de Payara», dijo. «Sin Reina María Luisa, por desgracia».

José Palacios conocía de sobra aquella evocación. Se refería a una noche de enero de 1820, en una localidad venezolana perdida en los llanos altos del Apure, adonde había llegado con dos mil hombres de tropa. Había liberado ya del dominio español dieciocho provincias. Con los antiguos territorios del virreinato de la Nueva Granada, la capitanía general de Venezuela y la presidencia de Quito, había creado la república de

55

Colombia, y era a la sazón su primer presidente y general en jefe de sus ejércitos. Su ilusión final era extender la guerra hacia el sur, para hacer cierto el sueño fantástico de crear la nación más grande del mundo: un solo país libre y único desde México hasta el Cabo de Hornos.

Sin embargo, su situación militar de aquella noche no era la más propicia para soñar. Una peste súbita que fulminaba a las bestias en plena marcha había dejado en el Llano un reguero pestilente de catorce leguas de caballos muertos. Muchos oficiales desmoralizados se consolaban con la rapiña y se complacían en la desobediencia, y algunos se burlaban incluso de la amenaza que él había hecho de fusilar a los culpables. Dos mil soldados harapientos y descalzos, sin armas, sin comida, sin mantas para desafiar los páramos, cansados de guerras y muchos de ellos enfermos, habían empezado a desertar en desbandada. A falta de una solución racional, él había dado la orden de premiar con diez pesos a las patrullas que prendieran y entregaran a un compañero desertor, y de fusilar a éste sin averiguar sus razones.

La vida le había dado ya motivos bastantes para saber que ninguna derrota era la última. Apenas dos años antes, perdido con sus tropas muy cerca de allí, en las selvas del Orinoco, había tenido que ordenar que se comieran a los caballos, por temor de que los soldados se comieran unos a otros. En esa época, según el testimonio de un oficial de la Legión Británica, tenía la catadura estrafalaria de un guerrillero de la legua. Llevaba un casco de dragón ruso, alpargatas de arriero, una casaca azul con alamares rojos y botones dorados, y una banderola negra de corsario izada en una lanza llanera, con la calavera y las tibias cruzadas sobre una divisa en letras de sangre: "Libertad o muerte".

La noche de San Juan de Payara su atuendo era menos vagabundo, pero su situación no era mejor. Y no sólo reflejaba entonces el estado momentáneo de sus tropas, sino el drama entero del ejército libertador, que muchas veces resurgía engrandecido de las peores derrotas y, sin embargo, estaba a punto de sucumbir bajo el peso de sus tantas victorias. En cambio, el general español don Pablo Morillo, con toda clase de recursos para someter a los patriotas y restaurar el orden colonial, dominaba todavía amplios sectores del occidente de Venezuela y se había hecho fuerte en las montañas.

Ante ese estado del mundo, el general pastoreaba el insomnio caminando desnudo por los cuartos desiertos del viejo caserón de hacienda transfigurado por el esplendor lunar. La mayoría de los caballos muertos el día anterior habían sido incinerados lejos de la casa, pero el olor de la podredumbre seguía siendo insoportable. Las tropas no habían vuelto a cantar después de las jornadas mortales de la última semana y él mismo no se sentía capaz de impedir que los centinelas se durmieran de hambre. De pronto, al final de una galería abierta a los vastos llanos azules, vio a Reina María Luisa sentada en el sardinel. Una bella mulata en la flor de la edad, con un perfil de ídolo, envuelta hasta los pies en un pañolón de flores bordadas y fumando un cigarro de una cuarta. Se asustó al verlo, y extendió hacia él la cruz del índice y el pulgar.

«De parte de Dios o del diablo», dijo, «¡qué quieres!»

«A ti», dijo él.

Sonrió, y ella había de recordar el fulgor de sus dientes a la luz de la luna. La abrazó con toda su fuerza, manteniéndola impedida para moverse mientras la picoteaba con besos tiernos en la frente, en los ojos, en las mejillas, en el cuello, hasta que logró amansarla. Entonces le quitó el pañolón y se le cortó el aliento. También ella estaba desnuda, pues la abuela que dormía en el mismo cuarto le quitaba la ropa para que no se levantara a fumar, sin saber que por la madrugada se escapaba envuelta con el pañolón. El general se la llevó en vilo a la hamaca, sin darle tregua con sus besos balsámicos, y ella no se le entregó por deseo ni por amor, sino por miedo. Era virgen. Sólo cuando recobró el dominio del corazón, dijo:

«Soy esclava, señor».

«Ya no», dijo él. «El amor te ha hecho libre».

Por la mañana se la compró al dueño de la hacienda con cien pesos de sus arcas empobrecidas, y la liberó sin condiciones. Antes de partir no resistió la tentación de plantearle un dilema público. Estaba en el traspatio de la casa, con un grupo de oficiales montados de cualquier modo en bestias de servicio, únicas sobrevivientes de la mortandad. Otro cuerpo de tropa estaba reunido para despedirlos, al mando del general de división José Antonio Páez, quien había llegado la noche anterior.

El general se despidió con una arenga breve, en la cual suavizó el dramatismo de la situación, y se disponía a partir cuando vio a Reina María Luisa en su estado reciente de mujer libre y bien servida. Estaba acabada de bañar, bella y radiante bajo el cielo del Llano, toda de blanco almidonado con las enaguas de encajes y la blusa exigua de las esclavas. Él le preguntó de buen talante:

«¿Te quedas o te vas con nosotros?»

58

Ella le contestó con una risa encantadora:

«Me quedo, señor».

La respuesta fue celebrada con una carcajada unánime. Entonces el dueño de la casa, que era un español convertido desde la primera hora a la causa de la independencia, y viejo conocido suyo, además, le aventó muerto de risa la bolsita de cuero con los cien pesos. Él la atrapó en el aire.

«Guárdelos para la causa, Excelencia», le dijo el dueño. «De todos modos, la moza se queda libre».

El general José Antonio Páez, cuya expresión de fauno iba de acuerdo con su camisa de parches de colores, soltó una carcajada expansiva.

«Ya ve, general», dijo. «Eso nos pasa por meternos a libertadores».

Él aprobó lo dicho, y se despidió de todos con un amplio círculo de la mano. Por último le hizo a Reina María Luisa un adiós de buen perdedor, y jamás volvió a saber de ella. Hasta donde José Palacios recordaba, no transcurría un año de lunas llenas antes de que él le dijera que había vuelto a vivir aquella noche, sin la aparición prodigiosa de Reina María Luisa, por desgracia. Y siempre fue una noche de derrota.

A las cinco, cuando José Palacios le llevó la primera tisana, lo encontró reposando con los ojos abiertos. Pero trató de levantarse con tal ímpetu que estuvo a punto de irse de bruces, y sufrió un fuerte acceso de tos. Permaneció sentado en la hamaca, sosteniéndose la cabeza con las dos manos mientras tosía, hasta que pasó la crisis. Entonces empezó a tomarse la infusión humeante, y el humor se le mejoró desde el primer sorbo.

«Toda la noche estuve soñando con Casandro», dijo.

Era el nombre con que llamaba en secreto al general granadino Francisco de Paula Santander, su grande amigo de otro tiempo y su más grande contradictor de todos los tiempos, jefe de su estado mayor desde los principios de la guerra, y presidente encargado de Colombia durante las duras campañas de liberación de Quito y el Perú y la fundación de Bolivia. Más por las urgencias históricas que por vocación, era un militar eficaz y valiente, con una rara afición por la crueldad, pero fueron sus virtudes civiles y su excelente formación académica las que sustentaron su gloria. Fue sin duda el segundo hombre de la independencia y el primero en el ordenamiento jurídico de la república, a la que impuso para siempre el sello de su espíritu formalista y conservador.

Una de las tantas veces en que el general pensó renunciar, le había dicho a Santander que se iba tranquilo de la presidencia, porque «lo dejo a usted, que es otro yo, y quizás mejor que yo». En ningún hombre, por la razón o por la fuerza de los hechos, había depositado tanta confianza. Fue él quien lo distinguió con el título de El Hombre de las Leyes. Sin embargo, aquel que lo había merecido todo estaba desde hacía dos años desterrado en París por su complicidad nunca probada en una conjura para matarlo.

Así había sido. El miércoles 25 de septiembre de 1828, al hilo de la medianoche, doce civiles y ventiséis militares forzaron el portón de la casa de gobierno de Santa Fe, degollaron a dos de los sabuesos del presidente, hirieron a varios centinelas, le hicieron una grave herida de sable en un brazo al capitán Andrés Ibarra, mataron de un tiro al coronel escocés William Fergusson, miembro de la Legión Británica y edecán del presidente, de quien éste había dicho que era valiente como un César, y subieron hasta el dormitorio presidencial gritando vivas a la libertad y mueras al tirano.

Los facciosos habían de justificar el atentado por las facultades extraordinarias de claro espíritu dictatorial que el general había asumido tres meses antes, para contrarrestar la victoria de los santanderistas en la Convención de Ocaña. La vicepresidencia de la república, que Santander había ejercido durante siete años, fue suprimida. Santander se lo informó a un amigo con una frase típica de su estilo personal: «He tenido el placer de quedar sumido bajo las ruinas de la constitución de 1821». Tenía entonces treinta y seis años. Había sido nombrado ministro plenipotenciario en Washington, pero aplazó el viaje varias veces, tal vez esperando el triunfo de la conspiración.

El general y Manuela Sáenz iniciaban apenas una noche de reconciliación. Habían pasado el fin de semana en la población de Soacha, a dos leguas y media de allí, y habían vuelto el lunes en coches separados después de una disputa de amor más virulenta que las habituales, porque él era sordo a los avisos de una confabulación para matarlo, de la que todo el mundo hablaba y en la que sólo él no creía. Ella había resistido en su casa a los recados insistentes que él le mandaba desde el palacio de San Carlos, en la acera de enfrente, hasta esa noche a las nueve, cuando después de tres recados más apremiantes, se puso unas pantuflas impermeables sobre los zapatos, se cubrió la cabeza con un pañolón, y atravesó la calle inundada por la lluvia. Lo encontró flotando bocarriba en las aguas fragantes de la bañera, sin la asistencia de José Palacios, y si no creyó que estuviera muerto fue porque muchas veces

61

lo había visto meditando en aquel estado de gracia. Él la reconoció por los pasos y le habló sin abrir los ojos.

«Va a haber una insurrección», dijo.

Ella no disimuló el rencor con la ironía.

«Enhorabuena», dijo. «Pueden haber hasta diez, pues usted da muy buena acogida a los avisos».

«Sólo creo en los presagios», dijo él..

Se permitía aquel juego porque el jefe de su estado mayor, quien ya les había dicho a los conjurados cuál era el santo y seña de la noche para que pudieran burlar la guardia del palacio, le dio su palabra de que la conspiración había fracasado. Así que surgió divertido de la bañera.

«No tenga cuidado», dijo, «parece que a los muy maricones se les enfrió la pajarilla».

Estaban iniciando en la cama los retozos del amor, él desnudo y ella a medio desvestir, cuando oyeron los primeros gritos, los primeros tiros, y el trueno de los cañones contra algún cuartel leal. Manuela lo ayudó a vestirse a toda prisa, le puso las pantuflas impermeables que ella había llevado puestas sobre los zapatos, pues el general había mandado a lustrar su único par de botas, y lo ayudó a escapar por el balcón con un sable y una pistola, pero sin ningún amparo contra la lluvia eterna. Tan pronto como estuvo en la calle encañonó con la pistola amartillada a una sombra que se le acercaba: «¡Quién vive!» Era su repostero que regresaba a casa, adolorido por la noticia de que habían matado a su señor. Resuelto a compartir su suerte hasta el final, estuvo escondido con él entre los matorrales del puente del Carmen, en el arroyo de San Agustín, hasta que las tropas leales reprimieron la asonada.

Con una astucia y una valentía de las que ya había

dado muestra en otras emergencias históricas, Manuela Sáenz recibió a los atacantes que forzaron la puerta del dormitorio. Le preguntaron por el presidente, y ella les contestó que estaba en el salón del consejo. Le preguntaron por qué estaba abierta la puerta del balcón en una noche invernal, y ella les dijo que la había abierto para ver qué eran los ruidos que se sentían en la calle. Le preguntaron por qué la cama estaba tibia, y ella les dijo que se había acostado sin desvestirse en espera del presidente. Mientras ganaba tiempo con la parsimonia de las respuestas, fumaba con grandes humos un cigarro de carretero de los más ordinarios, para cubrir el rastro fresco de agua de colonia que aún permanecía en el cuarto.

Un tribunal presidido por el general Rafael Urdaneta había establecido que el general Santander era el genio oculto de la conspiración, y lo condenó a muerte. Sus enemigos habían de decir que esta sentencia era más que merecida, no tanto por la culpa de Santander en el atentado, como por el cinismo de ser el primero que apareció en la plaza mayor para darle un abrazo de congratulación al presidente. Éste estaba a caballo bajo la llovizna, sin camisa y con la casaca rota y empapada, en medio de las ovaciones de la tropa y del pueblo raso que acudía en masa desde los suburbios clamando la muerte para los asesinos. «Todos los cómplices serán castigados más o menos», le dijo el general en una carta al mariscal Sucre. «Santander es el principal, pero es el más dichoso, porque mi generosidad lo defiende». En efecto, en uso de sus atribuciones absolutas, le conmutó la pena de muerte por la del destierro en París. En cambio, fue fusilado sin pruebas suficientes el almirante José Prudencio Padilla, quien estaba preso en Santa Fe por una rebelión fallida en Cartagena de Indias.

José Palacios no sabía cuándo eran reales y cuándo eran imaginarios los sueños de su señor con el general Santander. Una vez, en Guayaquil, contó que lo había soñado con un libro abierto sobre la panza redonda, pero en vez de leerlo le arrancaba las páginas y se las comía una por una, deleitándose en masticarlas con un ruido de cabra. Otra vez, en Cúcuta, soñó que lo había visto cubierto por completo de cucarachas. Otra vez despertó dando gritos en la quinta campestre de Monserrate, en Santa Fe, porque soñó que el general Santander, mientras almorzaba a solas con él, se había sacado las bolas de los ojos que le estorbaban para comer, y las había puesto sobre la mesa. De modo que en la madrugada cerca de Guaduas, cuando el general dijo que había soñado una vez más con Santander, José Palacios no le preguntó siquiera por el argumento del sueño, sino que trató de consolarlo con la realidad.

«Entre él y nosotros está todo el mar de por medio», dijo.

Pero él lo paró de inmediato con una mirada vivaz.

«Ya no», dijo. «Estoy seguro que el pendejo de Joaquín Mosquera lo dejará volver».

Esa idea lo atormentaba desde su último regreso al país, cuando el abandono definitivo del poder se le planteó como un asunto de honor. «Prefiero el destierro o la muerte, a la deshonra de dejar mi gloria en manos del colegio de San Bartolomé», había dicho a José Palacios. Sin embargo, el antídoto llevaba en sí su propio veneno, pues a medida que se acercaba a la decisión final, aumentaba su certidumbre de que tan pronto como él se fuera, sería llamado del exilio el general Santander, el graduado más eminente de aquel cubil de leguleyos.

«Ése sí que es un truchimán», dijo.

La fiebre había cesado por completo, y se sentía con tantos ánimos que le pidió pluma y papel a José Palacios, se puso los lentes, y escribió de su puño y letra una carta de seis líneas para Manuela Sáenz. Esto tenía que parecer extraño aun a alguien tan acostumbrado como José Palacios a sus actos impulsivos, y sólo podía entenderse como un presagio o un golpe de inspiración insoportable. Pues no sólo contradecía su determinación del viernes pasado de no escribir una carta más en el resto de su vida, sino que contrariaba la costumbre de despertar a sus amanuenses a cualquier hora para despachar la correspondencia atrasada, o para dictarles una proclama o poner en orden las ideas sueltas que se le ocurrían en las cavilaciones del insomnio. Más extraño aún debía parecer si la carta no era de una premura evidente, y sólo agregaba a su consejo de la despedida una frase más bien críptica: «Cuidado con lo que haces, pues si no, nos pierdes a ambos perdiéndote tú». La escribió con su modo desbocado, como si no lo pensara, y al final siguió meciéndose en la hamaca, absorto, con la carta en la mano.

«El gran poder existe en la fuerza irresistible del amor», suspiró de pronto. «¿Quién dijo eso?»

«Nadie», dijo José Palacios.

No sabía leer ni escribir, y se había resistido a aprender con el argumento simple de que no había sabiduría mayor que la de los burros. Pero en cambio era capaz de recordar cualquier frase que hubiera oído por casualidad, y aquella no la recordaba.

«Entonces lo dije yo», dijo el general, «pero digamos que es del mariscal Sucre».

Nadie más oportuno que Fernando para esas épocas de crisis. Fue el más servicial y paciente de los muchos escribanos que tuvo el general, aunque no el más brillante, y el que soportó con estoicismo la arbitrariedad de los horarios o la exasperación de los insomnios. Lo despertaba a cualquier hora para hacerle leer un libro sin interés, o para tomar notas de improvisaciones urgentes que al día siguiente amanecían en la basura. El general no tuvo hijos en sus incontables noches de amor (aunque decía tener pruebas de no ser estéril) y a la muerte de su hermano se hizo cargo de Fernando. Lo había mandado con cartas distinguidas a la Academia Militar de Georgetown, donde el general Lafayette le expresó los sentimientos de admiración y respeto que le inspiraba su tío. Estuvo después en el colegio Jefferson, en Charlotteville, y en la Universidad de Virginia. No fue el sucesor con que tal vez el general soñaba, pues a Fernando le aburrían las maestrías académicas, y las cambiaba encantado por la vida al aire libre y las artes sedentarias de la jardinería. El general lo llamó a Santa Fe tan pronto como terminó sus estudios, y descubrió al instante sus virtudes de amanuense, no sólo por su caligrafía preciosa y su dominio del inglés hablado y escrito, sino porque era único para inventar recursos de folletín que mantenían en vilo el interés del lector, y cuando leía en voz alta improvisaba al vuelo episodios audaces para condimentar los párrafos adormecedores. Como todo el que estuvo al servicio del general, Fernando tuvo su hora de desgracia cuando le atribuyó a Cicerón una frase de Demóstenes que su tío citó después en un discurso. Éste fue mucho más severo con él que con los otros, por ser quien era, pero lo perdonó desde antes de terminar la penitencia.

El general Joaquín Posada Gutiérrez, gobernador de la provincia, había precedido en dos días a la comitiva para anunciar su llegada en los lugares donde debía hacer noche, y para prevenir a las autoridades sobre el grave estado de salud del general. Pero quienes lo vieron llegar a Guaduas en la tarde del lunes dieron por cierto el rumor obstinado de que las malas noticias del gobernador, y el viaje mismo, no eran más que una artimaña política.

El general fue invencible una vez más. Entró por la calle principal, despechugado y con un trapo de gitano amarrado en la cabeza para recoger el sudor, saludando con el sombrero por entre los gritos y los cohetes y la campana de la iglesia que no dejaban oír la música, y montado en una mula de trotecito alegre que acabó de quitarle al desfile cualquier pretensión de solemnidad. La única casa cuyas ventanas permanecieron cerradas fue el colegio de las monjas, y aquella tarde había de correr el rumor de que a las alumnas les habían prohibido participar en la recepción, pero él les aconsejó a quienes lo contaron que no creyeran en chismes de conventos.

La noche anterior, José Palacios había mandado a lavar la camisa con que el general sudó la fiebre. Un ordenanza se la encomendó a los soldados que bajaron por la madrugada a lavar en el río, pero a la hora de la partida nadie dio razón de ella. Durante el viaje hasta Guaduas, y aun mientras transcurría la fiesta, José Palacios había logrado establecer que el dueño del hostal se había llevado la camisa sin lavar para que el indio taumaturgo hiciera una demostración de sus poderes. De modo que cuando el general regresó a casa, José

Palacios lo puso al corriente del abuso del hostelero, con la advertencia de que no le quedaban más camisas que la que llevaba puesta. Él lo tomó con una cierta sumisión filosófica.

«Las supersticiones son más empedernidas que el amor», dijo.

«Lo raro es que desde anoche no volvimos a tener fiebre», dijo José Palacios. «¿Qué tal si el curandero fuera mágico de verdad?»

Él no encontró una réplica inmediata, y se dejó llevar por una reflexión profunda, meciéndose en la hamaca al compás de sus pensamientos. «La verdad es que no volví a sentir el dolor de cabeza», dijo. «Ni tengo la boca amarga ni siento que me voy a caer de una torre». Pero al final se dio una palmada en las rodillas y se incorporó con un impulso resuelto.

«No me metas más confusión en la cabeza», dijo.

Dos criados llevaron al dormitorio una gran olla de agua hirviendo con hojas aromáticas, y José Palacios preparó el baño nocturno confiando en que él iba a acostarse pronto por el cansancio de la jornada. Pero el baño se enfrió mientras dictaba una carta para Gabriel Camacho, esposo de su sobrina Valentina Palacios y apoderado suyo en Caracas para la venta de las minas de Aroa, un yacimiento de cobre que había heredado de sus mayores. Él mismo no parecía tener una idea clara de su destino, pues en una línea decía que iba para Curazao mientras llegaban a buen término las diligencias de Camacho, y en otra le pedía a éste que le escribiera a Londres a cargo de sir Robert Wilson, con una copia a la dirección del señor Maxwell Hyslop en Jamaica para estar seguro de recibir una aunque se perdiera la otra.

Para muchos, y más para sus secretarios y amanuenses, las minas de Aroa eran un desvarío de sus calenturas. Le habían merecido siempre tan escaso interés, que durante años estuvieron en poder de explotadores casuales. Se acordó de ellas al final de sus días, cuando su dinero empezó a escasear, pero no pudo venderlas a una compañía inglesa por falta de claridad en sus títulos. Aquél fue el principio de un embrollo judicial legendario, que había de prolongarse hasta dos años después de su muerte. En medio de las guerras, de las reyertas políticas, de los odios personales, nadie se equivocaba cuando el general decía "mi pleito". Pues para él no había otro que el de las minas de Aroa. La carta que dictó en Guaduas para don Gabriel Camacho le dejó a su sobrino Fernando la impresión equívoca de que no se irían a Europa mientras no se decidiera la disputa, y Fernando lo comentó más tarde jugando a las barajas con otros oficiales.

«Entonces no nos iremos nunca», dijo el coronel Wilson. «Mi padre ha llegado a preguntarse si ese cobre existe en la vida real».

«El que nadie las haya visto no quiere decir que las minas no existan», replicó el capitán Andrés Ibarra.

«Existen», dijo el general Carreño. «En el departamento de Venezuela».

Wilson replicó disgustado:

«A estas alturas me pregunto inclusive si Venezuela existe».

No podía disimular su contrariedad. Wilson había llegado a creer que el general no lo amaba, y que sólo lo mantenía en su séquito por consideración a su padre, a quien nunca acababa de agradecer la defensa que hizo de la emancipación americana en el parlamento inglés. Por infidencia de un antiguo edecán francés sabía que el general había dicho: «A Wilson le falta pasar algún tiempo en la escuela de las dificultades, y aun de la adversidad y la miseria». El coronel Wilson no había podido comprobar si era cierto que lo había dicho, pero de todos modos consideraba que le hubiera bastado con una sola de sus batallas para sentirse laureado en las tres escuelas. Tenía veintiséis años, y hacía ocho que su padre lo había enviado al servicio del general, después que concluyó sus estudios en Westminster y Sandhurst. Había sido edecán del general en la batalla de Junín, y fue él quien llevó el borrador de la Constitución de Bolivia a lomo de mula por una cornisa de trescientas sesenta leguas desde Chuquisaca. Al despedirlo, el general le había dicho que debía estar en La Paz a más tardar en veintiún días. Wilson se cuadró: «Estaré en veinte, Excelencia». Estuvo en diecinueve.

Había decidido regresar a Europa con el general, pero cada día aumentaba su certeza de que éste tendría siempre un motivo distinto para diferir el viaje. El que hubiera hablado otra vez de las minas de Aroa, que no habían vuelto a servirle de pretexto para nada desde hacía más de dos años, era para Wilson un indicio descorazonador.

José Palacios había hecho recalentar el baño después del dictado de la carta, pero el general no lo tomó, sino que siguió caminando sin rumbo, recitando poemas escritos por él que sólo José Palacios conocía. En las vueltas pasó varias veces por la galería donde estaban sus oficiales jugando a la ropilla, nombre criollo de la cascarela gallega, que él también solía jugar en otro tiempo. Se detenía un momento a mirar el juego por encima del hombro de cada uno, sacaba sus conclusiones sobre el estado de la partida, y proseguía el paseo.

«No sé cómo pueden perder el tiempo con un juego tan aburrido», decía.

Sin embargo, en una de las tantas vueltas no pudo resistir la tentación de pedirle al capitán Ibarra que le permitiera remplazarlo en la mesa. No tenía la paciencia de los buenos jugadores, y era agresivo y mal perdedor, pero también era astuto y rápido y sabía ponerse a la altura de sus subalternos. En aquella ocasión, con el general Carreño como aliado, jugó seis partidas y las perdió todas. Tiró el naipe en la mesa.

«Éste es un juego de mierda», dijo. «A ver quién se atreve en el tresillo».

Jugaron. Él ganó tres partidas continuas, se le enderezó el humor, y trató de ridiculizar al coronel Wilson por el modo en que jugaba al tresillo. Wilson lo tomó bien, pero aprovechó su entusiasmo para sacarle ventaja, y no volvió a perder. El general se puso tenso, sus labios se hicieron duros y pálidos, y los ojos hundidos bajo las cejas enmarañadas recobraron el fulgor salvaje de otros tiempos. No volvió a hablar, y una tos perniciosa le estorbaba para concentrarse. Pasadas las doce hizo parar el juego.

«Toda la noche he tenido el viento en contra», dijo.

Llevaron la mesa a un lugar más abrigado, pero él siguió perdiendo. Pidió que hicieran callar los pífanos que se oían muy cerca de allí, en alguna fiesta desperdigada, pero los pífanos siguieron por encima del escándalo de los grillos. Se hizo cambiar de puesto, se hizo poner una almohada en la silla para quedar más alto y cómodo, se bebió una infusión de flores de tilo que le alivió la tos, jugó varias partidas caminando de un extremo al otro de la galería, pero siguió perdiendo. Wilson mantuvo fijos en él sus límpidos ojos encarnizados, pero él no se dignó enfrentarlo con los suyos.

«Este naipe está marcado», dijo.

«Es suyo, general», dijo Wilson.

Era uno de sus naipes, en efecto, pero lo examinó de todos modos, carta por carta, y al final lo hizo cambiar. Wilson no le dio respiro. Los grillos se apagaron, hubo un silencio largo sacudido por una brisa húmeda que llevó hasta la galería los primeros olores de los valles ardientes, y un gallo cantó tres veces. «Es un gallo loco», dijo Ibarra. «No son más de las dos». Sin apartar la vista de las cartas, el general ordenó en un tono áspero:

«¡De aquí nadie se mueve, carajos!»

Nadie respiró. El general Carreño, que seguía el juego con más ansiedad que interés, se acordó de la noche más larga de su vida, dos años antes, cuando esperaban en Bucaramanga los resultados de la Convención de Ocaña. Habían empezado a jugar a las nueve de la noche, y habían terminado a las once de la mañana del día siguiente, cuando sus compañeros de juego se concertaron para dejar que el general ganara tres partidas continuas. Temiendo una nueva prueba de fuerza en aquella noche de Guaduas, el general Carreño le hizo al coronel Wilson una señal de que empezara a perder. Wilson no le hizo caso. Luego, cuando éste pidió una tregua de cinco minutos, lo siguió a lo largo de la terraza y lo encontró desaguando sus rencores amoniacales sobre los tiestos de geranios.

«Coronel Wilson», le ordenó el general Carreño. «¡Firme!»

Wilson le replicó sin volver la cabeza:

«Espérese a que termine».

Terminó con toda calma, y se volvió fajándose los pantalones.

«Empiece a perder», le dijo el general Carreño. «Aunque sea como un acto de consideración por un amigo en desgracia».

«Me resisto a hacerle a nadie semejante afrenta», dijo Wilson con un punto de ironía.

«¡Es una orden!», dijo Carreño.

Wilson, en posición de firmes, lo miró desde su altura con un desprecio imperial. Después volvió a la mesa, y empezó a perder. El general se dio cuenta.

«No es necesario que lo haga tan mal, mi querido Wilson», dijo. «Al fin y al cabo es justo que nos vayamos a dormir».

Se despidió de todos con un fuerte apretón de manos, como lo hacía siempre al levantarse de la mesa para indicar que el juego no había lastimado los afectos, y volvió al dormitorio. José Palacios se había dormido en el suelo, pero se incorporó al verlo entrar. Él se desvistió a toda prisa, y empezó a mecerse desnudo en la hamaca, con el pensamiento encabritado, y su respiración se iba haciendo más ruidosa y áspera a medida que más pensaba. Cuando se sumergió en la bañera estaba tiritando hasta la médula, pero entonces no era de fiebre ni de frío, sino de rabia.

«Wilson es un truchimán», dijo.

Pasó una de sus noches peores. Contrariando sus órdenes, José Palacios previno a los oficiales por si fuera necesario llamar a un médico, y lo mantuvo envuelto en sábanas para que sudara la fiebre. Dejó varias empapadas, con treguas momentáneas que luego lo precipitaban en una crisis de espejismos. Gritó varias veces: «¡Que callen esos pífanos, carajos!» Pero nadie pudo ayudarlo esta vez porque los pífanos se habían callado desde la medianoche. Más tarde encontró al culpable de su postración.

«Me sentía muy bien», dijo, «hasta que me sugestionaron con el cabrón indio de la camisa».

La última etapa hasta Honda fue por una cornisa escalofriante, en un aire de vidrio líquido que sólo una resistencia física y una voluntad como las suyas hubieran podido soportar después de una noche de agonía. Desde las primeras leguas se había retrasado de su posición habitual para cabalgar junto al coronel Wilson. Éste supo interpretar el gesto como una invitación a olvidar los agravios de la mesa de juego, y le ofreció el brazo en posición de halconero para que él apoyara su mano. De ese modo hicieron juntos el descenso, el coronel Wilson conmovido por su deferencia, y él respirando mal con las últimas fuerzas, pero invicto en la montura. Cuando terminó el tramo más abrupto, preguntó con una voz de otro siglo:

«¿Cómo estará Londres?»

El coronel Wilson miró el sol, casi en el centro del cielo, y dijo:

«Mal, general».

Él no se sorprendió, sino que volvió a preguntar con la misma voz:

«¿Y eso por qué?»

«Porque allá son las seis de la tarde, que es la peor hora de Londres», dijo Wilson. «Además, debe estar cayendo una lluvia sucia y muerta, como agua de sapos, porque la primavera es nuestra estación siniestra».

«No me diga que ha derrotado a la nostalgia», dijo él.

«Al contrario: la nostalgia me ha derrotado a mí», dijo Wilson. «Ya no le opongo la menor resistencia».

«Entonces, ¿quiere o no quiere volver?»

«Ya no sé nada, mi general», dijo Wilson. «Estoy a merced de un destino que no es el mío».

Él lo miró directo a los ojos, y dijo asombrado: «Eso tendría que decirlo yo».

Cuando volvió a hablar, su voz y su ánimo habían cambiado. «No se preocupe», dijo. «Pase lo que pase nos iremos para Europa, aunque sólo sea por no privar a su padre del gusto de verlo». Luego, al cabo de una reflexión lenta, concluyó:

«Y permítame decirle una última cosa, mi querido Wilson: de usted podrían decir cualquier cosa, menos que sea un truchimán».

El coronel Wilson se le rindió una vez más, acostumbrado a sus penitencias gallardas, sobre todo después de una borrasca de naipes o de una victoria de guerra. Siguió cabalgando despacio, con la mano febril del enfermo más glorioso de las Américas agarrada de su antebrazo como un halcón de cetrería, mientras el aire empezaba a hervir, y tenían que espantar como si fueran moscas unos pájaros fúnebres que revoloteaban sobre sus cabezas.

En lo más duro de la pendiente se cruzaron con una partida de indios que llevaban a un grupo de viajeros europeos en sillas colgadas en las espaldas. De pronto, poco antes de que terminara el descenso, un jinete enloquecido pasó a todo galope en la misma dirección que ellos. Llevaba una caperuza colorada que casi le tapaba el rostro, y era tal el desorden de su prisa que la mula del capitán Ibarra estuvo a punto de desbarrancarse de espanto. El general alcanzó a gritarle: «¡Fíjese por donde anda, carajos!» Lo siguió hasta perderlo de vista en la primera curva, pero estuvo pendiente de él cada vez que reaparecía en las vueltas más bajas de la cornisa.

A las dos de la tarde coronaron la última colina, y el horizonte se abrió en una llanura fulgurante, al fondo de la cual yacía en el sopor la muy célebre ciudad de Honda, con su puente de piedra castellana sobre el gran río cenagoso, con sus murallas en ruinas y la torre de la iglesia desbaratada por un terremoto. El general contempló el valle ardiente, pero no dejó traslucir ninguna emoción, salvo por el jinete de la caperuza colorada que en aquel momento atravesaba el puente con su galope interminable. Entonces se le volvió a encender la luz del sueño.

«Dios de los pobres», dijo. «Lo único que podría explicar semejante apuro es que lleve una carta para Casandro con la noticia de que ya nos fuimos».

A pesar de la advertencia de que no hubiera manifestaciones públicas a su llegada, una alegre cabalgata salió a recibirlo en el puerto, y el gobernador Posada Gutiérrez preparó una banda de músicos y juegos de pólvora para tres días. Pero la lluvia desbarató la fiesta antes de que la comitiva llegara a las calles del comercio. Fue un aguacero prematuro de una violencia arrasadora, que desempedró las calles y desbordó las aguas en los barrios pobres, pero el calor se mantuvo imperturbable. En la confusión de los saludos alguien volvió a incurrir en la tontería eterna: «Aquí hace tanto calor que las gallinas ponen los huevos fritos». Este desastre habitual se repitió sin ninguna variación en los tres días siguientes. En el letargo de la siesta, una nube negra que descendía de la cordillera se plantaba sobre la ciudad, y se desventraba en un diluvio instantáneo. Luego volvía a brillar el sol en el cielo diáfano con la misma inclemencia de antes, mientras las brigadas cívicas despejaban las calles de los escombros de la creciente, y empezaba a concentrarse en las crestas de los cerros la nube negra de mañana. A cualquier hora del día o de la noche, adentro o afuera, se oía resollar el calor.

Postrado por la fiebre, el general soportó a duras penas la bienvenida oficial. El aire hervía a borbotones en el salón del cabildo, pero él salió del paso con una plática de obispo escaldado que pronunció muy despacio y con la voz a rastras, sin levantarse de la poltrona. Una niña de diez años con alas de ángel y un traje de volantes de organza recitó de memoria, ahogándose en la prisa, una oda a las glorias del general. Pero se equivocó, volvió a empezarlo por donde no era, se le traspapeló sin remedio, y sin saber qué hacer fijó en él sus ojitos de pánico. El general le hizo una sonrisa de complicidad y le recordó los versos en voz baja:

> *El brillo de su espada*
> *es el vivo reflejo de su gloria.*

En los primeros años de su poder, el general no desperdiciaba ocasión de hacer banquetes multitudinarios y espléndidos, e incitaba a sus invitados a comer y a beber hasta la embriaguez. De ese pasado regio le quedaban los cubiertos personales con su monograma grabado, que José Palacios le llevaba a los convites. En la recepción de Honda aceptó ocupar la cabecera de honor, pero sólo se tomó una copa de oporto, y apenas si probó la sopa de tortuga de río que le dejó un regusto desdichado.

Se retiró temprano al santuario que le tenía listo en su casa el coronel Posada Gutiérrez, pero la noticia de que al día siguiente esperaban el correo de Santa Fe le espantó el poco sueño que le quedaba. Presa de la zozobra volvió a pensar en su desgracia después de la tregua de tres días, y volvió a atormentar a José Palacios con preguntas viciosas. Quería saber qué había ocurrido desde que él se fue, cómo sería la ciudad con un gobierno distinto del suyo, cómo sería la vida sin él. En alguna ocasión de pesadumbre había dicho: «América es un medio globo que se ha vuelto loco». Aquella primera noche de Honda hubiera tenido más razón para creerlo.

La pasó en vilo, crucificado por los zancudos, pues se negaba a dormir con mosquitero. A veces daba vueltas y vueltas hablando solo por el cuarto, a veces se mecía con grandes bandazos en la hamaca, a veces se enrollaba en la manta y sucumbía a la calentura, desvariando casi a gritos en un pantano de sudor. José Palacios veló con él, contestando a sus preguntas, dándole la hora a cada instante con sus minutos contados, sin necesidad de consultar los dos relojes de leontina que llevaba prendidos de los ojales del chaleco. Le meció la hamaca cuando él no se sintió con fuerzas para impulsarse solo, y espantó los zancudos con un trapo hasta que consiguió dormirlo más de una hora. Pero despertó de un salto poco antes del amanecer, cuando oyó ruido de bestias y voces de hombres en el patio, y salió en camisa de dormir para recibir el correo.

En la misma recua llegó el joven capitán Agustín de Iturbide, su edecán mexicano, retrasado en Santa Fe por un inconveniente de última hora. Llevaba una carta del mariscal Sucre, que era un lamento entrañable por no haber llegado a tiempo a las despedidas. En el correo llegó también una carta escrita dos días antes por el presidente Caycedo. El gobernador Posada Gutiérrez entró poco después en el dormitorio con los recortes de los periódicos dominicales, y el general le pidió que le leyera las cartas, pues todavía la luz era exigua para sus ojos.

La novedad era que en Santa Fe había escampado el domingo, y numerosas familias con sus niños invadieron los potreros con canastos de lechón asado, sobrebarriga al horno, morcillas de arroz, papas nevadas con queso fundido, y almorzaron sentadas en la hierba bajo un sol radiante que no se había visto en la ciudad desde los tiempos del ruido. Este milagro de mayo había disipado el nerviosismo del sábado. Los alumnos del colegio de San Bartolomé habían vuelto a echarse a la calle con el sainete demasiado visto de las ejecuciones alegóricas, pero no encontraron ninguna resonancia. Se dispersaron aburridos antes del anochecer, y el domingo cambiaron las escopetas por los tiples y se les vio cantando bambucos por entre la gente que se calentaba al sol en los potreros, hasta que volvió a llover sin ningún anuncio a las cinco de la tarde, y se acabó la fiesta.

Posada Gutiérrez interrumpió la lectura de la carta.

«Ya nada de este mundo puede salpicar vuestra gloria», le dijo al general. «Digan lo que digan, Su Excelencia seguirá siendo el más grande de los colombianos hasta en los confines del planeta».

«No lo dudo», dijo el general, «si bastó con que me fuera para que el sol volviera a brillar».

Lo único que le indignó de la carta fue que el propio encargado de la presidencia de la república incurriera en el abuso de llamar liberales a los partidarios de Santander, como si fuera un término oficial. «No sé de dónde se arrogaron los demagogos el derecho de llamarse liberales», dijo. «Se robaron la palabra, ni más ni menos, como se roban todo lo que les cae en las manos». Saltó de la hamaca, y siguió desahogándose con el gobernador mientras medía la habitación de un extremo al otro con sus trancos de soldado.

«La verdad es que aquí no hay más partidos que el de los que están conmigo y el de los que están contra mí, y usted lo sabe mejor que nadie», concluyó. «Y aunque no lo crean, nadie es más liberal que yo».

Un emisario personal del gobernador llevó más tarde el recado verbal de que Manuela Sáenz no le había escrito porque los correos tenían instrucciones terminantes de no recibir sus cartas. Lo había mandado la propia Manuela, quien en la misma fecha dirigió al presidente encargado una carta de protesta por la prohibición, y ése fue el origen de una serie de provocaciones de ida y vuelta que había de terminar para ella con el destierro y el olvido. Sin embargo, al contrario de lo que esperaba Posada Gutiérrez, que conocía de cerca los tropiezos de aquel amor atormentado, el general sonrió con la mala noticia.

«Estos conflictos son el estado natural de mi amable loca», dijo.

José Palacios no ocultó su disgusto por la falta de consideración con que fueron programados los tres días de Honda. La invitación más sorprendente fue un paseo a las minas de plata de Santa Ana, a seis leguas de allí, pero más sorprendente fue que el general la aceptara, y mucho más sorprendente que descendiera a una galería subterránea. Peor aún: en el camino de regreso, a pesar de que tenía fiebre alta y la cabeza a punto de estallar por la jaqueca, se echó a nadar en un remanso del río. Lejos estaban los días en que apostaba a cruzar un torrente llanero con una mano amarrada, y aun así ganarle al nadador más diestro. Esta vez, de todos modos, nadó sin fatiga durante media hora, pero quienes vieron su costillar de perro y sus piernas raquíticas no entendieron que pudiera seguir vivo con tan poco cuerpo.

La última noche, el municipio le ofreció un baile de gala, al que se excusó de asistir por el cansancio del paseo. Recluido en el dormitorio desde las cinco de la tarde, dictó a Fernando la respuesta para el general Domingo Caycedo, y se hizo leer varias páginas más de los episodios galantes de Lima, de alguno de los cuales había sido el protagonista. Después tomó el baño tibio y se quedó inmóvil en la hamaca, oyendo en la brisa las ráfagas de música del baile en su honor. José Palacios lo hacía dormido cuando le oyó decir:

«¿Te acuerdas de ese vals?»

Silbó varios compases para revivir la música en la memoria del mayordomo, pero éste no lo identificó. «Fue el vals más tocado la noche que llegamos a Lima desde Chuquisaca», dijo el general. José Palacios no lo recordaba, pero no olvidaría jamás la noche de gloria del 8 de febrero de 1826. Lima les había ofrecido aquella mañana una recepción imperial, a la que el general correspondió con una frase que repetía sin falta en cada brindis: «En la vasta extensión del Perú no queda ya ni un solo español». Aquel día estaba sellada la independencia del continente inmenso que él se proponía convertir, según sus propias palabras, en la liga de naciones más vasta, o más extraordinaria, o más fuerte que ha aparecido hasta el día sobre la tierra. Las emociones de la fiesta se le quedaron asociadas al valse que había hecho repetir cuantas veces fueron necesarias, para que ni una sola de las damas de Lima se quedara sin bailarlo con él. Sus oficiales, con los uniformes más deslumbrantes que se vieron en la ciudad, secundaron su ejemplo hasta donde les alcanzaron las fuerzas, pues todos eran valseadores admirables, cuyo recuerdo perduraba en el corazón de sus parejas mucho más que las glorias de guerra.

La última noche de Honda abrieron la fiesta con el valse de la victoria, y él esperó en la hamaca a que lo repitieran. Pero en vista de que no lo repetían se levantó de golpe, se puso la misma ropa de montar que había usado en la excursión a las minas, y se presentó en el baile sin ser anunciado. Bailó casi tres horas, haciendo repetir la pieza cada vez que cambiaba de pareja, tratando quizás de reconstituir el esplendor de antaño con las cenizas de sus nostalgias. Lejos quedaban los años ilusorios en que todo el mundo caía rendido, y sólo él seguía bailando hasta el amanecer con la última pareja en el salón desierto. Pues el baile era para él una pasión tan dominante, que bailaba sin pareja cuando no la había, o bailaba solo la música que él mismo silbaba, y expresaba sus grandes júbilos subiéndose a bailar en la mesa del comedor. La última noche de Honda tenía ya las fuerzas tan disminuidas, que debía restablecerse en los intermedios aspirando los vapores del pañuelo embebido en agua de colonia, pero bailó con tanto entusiasmo y con una maestría tan juvenil, que sin habérselo propuesto desbarató las versiones de que estaba enfermo de muerte.

Poco después de la medianoche, cuando regresó a casa, le anunciaron que una mujer lo esperaba en la sala de visitas. Era elegante y altiva, y exhalaba una fragancia primaveral. Estaba vestida de terciopelo, con mangas hasta los puños y botas de montar del cordobán más delicado, y llevaba un sombrero de dama medieval con un velo de seda. El general le hizo una reverencia formal, intrigado por el modo y la hora de la visita. Sin decir una palabra, ella puso a la altura de sus ojos un relicario que colgaba de su cuello con una larga cadena, y él lo reconoció asombrado.

«¡Miranda Lyndsay!», dijo.

«Soy yo», dijo ella, «aunque ya no la misma».

La voz grave y cálida, como de violonchelo, perturbada apenas por un leve rastro de su inglés materno, debió avivar en él recuerdos irrepetibles. Hizo retirar con una señal de la mano al centinela de servicio que lo cuidaba desde la puerta, y se sentó frente a ella, tan cerca de ella que casi se tocaban las rodillas, y le tomó las manos.

Se habían conocido quince años antes en Kingston, donde él sobrellevaba su segundo exilio, durante un almuerzo casual en casa del comerciante inglés Maxwell Hyslop. Ella era la hija única de sir London Lyndsay, un diplomático inglés jubilado en un ingenio azucarero de Jamaica para escribir unas memorias en seis tomos que nadie leyó. A pesar de la belleza ineludible de Miranda, y del corazón fácil del joven proscrito, éste estaba entonces demasiado inmerso en sus sueños, y muy pendiente de otra para fijarse en nadie.

Ella había de recordarlo siempre como un hombre que parecía mucho mayor de sus treinta y dos años, óseo y pálido, con patillas y bigotes ásperos de mulato, y el cabello largo hasta los hombros. Estaba vestido a la inglesa, como los jóvenes de la aristocracia criolla, con corbata blanca y una casaca demasiado gruesa para el clima, y la gardenia de los románticos en el ojal. Vestido así, en una noche libertina de 1810, una puta galante lo había confundido con un pederasta griego en un burdel de Londres.

Lo más memorable de él, para bien o para mal, eran

los ojos alucinados y el habla inagotable y agotadora con una voz crispada de pájaro de rapiña. Lo más extraño era que mantenía la vista baja y atrapaba la atención de sus comensales sin mirarlos de frente. Hablaba con la cadencia y la dicción de las islas Canarias, y con las formas cultas del dialecto de Madrid, alternado aquel día con un inglés primario pero comprensible, en honor de dos invitados que no entendían el castellano.

Durante el almuerzo no le prestó atención a nadie más que a sus propios fantasmas. Habló sin reposo, con un estilo docto y declamatorio, soltando sentencias proféticas todavía sin cocinar, muchas de las cuales estarían en una proclama épica publicada días después en un periódico de Kingston, y que la historia había de consagrar como *La Carta de Jamaica*. «No son los españoles, sino nuestra propia desunión lo que nos ha llevado de nuevo a la esclavitud», dijo. Hablando de la grandeza, los recursos y los talentos de América, repitió varias veces: «Somos un pequeño género humano». De regreso a casa, su padre le preguntó a Miranda cómo era el conspirador que tanto inquietaba a los agentes españoles de la isla, y ella lo redujo a una frase: *«He feels he's Bonaparte»*.

Días después él recibió un mensaje insólito, con instrucciones minuciosas para que fuera a encontrarse con ella el sábado siguiente a las nueve de la noche, solo y de a pie, en un lugar deshabitado. Aquel desafío no ponía en riesgo sólo su vida, sino la suerte de las Américas, pues él era entonces la última reserva de una insurrección liquidada. Después de cinco años de una independencia azarosa, España acababa de reconquistar los territorios del virreinato de la Nueva Granada y la capitanía general de Venezuela, que no resistieron la embestida feroz del general Pablo Morillo, llamado El Pacificador. El mando supremo de los patriotas había sido eliminado con la fórmula simple de ahorcar a todo el que supiera leer y escribir.

De la generación de criollos ilustrados que sembraron la semilla de la independencia desde México hasta el Río de La Plata, él era el más convencido, el más tenaz, el más clarividente, y el que mejor conciliaba el ingenio de la política con la intuición de la guerra. Vivía en una casa alquilada de dos habitaciones, con sus ayudantes militares, con dos antiguos esclavos adolescentes que seguían sirviéndole después de ser manumitidos, y con José Palacios. Escaparse a pie para una cita incierta, de noche y sin escolta, era no sólo un riesgo inútil sino una insensatez histórica. Pero con todo lo que él apreciaba su vida y su causa, cualquier cosa le parecía menos tentadora que el enigma de una mujer hermosa.

Miranda lo esperó a caballo en el lugar previsto, también sola, y lo condujo en ancas por un sendero invisible. Había amenazas de lluvia con relámpagos y truenos remotos en el mar. Una partida de perros oscuros se enredaban en las patas del caballo, latiendo en las tinieblas, pero ella los mantenía a raya con los arrullos tiernos que iba murmurando en inglés. Pasaron muy cerca del ingenio azucarero donde sir London Lyndsay escribía los recuerdos que nadie más que él había de recordar, vadearon un arroyo de piedras y penetraron del otro lado en un bosque de pinos, al fondo del cual había una ermita abandonada. Allí desmontaron, y ella lo condujo de la mano a través del oratorio oscuro hasta la sacristía en ruinas, apenas alumbrada por una antorcha clavada en el muro, y sin más muebles que dos troncos esculpidos a golpes de hacha. Sólo entonces se vieron las caras. Él iba en mangas de camisa, y con el cabello amarrado en la nuca con una cinta como una cola de caballo, y Miranda lo encontró más juvenil y atractivo que en el almuerzo.

Él no tomó ninguna iniciativa, pues su método de seducción no obedecía a ninguna pauta, sino que cada caso era distinto, y sobre todo el primer paso. «En los preámbulos del amor ningún error es corregible», había dicho. En esa ocasión debió ir convencido de que todos los obstáculos estaban sorteados de antemano, puesto que la decisión había sido de ella.

Se equivocó. Además de su belleza, Miranda tenía una dignidad difícil de eludir, así que transcurrió un buen tiempo antes de que él comprendiera que también esa vez debía tomar la iniciativa. Ella lo había invitado a sentarse, y lo hicieron igual que habían de hacerlo en Honda quince años después, el uno enfrente del otro en los troncos tallados, y tan cerca que casi se tocaban las rodillas. Él la tomó de las manos, la atrajo hacia sí, y trató de besarla. Ella lo dejó acercarse hasta sentir el calor de su aliento, y apartó la cara.

«Todo se hará a su tiempo», dijo.

La misma frase puso término a las reiteradas tentativas que él emprendió después. A la medianoche, cuando la lluvia empezó a filtrarse por las troneras del techo, seguían sentados el uno frente al otro, cogidos de las manos, mientras él recitaba un poema suyo que por aquellos días estaba componiendo en la memoria. Eran octavas reales bien medidas y bien rimadas, en las cuales se mezclaban requiebros de amor y fanfarrias de guerra. Ella se conmovió, y citó tres nombres tratando de adivinar el del autor.

«Es de un militar», dijo él.

«¿Militar de guerra o militar de salón?», preguntó ella.

«De ambas cosas», dijo él. «El más grande y solitario que ha existido jamás».

Ella recordó lo que le había dicho a su padre después del almuerzo del señor Hyslop.

«Sólo puede ser Bonaparte», dijo.

«Casi», dijo el general, «pero la diferencia moral es enorme, porque el autor del poema no permitió que lo coronaran».

Con el paso de los años, a medida que le llegaran nuevas noticias suyas, ella había de preguntarse cada vez con más asombro si él había sido consciente de que aquella travesura de su ingenio era la prefiguración de su propia vida. Pero esa noche no lo sospechó siquiera, pendiente del compromiso casi imposible de retenerlo sin resentirlo, y sin capitular ante sus asaltos, más apremiantes a medida que se acercaba el alba. Llegó hasta permitirle algunos besos casuales, pero nada más.

«Todo se hará a su tiempo», le decía.

«A las tres de la taı de me voy para siempre en el paquete de Haití», dijo él.

Ella le desbarató la astucia con una risa encantadora.

«En primer término, el paquete no sale hasta el viernes», dijo. «Y además, el pastel que usted encargó ayer a la señora Turner tiene que llevarlo esta noche a su cena con la mujer que más me odia en este mundo».

La mujer que más la odiaba en este mundo se llamaba Julia Cobier, una dominicana hermosa y rica, también desterrada en Jamaica, en cuya casa, según decían, él se había quedado a dormir más de una vez.

Esa noche iban a celebrar solos el cumpleaños de ella.

«Está usted mejor informada que mis espiones», dijo él.

«¿Y por qué no pensar más bien que soy una de sus espionas?», dijo ella.

Él no lo entendió hasta las seis de la mañana, cuando volvió a su casa y encontró a su amigo Félix Amestoy, muerto y desangrado en la hamaca donde él hubiera estado de no haber sido por la falsa cita de amor. Lo había vencido el sueño mientras esperaba que él volviera para darle un mensaje urgente, y uno de los sirvientes manumisos, pagado por los españoles, lo mató de once puñaladas creyendo que era él. Miranda había conocido los planes del atentado y no se le ocurrió nada más discreto para impedirlo. Él intentó agradecérselo en persona, pero ella no respondió a sus recados. Antes de irse para Puerto Príncipe en una goleta corsaria, le mandó con José Palacios el precioso relicario que había heredado de su madre, acompañado de un billete con una sola línea sin firma:

«Estoy condenado a un destino de teatro».

Miranda no olvidó ni pudo entender jamás aquella frase hermética del joven guerrero que en los años siguientes volvió a su tierra con la ayuda del presidente de la república libre de Haití, el general Alexandre Pétion, cruzó los Andes con una montonera de llaneros descalzos, derrotó a las armas realistas en el puente de Boyacá, y liberó por segunda vez y para siempre a la Nueva Granada, luego a Venezuela, su tierra natal, y por fin a los abruptos territorios del sur hasta los límites con el imperio del Brasil. Ella siguió sus trazas, sobre todo por los relatos de viajeros que no se cansaban de contar sus hazañas. Resuelta la independencia de las antiguas colonias españolas, Miranda se casó con un agrimensor inglés que cambió de oficio y se radicó en la Nueva Granada para implantar en el valle de Honda las cepas de caña de azúcar de Jamaica. Allí estaba el día anterior, cuando oyó decir que su viejo conocido, el proscrito de Kingston, andaba a sólo tres leguas de su casa. Pero llegó a las minas cuando el general había emprendido ya el regreso a Honda, y tuvo que cabalgar media jornada más para alcanzarlo.

No lo hubiera reconocido en la calle sin las patillas ni el bigote juvenil y con el cabello blanco y escaso, y con aquel aspecto de desorden final que le causó la impresión sobrecogedora de estar hablando con un muerto. Miranda llevaba el propósito de quitarse el velo para hablar con él, una vez sorteado el riesgo de ser reconocida en la calle, pero se lo impidió el horror de que también él descubriera en su cara los estragos del tiempo. Apenas terminados los formalismos iniciales, ella fue directo a sus asuntos:

«Vengo a suplicarle un favor».

«Soy todo suyo», dijo él.

«El padre de mis cinco hijos cumple una larga condena por haber matado a un hombre», dijo ella.

«¿Con honor?»

«En duelo franco», dijo ella, y explicó en seguida: «Por celos».

«Infundados, por supuesto», dijo él.

«Fundados», dijo ella.

Pero ahora todo pertenecía al pasado, él incluso, y lo único que ella le pedía por caridad era que interpusiera su poder para ponerle término al cautiverio del esposo. Él no acertó a decir más que la verdad:

«Estoy enfermo y desvalido, como usted puede ver,

pero no hay nada en este mundo que no sea capaz de hacer por usted».

Hizo entrar al capitán Ibarra para que tomara las notas del caso, y prometió cuanto estuviera al alcance de su poder menguado para conseguir el indulto. Esa misma noche intercambió ideas con el general Posada Gutiérrez, en reserva absoluta y sin dejar nada escrito, pero todo quedó pendiente hasta conocer la índole del nuevo gobierno. Acompañó a Miranda hasta el pórtico de la casa donde la esperaba una escolta de seis manumisos, y la despidió con un beso en la mano.

«Fue una noche feliz», dijo ella.

Él no resistió la tentación:

«¿Ésta o aquélla?»

«Ambas», dijo ella.

Montó en un caballo de refresco, de buena estampa y enjaezado como el de un virrey, y se fue a todo galope sin volver a mirarlo. Él esperó en el portal hasta que dejó de verla en el fondo de la calle, pero seguía viéndola en sueños cuando José Palacios lo despertó al amanecer para emprender el viaje por el río.

Hacía siete años que él le había concedido un privilegio especial al comodoro alemán Juan B. Elbers, para que iniciara la navegación a vapor. Él mismo había ido en uno de sus buques desde Barranca Nueva hasta Puerto Real, camino de Ocaña, y había reconocido que era un modo de viajar cómodo y seguro. Sin embargo, el comodoro Elbers consideraba que el negocio no valía la pena si no estaba respaldado por un privilegio exclusivo, y el general Santander se lo concedió sin condiciones cuando estaba encargado de la presidencia. Dos años después, investido con poderes absolutos por el congreso nacional, el general desbarató el acuerdo con una de sus frases proféticas: «Si les dejamos el monopolio a los alemanes terminarán traspasándolo a los Estados Unidos». Más tarde declaró la total libertad de la navegación fluvial en todo el país. De modo que cuando quiso conseguir un buque de vapor para el caso de que decidiera viajar, se encontró con dilaciones y circunloquios que se parecían demasiado a la venganza, y a la hora de irse tuvo que conformarse con los champanes de siempre.

El puerto estaba lleno desde las cinco de la mañana con gentes de a caballo y de a pie, reclutadas a toda prisa por el gobernador en las veredas cercanas para fingir una despedida como las de otras épocas. Numerosas canoas merodeaban en el atracadero, cargadas de mujeres alegres que provocaban a gritos a los soldados de la guardia, y éstos les contestaban con piropos obscenos. El general llegó a las seis con la comitiva oficial. Había salido caminando de la casa del gobernador, muy despacio y con la boca tapada con un pañuelo embebido en agua de colonia.

Se anunciaba un día nublado. Las tiendas de la calle del comercio estaban abiertas desde el amanecer, y algunas despachaban casi a la intemperie entre los cascarones de las casas todavía destruidas por un terremoto de hacía veinte años. El general respondía con el pañuelo a quienes lo saludaban desde las ventanas, pero eran los menos, porque los más lo veían pasar en silencio, sorprendidos por su mal estado. Iba en mangas de camisa, con sus únicas botas Wellington y un sombrero de paja blanca. En el atrio de la iglesia el párroco se había subido en una silla para soltarle una arenga, pero el general Carreño se lo impidió. Él se acercó, y le estrechó la mano.

A la vuelta de la esquina le habría bastado con una mirada para darse cuenta de que no soportaría la pendiente, pero empezó a subirla agarrado del brazo del general Carreño, hasta que pareció evidente que no podía más. Entonces trataron de convencerlo de que usara una silla de mano que Posada Gutiérrez había preparado por si le hiciera falta.

«No, general, se lo suplico», dijo él, azorado. «Evíteme esta humillación».

Coronó la pendiente, más con la fuerza de la voluntad que con la del cuerpo, y aun le sobraron ánimos para descender sin ayuda hasta el atracadero. Allí se despidió con una frase amable de cada uno de los miembros de la comitiva oficial. Y lo hizo con una sonrisa fingida para que no se le notara que en aquel 15 de mayo de rosas ineluctables estaba emprendiendo el viaje de regreso a la nada. Al gobernador Posada Gutiérrez le dejó de recuerdo una medalla de oro con su perfil grabado, le agradeció sus bondades con una voz bastante fuerte para ser oída por todos, y lo abrazó con una emoción cierta. Luego apareció en la popa del champán despidiéndose con el sombrero, sin mirar a nadie entre los grupos que le mandaban adioses desde la ribera, sin ver el desorden de las canoas alrededor de los champanes ni los niños desnudos que nadaban como sábalos por debajo del agua. Siguió moviendo el sombrero hacia un mismo punto con una expresión ajena, hasta que ya no se vio más que el muñón de la torre de la iglesia por encima de las murallas desbaratadas. Entonces se metió en el cobertizo del champán, se sentó en la hamaca y estiró las piernas, para que José Palacios lo ayudara a quitarse las botas.

«A ver si ahora sí creen que nos fuimos», dijo.

La flota estaba compuesta por ocho champanes de distintos tamaños, y uno especial para él y su séquito, con un timonel en la popa y ocho bogas que lo impulsaban con palancas de guayacán. A diferencia de los champanes corrientes, que tenían en el centro un cobertizo de palma amarga para el cargamento, a éste le habían puesto un toldo de lienzo para que pudiera colgarse una hamaca en la sombra, lo habían forrado por dentro con zaraza y tapizado con esteras, y le habían abierto cuatro ventanas para aumentar la ventilación y la luz. Le pusieron una mesita para escribir o jugar barajas, un estante para los libros, y una tinaja con un filtro de piedra. El responsable de la flota, escogido entre los mejores del río, se llamaba Casildo Santos, y era un antiguo capitán del batallón Tiradores de la Guardia, con una voz de trueno y un parche de pirata en el ojo izquierdo, y una noción más bien intrépida de su mandato.

Mayo era el primero de los meses buenos para los buques del comodoro Elbers, pero los meses buenos no eran los mejores para los champanes. El calor mortal, las tempestades bíblicas, las corrientes traidoras, las amenazas de las fieras y las alimañas durante la noche, todo parecía confabulado contra el bienestar de los pasajeros. Un tormento adicional para alguien sensibilizado por la mala salud era la pestilencia de las pencas de carne salada y los bocachicos ahumados que colgaron por descuido en los aleros del champán presidencial, y que él ordenó quitar tan pronto como los percibió al embarcarse. Enterado así de que no podía resistir ni siquiera el olor de las cosas de comer, el capitán Santos hizo poner en el último lugar de la flota el champán de avituallamiento, en el que había corrales de gallinas y cerdos vivos. Sin embargo, desde el primer día de navegación, después de comerse con gran deleite dos platos seguidos de mazamorra de maíz tierno, quedó establecido que él no iba a comer nada distinto durante el viaje.

«Esto parece hecho con la mano mágica de Fernanda Séptima», dijo.

Así era. Su cocinera personal de los últimos años, la quiteña Fernanda Barriga, a quien él llamaba Fernanda Séptima cuando lo obligaba a comer algo que no quería, se encontraba a bordo sin que él lo supiera. Era una india plácida, gorda, dicharachera, cuya virtud mayor no era su buena sazón en la cocina sino su instinto para complacer al general en la mesa. Él había resuelto que se quedara en Santa Fe con Manuela Sáenz, quien la tenía incorporada a su servicio doméstico, pero el general Carreño la llamó de urgencia desde Guaduas, cuando José Palacios le anunció alarmado que el general no había hecho una comida completa desde la víspera del viaje. Había llegado a Honda en la madrugada, y la embarcaron a escondidas en el champán de la despensa a la espera de una ocasión propicia. Ésta se presentó más pronto de lo previsto por el placer que él experimentó con la mazamorra de maíz tierno, que era su plato más apetecido desde que su salud empezó a decaer.

El primer día de navegación pudo ser el último. Se hizo noche a las dos de la tarde, se encresparon las aguas, los truenos y los relámpagos estremecieron la tierra y los bogas parecieron incapaces de impedir que los botes se despedazaran contra los cantiles. El general observó desde el cobertizo la maniobra de salvación dirigida a gritos por el capitán Santos, cuyo genio naval no parecía suficiente para semejante disturbio. La observó primero con curiosidad y luego con una ansiedad indomable, y en el momento culminante del peligro se dio cuenta de que el capitán había impartido una orden equivocada. Entonces se dejó arrastrar por el instinto, se abrió paso entre el viento y la lluvia, y contrarió la orden del capitán al borde del abismo.

«¡Por ahí no!», gritó. «¡Por la derecha, por la derecha, carajos!»

Los bogas reaccionaron ante la voz descascarada pero todavía plena de una autoridad irresistible, y él se hizo cargo del mando sin darse cuenta, hasta que se superó la crisis. José Palacios se apresuró a echarle encima una manta. Wilson e Ibarra lo mantuvieron firme en su sitio. El capitán Santos se hizo a un lado, consciente una vez más de haber confundido babor con estribor, y esperó con humildad de soldado hasta que él lo buscó y lo encontró con una mirada trémula.

«Usted perdone, capitán», le dijo.

Pero no quedó en paz consigo mismo. Esa noche, en torno de las hogueras que encendieron en el playón donde arrimaron para dormir por primera vez, contó historias de emergencias navales inolvidables. Contó que su hermano Juan Vicente, el padre de Fernando, murió ahogado en un naufragio cuando regresaba de comprar en Washington un cargamento de armas y municiones para la primera república. Contó que él había estado a punto de correr igual suerte cuando el caballo se le murió entre las piernas mientras atravesaba el Arauca crecido, y lo arrastró dando tumbos con la bota enredada en el estribo, hasta que su baquiano logró cortar las correas. Contó que en la ruta de Angostura, poco después de haber asegurado la independencia de la Nueva Granada, se encontró con un bote volteado en los rápidos del Orinoco, y vio a un oficial desconocido que nadaba hacia la orilla. Le dijeron que era el general Sucre. Él replicó indignado: «No existe ningún general Sucre». Era Antonio José de Sucre, en efecto, que había sido ascendido poco antes a general del ejército libertador, y con quien él mantuvo desde entonces una amistad entrañable.

«Yo sabía de ese encuentro», dijo el general Carreño, «pero sin el pormenor del naufragio».

«Puede que lo esté confundiendo con el primer naufragio que tuvo Sucre cuando escapó de Cartagena perseguido por Morillo, y permaneció a flote sabe Dios cómo casi veinticuatro horas», dijo él. Y agregó, un poco a la deriva: «Lo que intento es que el capitán Santos entienda de algún modo mi impertinencia de esta tarde».

En la madrugada, cuando todos dormían, la selva íntegra se estremeció con una canción sin acompañamiento que sólo podía salir del alma. El general se sacudió en la hamaca. «Es Iturbide», murmuró José Palacios en la penumbra. Acababa de decirlo cuando una voz de mando brutal interrumpió la canción.

Agustín de Iturbide era el hijo mayor de un general mexicano de la guerra de independencia, que se proclamó emperador de su país y no alcanzó a serlo por más de un año. El general tenía un afecto distinto por él desde que lo vio por primera vez, en posición de firmes, trémulo y sin poder dominar el temblor de las manos por la impresión de encontrarse frente al ídolo de su infancia. Entonces tenía veintidós años. Aún no había cumplido diecisiete cuando su padre fue fusilado en un pueblo polvoriento y ardiente de la provincia mexicana, pocas horas después que regresó del exilio sin saber que había sido juzgado en ausencia y condenado a muerte por alta traición.

Tres cosas conmovieron al general desde los primeros días. Una fue que Agustín tenía el reloj de oro y piedras preciosas que su padre le había mandado desde el paredón de fusilamiento, y lo usaba colgado del cuello para que nadie dudara de que lo tenía a mucha honra. La otra era el candor con que le contó que su padre, vestido de pobre para no ser reconocido por la guardia del puerto, había sido delatado por la elegancia con que montaba a caballo. La tercera fue su modo de cantar.

El gobierno mexicano había puesto toda clase de obstáculos a su ingreso en el ejército de Colombia, convencido de que su preparación en las artes de la guerra formaba parte de una conjura monárquica, patrocinada por el general, para coronarlo emperador de México con el derecho pretendido de príncipe heredero. El general asumió el riesgo de un incidente diplomático grave, no sólo por admitir al joven Agustín con sus títulos militares, sino por hacerlo su edecán. Agustín fue digno de su confianza, aunque no tuvo ni un día feliz, y sólo su costumbre de cantar le permitió sobrevivir a la incertidumbre.

De modo que cuando alguien lo hizo callar en las selvas del Magdalena, el general se levantó de la hamaca envuelto en una manta, atravesó el campamento iluminado por las fogatas de la guardia, y fue a reunirse con él. Lo encontró sentado en la ribera viendo pasar el río.

«Siga cantando, capitán», le dijo.

Se sentó junto a él, y cuando conocía la letra de la

canción lo acompañaba con su voz escasa. Nunca había oído cantar a nadie con tanto amor, ni recordaba a nadie tan triste que sin embargo convocara tanta felicidad en torno suyo. Con Fernando y Andrés, que habían sido condiscípulos en la escuela militar de Georgetown, Iturbide había hecho un trío que introdujo una brisa juvenil en el entorno del general, tan empobrecido por la aridez propia de los cuarteles.

· Agustín y el general siguieron cantando hasta que el escándalo de los animales de la selva espantó a los caimanes dormidos en la orilla, y las entrañas de las aguas se revolvieron como en un cataclismo. El general permaneció todavía sentado en el suelo, aturdido por el terrible despertar de la naturaleza entera, hasta que apareció una franja anaranjada en el horizonte, y se hizo la luz. Entonces se apoyó en el hombro de Iturbide para levantarse.

«Gracias, capitán», le dijo. «Con diez hombres cantando como usted, salvábamos el mundo».

«Ay, general», suspiró Iturbide. «Qué no daría yo para que lo oyera mi madre».

El segundo día de navegación vieron haciendas bien cuidadas con praderas azules y caballos hermosos que corrían en libertad, pero luego empezó la selva y todo se volvió inmediato e igual. Desde antes habían empezado a dejar atrás unas balsas hechas de enormes troncos de árboles, que los taladores de la ribera llevaban a vender en Cartagena de Indias. Eran tan lentas que parecían inmóviles en la corriente, y familias enteras con niños y animales viajaban en ellas, apenas protegidas del sol con escuetos cobertizos de palma. En algunos recodos de la selva se notaban ya los primeros destrozos hechos por las tripulaciones de los buques de vapor para alimentar las calderas.

«Los peces tendrán que aprender a caminar sobre la tierra porque las aguas se acabarán», dijo él.

El calor se volvía intolerable durante el día, y el alboroto de los micos y los pájaros llegaba a ser enloquecedor, pero las noches eran sigilosas y frescas. Los caimanes permanecían inmóviles durante horas en los playones, con las fauces abiertas para cazar mariposas. Junto a los caseríos desiertos se veían las sementeras de maíz con perros en hueso vivo que ladraban al paso de las embarcaciones, y aun en despoblado había trampas para cazar tapires y redes de pescar secándose al sol, pero no se veía un ser humano.

Al cabo de tantos años de guerras, de gobiernos amargos, de amores insípidos, el ocio se sentía como un dolor. La poca vida con que el general amanecía se le iba meditando en la hamaca. Su correspondencia había quedado al día con la respuesta inmediata al presidente Caycedo, pero sobrellevaba el tiempo dictando cartas de distracción. En los primeros días, Fernando terminó de leerle las crónicas comadreras de Lima, y no logró que se concentrara en nada más.

Fue su último libro completo. Había sido un lector de una voracidad imperturbable, lo mismo en las treguas de las batallas que en los reposos del amor, pero sin orden ni método. Leía a toda hora, con la luz que hubiera, a veces paseándose bajo los árboles, a veces a caballo bajo los soles ecuatoriales, a veces en la penumbra de los coches trepidantes por los pavimentos de piedra, a veces meciéndose en la hamaca al mismo tiempo que dictaba una carta. Un librero de Lima se había sorprendido de la abundancia y variedad de las obras que seleccionó de un catálogo general en que ha-

bía desde filósofos griegos hasta un tratado de quiro-
mancia. En su juventud leyó a los románticos por influencia de su maestro Simón Rodríguez, y siguió de-
vorándolos como si se leyera a sí mismo con su temperamento idealista y exaltado. Fueron lecturas pasiona-
les que lo marcaron por el resto de la vida. Al final había
leído todo lo que cayó en sus manos, y no tuvo un autor
favorito, sino muchos que lo fueron en sus distintas épocas. Los estantes de las casas diversas donde vivió estuvieron siempre a reventar, y los dormitorios y corredores terminaron convertidos en desfiladeros de libros
amontonados, y montañas de documentos errantes que
proliferaban a su paso y lo perseguían sin misericordia
buscando la paz de los archivos. Nunca alcanzó a leer
tantos como tenía. Cuando cambiaba de ciudad los dejaba al cuidado de los amigos de más confianza, aunque nunca volviera a saber de ellos, y la vida de guerra
lo obligó a dejar un rastro de más de cuatrocientas leguas de libros y papeles desde Bolivia hasta Venezuela.

Antes que empezara a perder la vista se hacía leer
de sus amanuenses, y terminó por no leer de otra manera por el fastidio que le causaban las antiparras. Pero su interés por lo que leía fue disminuyendo al mismo tiempo, y lo atribuyó, como siempre, a una causa
ajena a su dominio.

«Lo que pasa es que cada vez hay menos libros buenos», decía.

José Palacios era el único que no daba muestras de
tedio en el sopor del viaje, y el calor y la incomodidad
no afectaban en nada sus buenas maneras y su buen
vestir, ni desesmeraban su servicio. Era seis años menor que el general, en cuya casa había nacido esclavo
por un mal paso de una africana con un español, y de

éste había heredado el cabello de zanahoria, las pecas en la cara y en las manos, y los ojos zarcos. Contra su sobriedad natural, tenía el guardarropa más surtido y costoso del séquito. Había hecho toda su vida con el general, sus dos destierros, sus campañas completas y todas sus batallas en primera línea, siempre de civil, pues nunca admitió el derecho de vestir la ropa militar.

Lo peor del viaje era la inmovilidad forzosa. Una tarde, el general estaba tan desesperado de dar vueltas en el espacio estrecho del toldo de lona, que hizo parar el bote para caminar. En el lodo endurecido vieron unas huellas que parecían de un pájaro tan grande como un avestruz y por lo menos tan pesado como un buey, pero a los bogas les pareció normal, pues decían que por aquel paraje desolado merodeaban unos hombres con la corpulencia de una ceiba, y con crestas y patas de gallo. Él se burló de la leyenda, como se burlaba de todo lo que tuviera algún viso sobrenatural, pero se demoró en el paseo más de lo previsto, y al final tuvieron que acampar allí, contra el criterio del capitán y aun de sus ayudantes militares, que consideraban el lugar peligroso y malsano. Pasó la noche en vela, torturado por el calor y por las ráfagas de zancudos que parecían traspasar la tela del mosquitero sofocante, y pendiente del rugido sobrecogedor del puma, que los mantuvo toda la noche en estado de alerta. Hacia las dos de la madrugada se fue a conversar con los grupos que velaban en torno de las fogatas. Sólo al amanecer, mientras contemplaba las vastas ciénagas doradas por los primeros soles, renunció a la ilusión que lo había desvelado.

«Bueno», dijo, «tendremos que irnos sin conocer a los amigos de las patas de gallo».

En el momento en que zarpaban, saltó dentro del

champán un perro zungo, sarnoso y escuálido, y con una pata petrificada. Los dos perros del general lo asaltaron, pero el inválido se defendió con una ferocidad suicida, y no se rindió ni siquiera bañado en sangre y con el cuello destrozado. El general dio orden de conservarlo, y José Palacios se hizo cargo de él, como había hecho tantas veces con tantos perros de la calle.

En la misma jornada recogieron a un alemán que había sido abandonado en una isla de arena por maltratar a palos a uno de sus bogas. Desde que subió a bordo se presentó como astrónomo y botánico, pero en la conversación quedó claro que no sabía nada de lo uno ni de lo otro. En cambio había visto con sus ojos a los hombres con patas de gallo, y estaba resuelto a capturar uno vivo para exhibirlo por Europa en una jaula, como un fenómeno sólo comparable a la mujer araña de las Américas que tanto revuelo había causado un siglo atrás en los puertos de Andalucía.

«Lléveme a mí», le dijo el general, «le aseguro que ganará más dinero mostrándome en una jaula como al más grande majadero de la historia».

Desde el principio le había parecido un farsante simpático, pero cambió cuando el tudesco empezó a contar chistes indecentes sobre la pederastia vergonzante del barón Alexander von Humboldt. «Debimos dejarlo otra vez en el playón», le dijo a José Palacios. Por la tarde se encontraron con la canoa del correo, que iba de subida, y el general recurrió a sus artes de seducción para que el agente abriera las sacas de la correspondencia oficial y le entregara sus cartas. Por último le pidió el favor de que llevara al alemán hasta el puerto de Nare, y el agente aceptó, a pesar de que la canoa estaba sobrecargada. Esa noche, mientras Fernando le leía las cartas, el general rezongó:

«Ya quisiera ese coño de madre ser una hebra del cabello de Humboldt».

Había estado pensando en el barón desde antes de que recogieran al alemán, pues no lograba imaginarse cómo había sobrevivido en aquella naturaleza indómita. Lo había conocido en sus años de París, cuando Humboldt regresaba de su viaje por los países equinocciales, y tanto como su inteligencia y su sabiduría lo sorprendió el esplendor de su belleza, como no había visto otra igual en una mujer. En cambio, lo que menos lo convenció de él fue su certidumbre de que las colonias españolas de América estaban maduras para la independencia. Lo había dicho así, sin un temblor en la voz, cuando a él no se le había ocurrido ni siquiera como una fantasía dominical.

«Lo único que falta es el hombre», le dijo Humboldt.

El general se lo contó a José Palacios muchos años después, en el Cuzco, viéndose quizás a sí mismo por encima del mundo, cuando la historia acababa de demostrar que el hombre era él. No se lo repitió a nadie, pero cada vez que se hablaba del barón, lo aprovechaba para rendirle un tributo a su clarividencia:

«Humboldt me abrió los ojos».

Era la cuarta vez que viajaba por el Magdalena y no pudo eludir la impresión de estar recogiendo los pasos de su vida. Lo había surcado la primera vez en 1813, siendo un coronel de milicias derrotado en su país, que llegó a Cartagena de Indias desde su exilio de Curazao buscando recursos para continuar la guerra. La Nueva Granada estaba repartida en fracciones autónomas, la causa de la independencia perdía aliento popular frente a la represión feroz de los españoles, y la victo-

104

ria final parecía cada vez menos cierta. En el tercer viaje, a bordo del bote de vapor, como él lo llamaba, la obra de emancipación estaba ya concluida, pero su sueño casi maniático de la integración continental empezaba a desbaratarse en pedazos. En aquél, su último viaje, el sueño estaba ya liquidado, pero sobrevivía resumido en una sola frase que él repetía sin cansancio: «Nuestros enemigos tendrán todas las ventajas mientras no unifiquemos el gobierno de América».

De los tantos recuerdos compartidos con José Palacios, uno de los más emocionantes era el del primer viaje, cuando hicieron la guerra de liberación del río. Al frente de doscientos hombres armados de cualquier modo, y en unos veinte días, no dejaron en la cuenca del Magdalena ni un español monárquico. De cuánto habían cambiado las cosas se dio cuenta el mismo José Palacios al cuarto día de viaje, cuando empezaron a ver en las orillas de los pueblos las filas de mujeres que esperaban el paso de los champanes. «Ahí están las viudas», dijo. El general se asomó y las vio, vestidas de negro, alineadas en la orilla como cuervos pensativos bajo el sol abrasante, esperando aunque fuera un saludo de caridad. El general Diego Ibarra, hermano de Andrés, solía decir que el general no tuvo nunca un hijo, pero que en cambio era el padre y la madre de todas las viudas de la nación. Lo seguían por todas partes, y él las mantenía vivas con palabras entrañables que eran verdaderas proclamas de consuelo. Sin embargo, su pensamiento estaba más en él mismo que en ellas cuando vio las filas de mujeres fúnebres en los pueblos del río.

«Ahora las viudas somos nosotros», dijo. «Somos los huérfanos, los lisiados, los parias de la independencia».

No se detuvieron en ningún poblado antes de Mompox, salvo en Puerto Real, que era la salida de Ocaña al río Magdalena. Allí encontraron al general venezolano José Laurencio Silva, que había cumplido la misión de acompañar a los granaderos rebeldes hasta la frontera de su país, e iba a incorporarse al séquito.

El general permaneció a bordo hasta la noche, cuando desembarcó para dormir en un campamento improvisado. Mientras tanto, recibió en el champán las filas de viudas, los disminuidos, los desamparados de todas las guerras que querían verlo. Él los recordaba a casi todos con una nitidez asombrosa. Los que permanecían allí agonizaban de miseria, otros se habían ido en busca de nuevas guerras para sobrevivir, o andaban de salteadores de caminos, como incontables licenciados del ejército libertador en todo el territorio nacional. Uno de ellos resumió en una frase el sentimiento de todos: «Ya tenemos la independencia, general, ahora díganos qué hacemos con ella». En la euforia del triunfo él los había enseñado a hablarle así, con la verdad en la boca. Pero ahora la verdad había cambiado de dueño.

«La independencia era una simple cuestión de ganar la guerra», les decía él. «Los grandes sacrificios vendrían después, para hacer de estos pueblos una sola patria».

«Sacrificios es lo único que hemos hecho, general», decían ellos.

Él no cedía un punto:

«Faltan más», decía. «La unidad no tiene precio».

Esa noche, mientras deambulaba por el galpón donde le colgaron la hamaca para dormir, había visto una mujer que se volvió a mirarlo al pasar, y él se sorprendió de que ella no se sorprendiera de su desnudez. Oyó hasta las palabras de la canción que iba murmurando: «*Dime que nunca es tarde para morir de amor*». El celador de la casa estaba despierto en el cobertizo del pórtico.

«¿Hay alguna mujer aquí?», le preguntó el general.

El hombre estaba seguro.

«Digna de Su Excelencia, ninguna», dijo.

«¿E indigna de mi excelencia?»

«Tampoco», dijo el celador. «No hay ninguna mujer a menos de una legua».

El general estaba tan seguro de haberla visto, que la buscó por toda la casa hasta muy tarde. Insistió en que lo averiguaran sus edecanes, y al día siguiente demoró la salida más de una hora hasta que lo venció la misma respuesta: no había nadie. No se habló más de eso. Pero en el resto del viaje, cada vez que lo recordaba, volvía a insistir. José Palacios había de sobrevivirlo muchos años, y habría de sobrarle tanto tiempo para repasar su vida con él, que ni el detalle más insignificante quedaría en la sombra. Lo único que nunca aclaró fue si la visión de aquella noche de Puerto Real había sido un sueño, un delirio o una aparición.

Nadie volvió a acordarse del perro que habían recogido en la vereda, y que andaba por ahí, restableciéndose de sus mataduras, hasta que el ordenanza encargado de la comida cayó en la cuenta de que no tenía nombre. Lo habían bañado y perfumado con polvos de recién nacido, pero ni aun así consiguieron aliviarle la catadura perdularia y la peste de la sarna. El general estaba tomando el fresco en la proa cuando José Palacios se lo llevó a rastras.

«¿Qué nombre le ponemos?», le preguntó.

El general no lo pensó siquiera.

«Bolívar», dijo.

Una lancha cañonera que estaba amarrada en el puerto se puso en marcha tan pronto como tuvo noticia de que se acercaba una flotilla de champanes. José Palacios la avistó por las ventanas del toldo, y se inclinó sobre la hamaca donde yacía el general con los ojos cerrados.

«Señor», dijo, «estamos en Mompox».

«Tierra de Dios», dijo el general sin abrir los ojos.

A medida que descendían, el río se había ido haciendo más vasto y solemne, como una ciénaga sin orillas, y el calor fue tan denso que se podía tocar con las manos. El general prescindió sin amargura de los amaneceres instantáneos y los crepúsculos desgarrados, que en los primeros días lo demoraban en la proa del champán, y sucumbió al desaliento. No volvió a dictar cartas ni a leer, ni les hizo a sus acompañantes ninguna pregunta que permitiera vislumbrar un cierto interés por la vida. Aun en las siestas más calurosas se echaba la manta encima, y permanecía en la hamaca con los ojos cerrados. Temiendo que no lo hubiera oído, José Palacios repitió el llamado, y él volvió a replicar sin abrir los ojos.

«Mompox no existe», dijo. «A veces soñamos con ella, pero no existe».

«Por lo menos puedo dar fe de que existe la torre de Santa Bárbara», dijo José Palacios. «Desde aquí la estoy viendo».

El general abrió los ojos atormentados, se incorporó en la hamaca, y vio en la luz de aluminio del mediodía los primeros tejados de la muy rancia y afligida ciudad de Mompox, arruinada por la guerra, pervertida por el desorden de la república, diezmada por la viruela. Por aquella época empezaba el río a cambiar de curso, en un desdén incorregible que antes de terminar el siglo había de ser un completo abandono. Del dique de cantería que los síndicos coloniales se apresuraban a reconstruir con una tozudez peninsular después de los estragos de cada creciente, sólo quedaban los escombros dispersos en una playa de cantos rodados.

La nave de guerra se acercó a los champanes, y un oficial negro, todavía con el uniforme de la antigua policía virreinal, los apuntó con el cañón. El capitán Casildo Santos alcanzó a gritarle:

«¡No seas bruto, negro!»

Los bogas se detuvieron en seco y los champanes quedaron a merced de la corriente. Los granaderos de la escolta, esperando órdenes, enfilaron sus rifles contra la cañonera. El oficial siguió imperturbable.

«Pasaportes», gritó. «En nombre de la ley».

Sólo entonces vio el ánima en pena que surgió de debajo del toldo, y vio su mano exhausta, pero cargada de una autoridad inexorable, que ordenó a los soldados bajar las armas. Luego dijo al oficial con una voz tenue:

«Aunque usted no me lo crea, capitán, no tengo pasaporte».

El oficial no sabía quién era. Pero cuando Fernan-

110

do se lo dijo se echó al agua con sus armas, y se adelantó corriendo por la orilla para anunciar al pueblo la buena nueva. La lancha, con la campana al vuelo, escoltó los champanes hasta el puerto. Antes de que se alcanzara a divisar la ciudad completa en la última vuelta del río, estaban tocando a rebato las campanas de sus ocho iglesias.

Santa Cruz de Mompox había sido durante la colonia el puente del comercio entre la costa caribe y el interior del país, y éste había sido el origen de su opulencia. Cuando empezó el ventarrón de la libertad, aquel reducto de la aristocracia criolla fue el primero en proclamarla. Habiendo sido reconquistado por España, fue liberado de nuevo por el general en persona. Eran sólo tres calles paralelas al río, anchas, rectas, polvorientas, con casas de un solo piso de grandes ventanas, en las cuales prosperaron dos condes y tres marqueses. El prestigio de su orfebrería fina sobrevivió a los cambios de la república.

En esta ocasión, el general llegaba tan desengañado de su gloria y tan predispuesto contra el mundo, que le sorprendió encontrar una muchedumbre esperándolo en el puerto. Se había puesto a la carrera los pantalones de pana y las botas altas, se había echado la manta encima a pesar del calor, y en vez del gorro nocturno llevaba el sombrero de alas grandes con que se despidió en Honda.

Había un funeral de cruz alta en la iglesia de La Concepción. Las autoridades civiles y eclesiásticas en pleno, las congregaciones y escuelas, las gentes principales con sus crespones de gala estaban en la misa de cuerpo presente, y el escándalo de las campanas les hizo perder la compostura, creyendo que era alarma de fuego. Pero el mismo alguacil que había entrado en gran agitación y acababa de murmurarlo al oído del alcalde, gritó para todos:

«¡El presidente está en puerto!».

Pues muchos ignoraban todavía que ya no lo era. El lunes había pasado un correo que iba regando los rumores de Honda por las poblaciones del río, pero no dejó nada en claro. De modo que el equívoco hizo más efusiva la casualidad de la recepción, y hasta la familia en duelo entendió que la mayoría de sus condolientes abandonaran la iglesia para acudir a la albarrada. El funeral quedó a medias, y sólo un grupo íntimo acompañó el féretro al cementerio, en medio del trueno de los cohetes y las campanas.

El caudal del río era todavía escaso por las pocas lluvias de mayo, de modo que debían escalar un barranco de escombros para llegar hasta el puerto. El general rechazó de mal modo a alguien que quiso cargarlo, y subió apoyado en el brazo del capitán Ibarra, titubeando a cada paso y sosteniéndose a duras penas, pero logró llegar con la dignidad intacta.

En el puerto saludó a las autoridades con un apretón enérgico, cuyo vigor no era creíble por el estado de su cuerpo y la pequeñez de sus manos. Quienes lo vieron la última vez que estuvo allí no podían dar crédito a su memoria. Parecía tan anciano como su padre, pero el poco aliento que le quedaba era bastante para no permitir que nadie dispusiera por él. Rechazó las andas de Viernes Santo que le tenían preparadas, y aceptó ir caminando a la iglesia de La Concepción. Al final tuvo que subirse en la mula del alcalde, que éste había hecho ensillar de urgencia cuando lo vio desembarcar en semejante postración.

112

José Palacios había visto en el puerto muchos rostros atigrados por las brasas de la viruela. Ésta era una endemia obstinada en las poblaciones del bajo Magdalena, y los patriotas habían terminado por temerle más que a los españoles desde la mortandad que causó en las tropas libertadoras durante la campaña del río. Desde entonces, en vista de que la viruela persistía, el general consiguió que un naturalista francés que estaba de paso se demorara inmunizando a la población con el método de inocular en los humanos la serosidad que manaba de la viruela del ganado. Pero las muertes que causaba eran tantas, que al final nadie quería saber nada de la medicina al pie de la vaca, como dieron en llamarla, y muchas madres prefirieron para sus hijos los riesgos del contagio que no los de la prevención. Sin embargo, los informes oficiales que el general recibía le hicieron creer que el flagelo de la viruela estaba siendo derrotado. Así que cuando José Palacios le hizo notar la cantidad de caras pintadas que había entre la muchedumbre, su reacción fue menos de sorpresa que de hastío.

«Siempre será así», dijo, «mientras los subalternos sigan mintiéndonos para complacernos».

No dejó traslucir su amargura con quienes lo recibieron en el puerto. Les hizo un relato sumario de los incidentes de su renuncia y del estado de desorden en que quedó Santa Fe, por lo cual encareció un apoyo unánime para el nuevo gobierno. «No hay otra alternativa», dijo: «unidad o anarquía». Dijo que se iba sin regreso, no tanto para buscar alivio a los quebrantos del cuerpo, que eran muchos y muy dañinos, como podía verse, sino tratando de descansar de las tantas penas que le causaban los males ajenos. Pero no dijo cuándo se iba, ni para dónde, y repitió sin que viniera a cuento que aún no había recibido el pasaporte del gobierno para salir del país. Les agradeció los veinte años de gloria que Mompox le había dado, y les suplicó que no lo distinguieran con más títulos que el de simple ciudadano.

La iglesia de La Concepción seguía engalanada con crespones de duelo, y aún erraban por el aire los hálitos de flores y pabilos del funeral, cuando la muchedumbre irrumpió en tropel para un tedéum improvisado. José Palacios, sentado en el escaño del séquito, se dio cuenta de que el general no hallaba acomodo en el suyo. El alcalde, en cambio, un mestizo inalterable con una hermosa testa de león, permanecía junto a él en un ámbito propio. Fernanda, viuda de Benjumea, cuya belleza criolla hizo estragos en la corte de Madrid, le había prestado al general su abanico de sándalo para ayudarlo a defenderse del sopor del ritual. Él lo movía sin esperanzas, apenas por el consuelo de sus efluvios, hasta que el calor empezó a estorbarle para respirar. Entonces murmuró al oído del alcalde:

«Créame que no merezco este castigo».

«El amor de los pueblos tiene su precio, Excelencia», dijo el alcalde.

«Por desgracia esto no es amor sino novelería», dijo él.

Al final del tedéum, se despidió de la viuda de Benjumea con una reverencia, y le devolvió el abanico. Ella intentó dárselo de nuevo.

«Hágame el honor de conservarlo como un recuerdo de quien tanto lo ama», le dijo.

«Lo triste, señora, es que ya no me queda mucho tiempo para recordar», dijo él.

El párroco insistió en protegerlo del bochorno con el palio de la Semana Santa, desde la iglesia de La Concepción hasta el colegio de San Pedro Apóstol, una mansión de dos plantas con un claustro monástico de helechos y clavellinas, y al fondo un huerto luminoso de árboles frutales. Los corredores con arcadas no eran vivibles en aquellos meses por las brisas malsanas del río, aun durante la noche, pero los aposentos contiguos a la sala grande estaban preservados por las gruesas paredes de calicanto que los mantenían en una penumbra otoñal.

José Palacios se había adelantado para tener todo a punto. El dormitorio de paredes ásperas, recién blanqueadas con escobazos de cal, estaba mal iluminado por una ventana única de persianas verdes que daba sobre el huerto. José Palacios hizo cambiar la posición de la cama para que la ventana del huerto le quedara a los pies y no en la cabecera, de modo que el general pudiera ver en los árboles las guayabas amarillas, y gozar de su perfume. .

El general llegó del brazo de Fernando, y con el párroco de La Concepción, que era rector del colegio. Tan pronto como franqueó la puerta se apoyó de espaldas al muro, sorprendido por el olor de las guayabas expuestas en una totuma sobre el alféizar de la ventana, y cuya fragancia viciosa saturaba por completo el ámbito del dormitorio. Permaneció así, con los ojos cerrados, aspirando el sahumerio de vivencias antiguas que le desgarraban el alma, hasta que se le acabó el aliento. Luego escudriñó el cuarto con una atención meticulosa como si cada objeto le pareciera una revelación. Además de la cama de marquesina había una cómoda de caoba, una mesa de noche también de caoba con una cubierta de mármol y una poltrona forrada de terciopelo rojo. En la pared junto a la ventana había un reloj octogonal de números romanos parado en la una y siete minutos.

«¡Por fin, algo que sigue igual!», dijo el general.

El párroco se sorprendió.

«Perdóneme, Excelencia», dijo, «pero hasta donde llegan mis luces usted no había estado antes aquí».

También se sorprendió José Palacios, pues nunca habían visitado esa casa, pero el general persistió en sus recuerdos con tantas referencias ciertas que a todos los dejó perplejos. Al final, sin embargo, intentó reconfortarlos con su ironía habitual.

«Quizás haya sido en una reencarnación anterior», dijo. «A fin de cuentas, todo es posible en una ciudad donde acabamos de ver un excomulgado caminando bajo palio».

Poco después se precipitó una tormenta de agua y de truenos que dejó a la ciudad en situación de naufragio. El general la aprovechó para convalecer de los saludos, gozando del olor de las guayabas mientras fingía dormir bocarriba y con la ropa puesta en el sombrío del cuarto, y luego se durmió de veras con el silencio reparador de después del diluvio. José Palacios lo supo porque lo oyó hablar con la buena dicción y el timbre nítido de la juventud, que para entonces sólo recobraba en sueños. Habló de Caracas, una ciudad en ruinas que ya no era la suya, con las paredes cubiertas de papeles de injurias contra él, y las calles desbordadas por un torrente de mierda humana. José Palacios veló en un rincón del cuarto, casi invisible en la poltrona, para estar seguro de que nadie distinto del séquito pudiera oír las confidencias del sueño. Hizo una señal al coronel Wilson por la puerta entreabierta, y éste alejó a los soldados de guardia que erraban por el jardín.

«Aquí no nos quiere nadie, y en Caracas nadie nos obedece», dijo el general dormido. «Estamos a mano».

Prosiguió con un salterio de lamentos amargos, residuos de una gloria desbaratada que el viento de la muerte se llevaba en piltrafas. Al cabo de casi una hora de delirio lo despertó un tropel en el corredor, y el metal de una voz altanera. Él emitió un ronquido abrupto, y habló sin abrir los ojos, con la voz descolorida del despierto:

«¿Qué carajos es lo que pasa?»

Pasaba que el general Lorenzo Cárcamo, veterano de las guerras de emancipación, de un genio agrio y una valentía personal casi demente, trataba de entrar a la fuerza en el dormitorio antes de la hora fijada para las audiencias. Había pasado por encima del coronel Wilson después de azotar con el sable a un teniente de granaderos, y sólo se había doblegado al poder intemporal del párroco, quien lo condujo de buenos modos a la oficina contigua. El general, informado por Wilson, gritó indignado:

«¡Dígale a Cárcamo que me morí! ¡Así no más, que me morí!»

El coronel Wilson fue a la oficina a enfrentarse con el estruendoso militar engalanado para la ocasión con el uniforme de parada y una constelación de medallas de guerra. Pero su altanería estaba entonces por los suelos, y tenía los ojos anegados de lágrimas.

«No, Wilson, no me dé el recado», dijo. «Ya lo oí».

Cuando el general abrió los ojos se dio cuenta de que el reloj seguía en la una y siete. José Palacios le dio cuerda, lo puso de memoria, y enseguida confirmó que era la hora correcta en sus dos relojes de leontina. Poco después entró Fernanda Barriga y trató de hacerle comer al general un plato de alboronía. Él se resistió, a pesar de que no había comido nada desde el día anterior, pero ordenó que le pusieran el plato en la oficina para comer durante las audiencias. Mientras tanto cedió a la tentación de coger una guayaba de las muchas que estaban en la totuma. Se embriagó un instante con el olor, le dio un mordisco ávido, masticó la pulpa con un deleite infantil, la saboreó por todos lados y se la tragó poco a poco con un largo suspiro de la memoria. Después se sentó en la hamaca con la totuma de guayabas entre las piernas, y se las comió todas una tras otra sin darse tiempo apenas para respirar. José Palacios lo sorprendió en la penúltima.

«¡Nos vamos a morir!», le dijo.

El general lo remedó de buen humor:

«No más de lo que ya estamos».

A las tres y media en punto, como estaba previsto, ordenó que los visitantes empezaran a entrar en la oficina de dos en dos, pues así podía despachar a uno con la mayor brevedad, haciéndole ver que tenía prisa por atender al otro. El doctor Nicasio del Valle, que entró entre los primeros, lo encontró sentado de espaldas a una ventana de luz desde donde se dominaba la alquería completa, y más allá las ciénagas humeantes. Tenía en la mano el plato de boronía que Fernanda Barriga le había llevado, y que él ni siquiera probó, porque ya empezaba a sentir el empacho de las guayabas. El doctor del Valle resumió más tarde su impresión de aquella entrevista en un dialecto brutal: «A ese hombre le cantó la pigua». Cada quien a su modo, todos los que acudieron a la audiencia estuvieron de acuerdo. Sin embargo, aun los más conmovidos por su languidez carecían de misericordia y se empecinaban en que fuera a los pueblos vecinos para apadrinar niños, o inaugurar obras cívicas, o comprobar el estado de penuria en que vivían por la desidia del gobierno.

Las náuseas y retortijones de las guayabas se hicieron alarmantes al cabo de una hora, y tuvo que interrumpir las audiencias, a pesar de sus deseos de complacer a todos los que esperaban desde la mañana. En el patio no había lugar para más becerros, cabras, gallinas, y toda clase de animales de monte que habían llevado de regalo. Los granaderos de la guardia tuvieron que intervenir para evitar un tumulto, pero la normalidad había vuelto al caer la tarde, gracias a un segundo aguacero providencial que compuso el clima y mejoró el silencio.

A pesar de la negativa explícita del general, habían preparado para las cuatro de la tarde una cena de honor en una casa cercana. Pero se celebró sin él, pues la virtud carminativa de las guayabas lo mantuvo en estado de emergencia hasta después de las once de la noche. Se quedó en la hamaca, postrado de punzadas tortuosas y ventosidades fragantes, y con la sensación de que el alma se le escurría en aguas abrasivas. El párroco le llevó un medicamento preparado por el boticario de la casa. El general lo rechazó. «Si con un emético perdí el poder, con otro más me llevará Caplán», dijo. Se abandonó a su suerte, tiritando por el sudor glacial de sus huesos, sin más consuelo que la buena música de cuerdas que le llegaba en ráfagas perdidas desde el banquete sin él. Poco a poco se fue sosegando el manantial de su vientre, pasó el dolor, se acabó la música, y él se quedó flotando en la nada.

Su paso anterior por Mompox había estado a punto de ser el último. Regresaba de Caracas después de lograr con la magia de su persona una reconciliación de emergencia con el general José Antonio Páez, que sin embargo estaba muy lejos de renunciar a su sueño separatista. Su enemistad con Santander era entonces de dominio público, hasta el extremo de que se había negado a seguir recibiendo sus cartas porque ya no confiaba en su corazón ni en su moral. «Ahórrese el trabajo de llamarse mi amigo», le escribió. El pretexto inmediato de la inquina santanderista era una proclama apresurada que el general había dirigido a los caraqueños, en la cual dijo sin pensarlo demasiado que todas sus acciones habían sido guiadas por la libertad y la gloria de Caracas. A su regreso a la Nueva Granada había tratado de arreglarlo con una frase justa dirigida a Cartagena y Mompox: «Si Caracas me dio la vida, vosotros me disteis la gloria». Pero la frase tenía unos visos de remiendo retórico que no bastaron para aplacar la demagogia de los santanderistas.

Tratando de impedir el desastre final, el general volvía a Santa Fe con un cuerpo de tropa, y esperaba reunir otros en el camino para empezar una vez más los esfuerzos de integración. Entonces había dicho que aquél era su momento decisivo, tal como había dicho cuando se fue a impedir la separación de Venezuela. Un poco más de reflexión le habría permitido comprender que desde casi veinte años atrás no hubo un instante de su vida que no fuera decisivo. «Toda la iglesia, todo el ejército, la inmensa mayoría de la nación estaba por mí», escribiría más tarde, rememorando aquellos días. Pero a pesar de todas estas ventajas, dijo, ya se había probado repetidas veces que cuando se alejaba del sur para marchar al norte, y viceversa, el país que dejaba se perdía a sus espaldas, y nuevas guerras civiles lo arruinaban. Era su destino.

La prensa santanderista no desperdiciaba ocasión de atribuir las derrotas militares a sus desafueros nocturnos. Entre otros muchos infundios destinados a menguar su gloria, se publicó en Santa Fe por esos días que no había sido él sino el general Santander quien comandó la batalla de Boyacá, con la cual se selló la independencia el 7 de agosto de 1819, a las siete de la mañana, mientras él se complacía en Tunja con una dama de mala fama de la sociedad virreinal.

En todo caso, la prensa santanderista no era la única que evocaba sus noches libertinas para desacreditarlo. Desde antes de la victoria se decía que por lo menos tres batallas se habían perdido en las guerras de independencia sólo porque él no estaba donde debía sino en la cama de una mujer. En Mompox, durante otra visita, pasó por la calle del medio una caravana de mujeres de diversas edades y colores, que dejaron el aire saturado de un perfume envilecido. Montaban a la amazona, y llevaban sombrillas de raso estampado y vestidos de sedas primorosas, como no se habían visto otras en la ciudad. Nadie desmintió la suposición de que eran las concubinas del general que se le adelantaban en el viaje. Suposición falsa, como tantas otras, pues sus serrallos de guerra fueron una de las muchas fábulas de salón que lo persiguieron hasta más allá de la muerte.

No eran nuevos aquellos métodos de las informaciones torcidas. El mismo general los había utilizado durante la guerra contra España, cuando ordenó a Santander que imprimiera noticias falsas para engañar a los comandantes españoles. De modo que ya instaurada la república, cuando él le reclamó al mismo Santander el mal uso que hacía de su prensa, éste le contestó con su sarcasmo exquisito:

«Tuvimos un buen maestro, Excelencia».

«Un mal maestro», replicó el general, «pues usted recordará que las noticias que inventamos se volvieron contra nosotros».

Era tan sensible a todo cuanto se dijera de él, falso o cierto, que no se repuso nunca de ningún infundio, y hasta la hora de su muerte estuvo luchando por desmentirlos. Sin embargo, fue poco lo que se cuidó de ellos. Como otras veces, también en su paso anterior por Mompox se jugó la gloria por una mujer.

Se llamaba Josefa Sagrario, y era una momposina de alcurnia que se abrió paso a través de los siete puestos de guardia, embozada con un hábito de franciscano y con el santo y seña que José Palacios le había dado: ''Tierra de Dios''. Era tan blanca que el resplandor de su cuerpo la hacía visible en la oscuridad. Aquella noche, además, había logrado superar el prodigio de su hermosura con el de su ornamento, pues se había colgado por el frente y por la espalda del vestido una coraza hecha con la fantástica orfebrería local. Tanto, que cuando él quiso llevarla en brazos a la hamaca, apenas si pudo levantarla por el peso del oro. Al amanecer, después de una noche desmandada, ella sintió el espanto de la fugacidad, y le suplicó que se quedara una noche más.

Fue un riesgo inmenso, pues según los servicios confidenciales del general, Santander tenía dispuesta una conjura para quitarle el poder y desmembrar a Colombia. Pero se quedó, y no una noche. Se quedó diez, y fueron tan felices que ambos llegaron a creer que de veras se amaban más que nadie jamás en este mundo.

Ella le dejó su oro. «Para tus guerras», le dijo. Él no lo usó por el escrúpulo de que era una fortuna ganada en la cama, y por tanto mal habida, y se la dejó en custodia a un amigo. La olvidó. En su última visita a Mompox, después del empacho de las guayabas, el general hizo abrir el cofre para verificar el inventario, y sólo entonces lo encontró en la memoria con su nombre y su fecha.

Era una visión de prodigio: la coraza de oro de Josefa Sagrario compuesta por toda clase de primores de orfebrería con un peso total de treinta libras. Había además un cajón con veintitrés tenedores, veinticuatro cuchillos, veinticuatro cucharas, veintitrés cucharitas, y unas tenazas pequeñas para coger el azúcar, todo de oro, y otros útiles domésticos de gran valor, también dejados bajo custodia en diversas ocasiones, y también olvidados. En el desorden fabuloso de los caudales del general, esos hallazgos en los sitios menos pensados habían terminado por no sorprender a nadie. Él dio instrucciones de que incorporaran los cubiertos a su equipaje, y que el baúl de oro le fuera devuelto a su dueña. Pero el padre rector de San Pedro Apóstol lo dejó atónito con la noticia de que Josefa Sagrario vivía desterrada en Italia por conspirar contra la seguridad del estado.

«Vainas de Santander, por supuesto», dijo el general.

«No, general», dijo el párroco. «Los desterró usted mismo sin darse cuenta por las peloteras del año de veintiocho».

Dejó el cofre de oro donde estaba, mientras se aclaraban las cosas, y no se preocupó más por el destierro. Pues estaba seguro, según dijo a José Palacios, de que Josefa Sagrario iba a regresar en el tumulto de sus enemigos proscritos tan pronto como él perdiera de vista las costas de Cartagena.

«Ya Casandro debe estar haciendo sus baúles», dijo.

En efecto, muchos desterrados empezaron a repatriarse tan pronto como supieron que él había emprendido el viaje a Europa. Pero el general Santander, que era un hombre de cavilaciones parsimoniosas y determinaciones insondables, fue uno de los últimos. La noticia de la renuncia lo puso en estado de alerta, pero no dio señales de regresar, ni apresuró los ávidos viajes de estudio que había emprendido por los países de Europa desde que desembarcó en Hamburgo en octubre del año anterior. El 2 de marzo de 1831, estando en Florencia, leyó en el *Journal du Commerce* que el general había muerto. Sin embargo, no inició su lento regreso hasta seis meses después, cuando un nuevo gobierno le restableció sus grados y honores militares, y el congreso lo eligió en ausencia presidente de la república.

Antes de zarpar de Mompox, el general hizo una visita de desagravio a Lorenzo Cárcamo, su antiguo compañero de guerras. Sólo entonces supo que estaba enfermo de gravedad, y que se había levantado la tarde anterior sólo para saludarlo. A pesar de los estragos de la enfermedad, tenía que forzarse para dominar el poder de su cuerpo, y hablaba a truenos, mientras se secaba con las almohadas un manantial de lágrimas que fluía de sus ojos sin relación alguna con su estado de ánimo.

Se lamentaron juntos de sus males, se dolieron de la frivolidad de los pueblos y las ingratitudes de la victoria, y se ensañaron contra Santander, que fue siempre un tema obligado para ellos. Pocas veces el general había sido tan explícito. Durante la campaña de 1813, Lorenzo Cárcamo había sido testigo de un violento altercado entre el general y Santander, cuando éste se negó a obedecer la orden de cruzar la frontera para liberar a Venezuela por segunda vez. El general Cárcamo seguía pensando que aquél había sido el origen de una amargura recóndita que el curso de la historia no hizo más que recrudecer.

El general creía, al contrario, que ése no fue el final sino el principio de una grande amistad. Tampoco era cierto que el origen de la discordia fueran los privilegios regalados al general Páez, ni la desventurada constitución de Bolivia, ni la investidura imperial que el general aceptó en el Perú, ni la presidencia y el senado vitalicios con que soñó para Colombia, ni los poderes absolutos que asumió después de la Convención de Ocaña. No: no fueron ésos ni otros tantos los motivos que causaron la terrible ojeriza que se fue agriando a través de los años, hasta culminar con el atentado del 25 de septiembre. «La verdadera causa fue que Santander no pudo asimilar nunca la idea de que este continente fuera un solo país», dijo el general. «La unidad de América le quedaba grande». Miró a Lorenzo Cárcamo tendido en la cama como en el último campo de batalla de una guerra perdida desde siempre, y puso término a la visita.

«Claro que nada de esto vale nada después de muerta la difunta», dijo.

Lorenzo Cárcamo lo vio levantarse, triste y desguarnecido, y se dio cuenta de que los recuerdos le pesaban más que los años, igual que a él. Cuando le retuvo la mano entre las suyas, se dio cuenta además de que ambos tenían fiebre, y se preguntó de cuál de los dos sería la muerte que les impediría verse otra vez.

«¡Se echó a perder el mundo, viejo Simón», dijo Lorenzo Cárcamo.

«Nos lo echaron a perder», dijo el general. «Y lo único que queda ahora es empezar otra vez desde el principio».

«Y lo vamos a hacer», dijo Lorenzo Cárcamo.

«Yo no», dijo el general. «A mí sólo me falta que me boten en el cajón de la basura».

Lorenzo Cárcamo le dio de recuerdo un par de pistolas en un precioso estuche de raso carmesí. Sabía que al general no le gustaban las armas de fuego, y que en sus escasos lances personales se había encomendado a la espada. Pero aquellas pistolas tenían el valor moral de haber sido usadas con fortuna en un duelo por amor, y el general las recibió emocionado. Pocos días después, en Turbaco, había de alcanzarlo la noticia de que el general Cárcamo había muerto.

El viaje se reanudó con buenos augurios al caer la tarde del domingo 21 de mayo. Más impulsados por las aguas propicias que por los bogas, los champanes dejaban atrás los precipicios de pizarra y los espejismos de los playones. Las balsas de troncos que ahora encontraban en número mayor parecían más veloces. Al contrario de las que vieron los primeros días, en éstas habían construido casitas de ensueño con tiestos de flores y ropa puesta a secar en las ventanas, y llevaban gallineros de alambre, vacas de leche, niños decrépitos que se quedaban haciendo señales de adiós a los champanes mucho después de que habían pasado. Viajaron toda la noche por un remanso de estrellas. Al amanecer, brillante bajo los primeros soles, avistaron la población de Zambrano.

Bajo la enorme ceiba del puerto los esperaba don Cástulo Campillo, llamado El Nene, que tenía en su casa un sancocho costeño en honor del general. La invitación se inspiraba en la leyenda de que en su primera visita a Zambrano él había almorzado en una fonda de mala muerte en el peñón del puerto, y había dicho que aunque sólo fuera por el suculento sancocho costeño tenía que regresar una vez al año. La dueña de la fonda se impresionó tanto con la importancia del comensal, que mandó a pedir platos y cubiertos prestados a la casa distinguida de la familia Campillo. No eran muchos los pormenores que el general recordaba de aquella ocasión, ni él ni José Palacios estaban seguros de que el sancocho costeño fuera lo mismo que el hervido de carne gorda de Venezuela. Sin embargo, el general Carreño creía que era lo mismo, y que en efecto lo habían comido en el peñón del puerto, pero no durante la campaña del río sino cuando estuvieron allí tres años antes en el bote de vapor. El general, cada vez más inquieto con las goteras de su memoria, aceptó el testimonio con humildad.

El almuerzo para los granaderos de la guardia fue bajo los grandes almendros del patio de la casa señorial de los Campillo, y servido sobre tablas de madera con hojas de plátano en vez de manteles. En la terraza interior, dominando el patio, había una mesa espléndida para el general y sus oficiales y unos pocos invitados, puesta con todo rigor a la manera inglesa. La dueña de casa explicó que la noticia de Mompox los había sorprendido a las cuatro de la madrugada, y apenas si habían tenido tiempo de sacrificar la res mejor criada de sus potreros. Allí estaba, cortada en presas suculentas y hervida a fuego alegre en grandes aguas, junto con todos los frutos de la huerta.

La noticia de que le tenían listo un agasajo sin anuncio previo le había avinagrado el humor al general, y José Palacios tuvo que apelar a sus mejores artes de conciliador para que aceptara desembarcar. El ambiente acogedor de la fiesta le compuso el ánimo. Elogió con razón el buen gusto de la casa y la dulzura de las jóvenes de la familia, tímidas y serviciales, que atendieron la mesa de honor con una fluidez a la antigua. Elogió, sobre todo, la pureza de la vajilla y el timbre de los cubiertos de plata fina con los emblemas heráldicos de alguna casa arrasada por la fatalidad de los nuevos tiempos, pero comió con los suyos.

La única contrariedad se la causó un francés que vivía al amparo de los Campillo, y que asistió al almuerzo con unas ansias insaciables de demostrar ante tan insignes huéspedes sus conocimientos universales sobre los enigmas de esta vida y la otra. Lo había perdido todo en un naufragio, y ocupaba la mitad de la casa desde hacía casi un año con su séquito de ayudantes y criados, a la espera de unos auxilios inciertos que debían llegarle de la Nueva Orleáns. José Palacios supo que se llamaba Diocles Atlantique, pero no pudo establecer cuál era su ciencia ni el género de su misión en la Nueva Granada. Desnudo y con un tridente en la mano habría sido igual al rey Neptuno, y tenía bien establecida en el pueblo una reputación de grosero y desaliñado. Pero el almuerzo con el general lo excitó de tal modo que llegó a la mesa recién bañado y con las uñas limpias, y vestido en el bochorno de mayo como en los salones invernales de París, con la casaca azul de botones dorados y el pantalón a rayas de la vieja moda del Directorio.

Desde el primer saludo sentó una cátedra enciclopédica en un castellano limpio. Contó que un condiscípulo suyo en la escuela primaria de Grenoble acababa de descifrar los jeroglíficos egipcios después de catorce años de insomnio. Que el maíz no era originario de México sino de una región de la Mesopotamia, donde se habían encontrado fósiles anteriores a la llegada de Colón a las Antillas. Que los asirios obtuvieron pruebas experimentales de la influencia de los astros en las enfermedades. Que al contrario de lo que decía una enciclopedia reciente, los griegos no conocieron los gatos hasta el 400 antes de Cristo. Mientras pontificaba sin tregua sobre éstos y otros muchos asuntos, sólo hacía pausas de emergencia para lamentarse de los defectos culturales de la cocina criolla.

El general, sentado frente a él, le prestó apenas una atención cortés, fingiendo comer más de lo que comía sin levantar la vista del plato. El francés intentó hablarle en su lengua desde el principio, y el general le correspondía por gentileza, pero volvía de inmediato al castellano. Su paciencia de aquel día sorprendió a José Laurencio Silva, que sabía cuánto lo exasperaba el absolutismo de los europeos.

El francés se dirigía en voz alta a los distintos invitados, aun a los más distantes, pero era evidente que sólo le interesaba la atención del general. De pronto, saltando del gallo al burro, según dijo, le preguntó de un modo directo cuál sería en definitiva el sistema de gobierno adecuado para las nuevas repúblicas. Sin levantar la vista del plato, el general preguntó a su vez:

«¿Y usted qué opina?»

«Opino que el ejemplo de Bonaparte es bueno no sólo para nosotros sino para el mundo entero», dijo el francés.

«No dudo que usted lo crea», dijo el general sin disimular la ironía. «Los europeos piensan que sólo lo que inventa Europa es bueno para el universo mundo, y que todo lo que sea distinto es execrable».

«Yo tenía entendido que Su Excelencia era el promotor de la solución monárquica», dijo el francés.

El general levantó la vista por primera vez. «Pues ya no lo tenga entendido», dijo. «Mi frente no será mancillada nunca por una corona». Señaló con el dedo al grupo de sus edecanes, y concluyó:

«Ahí tengo a Iturbide para recordármelo».

«A propósito», dijo el francés: «la declaración que usted hizo cuando fusilaron al emperador les dio un gran aliento a los monárquicos europeos».

«No le quitaría ni una letra a lo que dije entonces», dijo el general. «Me admira que un hombre tan común como Iturbide hiciera cosas tan extraordinarias, pero que Dios me libre de su suerte como me ha librado de su carrera, aunque sé que no me librará jamás de la misma ingratitud».

Enseguida trató de moderar su aspereza, y explicó que la iniciativa de implantar un régimen monárquico en las nuevas repúblicas había sido del general José Antonio Páez. La idea proliferó, impulsada por toda clase de intereses equívocos, y él mismo llegó a pensar en ella encubierta bajo el manto de una presidencia vitalicia, como una fórmula desesperada para conseguir y mantener a toda costa la integridad de América. Pero pronto se dio cuenta de su contrasentido.

«Con el federalismo me sucede al revés», concluyó. «Me parece demasiado perfecto para nuestros países, por exigir virtudes y talentos muy superiores a los nuestros».

«En todo caso», dijo el francés, «no son los sistemas sino sus excesos los que deshumanizan la historia».

«Ya conocemos de memoria ese discurso», dijo el general. «En el fondo es la misma necedad de Benjamin Constant, el más grande pastelero de Europa, que estuvo contra la revolución y después con la revolución, que luchó contra Napoleón y después fue uno de sus áulicos, que muchas veces se acuesta republicano y amanece monarquista, o al revés, y que ahora se ha constituido en el depositario absoluto de nuestra verdad por obra y gracia de la prepotencia europea».

«Los argumentos de Constant contra la tiranía son muy lúcidos», dijo el francés.

«El señor Constant, como buen francés, es un fanático de los intereses absolutos», dijo el general. «En cambio el abate Pradt dijo lo único lúcido de esa polémica, cuando señaló que la política depende de dónde se hace y cuándo se hace. Durante la guerra a muerte yo mismo di la orden de ejecutar a ochocientos prisioneros españoles en un solo día, inclusive a los enfermos en el hospital de La Guayra. Hoy, en circunstancias iguales, no me temblaría la voz para volver a darla, y los europeos no tendrían autoridad moral para reprochármelo, pues si una historia está anegada de sangre, de indignidades, de injusticias, ésa es la historia de Europa».

A medida que se adentraba en el análisis iba atizando su propia furia, en el gran silencio que pareció ocupar el pueblo entero. El francés, abrumado, trató de interrumpirlo, pero él lo inmovilizó con un gesto de la mano. El general evocó las matanzas horrorosas de la historia europea. 'La Noche de San Bartolomé el número de muertos pasó de dos mil en diez horas. En el esplendor del Renacimiento doce mil mercenarios a sueldo de los ejércitos imperiales saquearon y devastaron a Roma y pasaron a cuchillo a ocho mil de sus habitantes. Y la apoteosis: Iván IV, el zar de todas las Rusias, bien llamado El Terrible, exterminó a toda la población de las ciudades intermedias entre Moscú y Novgorod, y en ésta hizo masacrar en un solo asalto a sus veinte mil habitantes, por la simple sospecha de que había una conjura contra él.

«Así que no nos hagan más el favor de decirnos lo que debemos hacer», concluyó. «No traten de enseñarnos cómo debemos ser, no traten de que seamos iguales a ustedes, no pretendan que hagamos bien en veinte años lo que ustedes han hecho tan mal en dos mil».

Cruzó los cubiertos sobre el plato, y por primera vez fijó en el francés sus ojos en llamas:

«¡Por favor, carajos, déjennos hacer tranquilos nuestra Edad Media!»

Se quedó sin aliento, vencido por un nuevo zarpazo de la tos. Pero cuando logró dominarla no le quedaba ni un vestigio de rabia. Se volvió hacia el Nene Campillo y lo distinguió con su mejor sonrisa.

«Perdone usted, querido amigo», le dijo. «Semejantes monsergas no eran dignas de un almuerzo tan memorable».

El coronel Wilson le refirió este episodio a un cronista de la época, que no se tomó la molestia de recordarlo. «El pobre general es un caso acabado», dijo. En

132

el fondo, ésa era la certidumbre de cuantos lo vieron en su último viaje, y tal vez fue por eso que nadie dejó un testimonio escrito. Incluso, para algunos de sus acompañantes, el general no pasaría a la historia.

La selva era menos densa después de Zambrano, y los pueblos se hicieron más alegres y coloridos, y en algunos había músicas callejeras sin ninguna causa. El general se echó en la hamaca tratando de digerir con una siesta pacífica las impertinencias del francés, pero no le fue fácil. Siguió pendiente de él, lamentándose con José Palacios de no haber encontrado a tiempo las frases certeras y los argumentos invencibles que sólo ahora se le ocurrían, en la soledad de la hamaca y con el adversario fuera de su alcance. Sin embargo, al atardecer estaba mejor, y dio instrucciones al general Carreño para que el gobierno tratara de mejorar la suerte del francés en desgracia.

La mayoría de los oficiales, animados por la proximidad del mar que se hacía cada vez más evidente en la ansiedad de la naturaleza, soltaban las riendas de su buen ánimo natural ayudando a los bogas, cazando caimanes con arpones de bayoneta, complicando los trabajos más fáciles para aliviarse de sus energías sobrantes con jornadas de galeote. José Laurencio Silva, en cambio, dormía de día y trabajaba de noche siempre que le fuera posible, por el viejo terror de quedarse ciego por las cataratas, como ocurrió a varios miembros de su familia materna. Se levantaba en las tinieblas para aprender a ser un ciego útil. En los insomnios de los campamentos el general lo había oído muchas veces con sus trajines de artesano, serruchando las tablas de los árboles que él mismo desbastaba, armando las piezas, amortiguando los martillos para no perturbar los sueños ajenos. Al día siguiente a pleno sol resultaba difícil creer que semejantes artes de ebanistería hubieran sido hechas en la oscuridad. En la noche de Puerto Real, José Laurencio Silva tuvo tiempo apenas de dar el santo y seña cuando un centinela estaba a punto de dispararle, creyendo que alguien trataba de deslizarse en las tinieblas hasta la hamaca del general.

La navegación era más rápida y serena, y el único percance lo ocasionó un buque de vapor del comodoro Elbers que pasó resollando en sentido contrario, y su estela puso en peligro los champanes, y volteó el de las provisiones. En la cornisa se leía el nombre con letras grandes: *El Libertador*. El general lo miró pensativo hasta que pasó el peligro y el buque se perdió de vista. «El Libertador», murmuró. Después, como quien pasa a la hoja siguiente, se dijo:

«¡Pensar que ése soy yo!»

Por la noche permaneció despierto en la hamaca, mientras los bogas jugaban a identificar las voces de la selva: los monos capuchinos, las cotorras, la anaconda. De pronto, sin que viniera a cuento, uno de ellos contó que los Campillo habían enterrado en el patio la vajilla inglesa, la cristalería de Bohemia, los manteles de Holanda, por terror al contagio de la tisis.

Era la primera vez que el general oía aquel diagnóstico callejero, aunque ya era corriente a lo largo del río, y había de serlo muy pronto en todo el litoral. José Palacios se dio cuenta de que le había impresionado, pues dejó de mecerse en la hamaca. Al cabo de una larga reflexión, dijo:

«Yo comí con mis cubiertos».

Al día siguiente arrimaron en el pueblo de Tenerife para reponer las provisiones perdidas en el naufra-

134

gio. El general permaneció de incógnito en el champán, pero envió a Wilson a averiguar por un comerciante francés de apellido Lenoit, o Lenoir, cuya hija Anita debía andar entonces por los treinta años. Como las averiguaciones fueron inútiles en Tenerife, el general quiso que las agotaran también en las poblaciones vecinas de Guáitaro, Salamina y El Piñón, hasta convencerse de que la leyenda no tenía sustento alguno en la realidad.

Su interés era comprensible, porque durante años lo había perseguido de Caracas a Lima el murmullo insidioso de que entre Anita Lenoit y él había surgido una pasión desatinada e ilícita a su paso por Tenerife durante la campaña del río. Le preocupaba, aunque nada pudiera hacer para desmentirlo. En primer término, porque también el coronel Juan Vicente Bolívar, su padre, había tenido que padecer varias actas y sumarias ante el obispo del pueblo de San Mateo, por supuestas violaciones de mayores y menores de edad, y por su mala amistad con otras muchas mujeres, en ejercicio ávido del derecho de pernada. Y en término segundo, porque durante la campaña del río no había estado en Tenerife sino dos días, insuficientes para un amor tan encarnizado. Sin embargo, la leyenda prosperó hasta el punto de que en el cementerio de Tenerife hubo una tumba con la lápida de la señorita Anne Lenoit, que fue un lugar de peregrinación para enamorados hasta fines del siglo.

En el séquito del general eran motivo de burlas cordiales las molestias que sentía José María Carreño en el muñón del brazo. Sentía los movimientos de la mano, el tacto de los dedos, el dolor que le causaba el mal tiempo en los huesos que no tenía. Él conservaba aún bastante sentido del humor para reírse de sí mismo. En cambio, le preocupaba la costumbre de contestar las preguntas que le hacían estando dormido. Entablaba diálogos de cualquier género sin las inhibiciones de la vigilia, revelaba propósitos y frustraciones que sin duda se habría reservado despierto, y en cierta ocasión se le acusó sin fundamento de haber cometido en sueños una infidencia militar. La última noche de navegación, mientras velaba junto a la hamaca del general, José Palacios oyó que Carreño dijo desde la proa del champán:

«Siete mil ochocientas ochenta y dos».

«¿De qué estamos hablando?», le preguntó José Palacios.

«De las estrellas», dijo Carreño.

El general abrió los ojos, convencido de que Carreño estaba hablando dormido, y se incorporó en la hamaca para ver la noche a través de la ventana. Era inmensa y radiante, y las estrellas nítidas no dejaban un espacio en el cielo.

«Deben ser como diez veces más», dijo el general.

«Son las que dije», dijo Carreño, «más dos errantes que pasaron mientras las contaba».

Entonces el general abandonó la hamaca, y lo vio tendido bocarriba en la proa, más despierto que nunca, con el torso desnudo cruzado de cicatrices enmarañadas, y contando las estrellas con el muñón del brazo. Así lo habían encontrado después de la batalla de Cerritos Blancos, en Venezuela, tinto en sangre y medio destazado, y lo dejaron tendido en el lodo creyendo que estaba muerto. Tenía catorce heridas de sable, varias de las cuales le causaron la pérdida del brazo. Más tarde sufrió otras en distintas batallas. Pero su moral quedó íntegra, y aprendió a ser tan diestro con la mano izquierda, que no sólo fue célebre por la ferocidad de sus armas sino por la exquisitez de su caligrafía.

«Ni las estrellas escapan a la ruina de la vida», dijo Carreño. «Ahora hay menos que hace dieciocho años».

«Estás loco», dijo el general.

«No», dijo Carreño. «Estoy viejo pero me resisto a creerlo».

«Te llevo ocho años largos», dijo el general.

«Yo cuento dos más por cada una de mis heridas», dijo Carreño. «Así que soy el más viejo de todos».

«En ese caso, el más viejo sería José Laurencio», dijo el general: «seis heridas de bala, siete de lanza, dos de flecha».

Carreño lo tomó de través, y replicó con un veneno recóndito:

«Y el más joven sería usted: ni un rasguño».

No era la primera vez que el general escuchaba esa verdad como un reproche, pero no pareció resentirlo en la voz de Carreño, cuya amistad había pasado ya por las pruebas más duras. Se sentó junto a él para ayudarlo a contemplar las estrellas en el río. Cuando Carreño volvió a hablar, al cabo de una larga pausa, estaba ya en el abismo del sueño.

«Me niego a admitir que con este viaje se acabe la vida», dijo.

«Las vidas no se acaban sólo con la muerte», dijo el general. «Hay otros modos, inclusive algunos más dignos».

Carreño se resistía a admitirlo.

«Algo habría que hacer», dijo. «Aunque fuera darnos un buen baño de cariaquito morado. Y no sólo nosotros: todo el ejército libertador».

En su segundo viaje a París, el general no había oído hablar todavía de los baños de cariaquito morado, que es la flor de la lantana, popular en su país para conjurar la mala suerte. Fue el doctor Aimé Bonpland, colaborador de Humboldt, quien le habló con una peligrosa seriedad científica de esas flores virtuosas. Por la misma época conoció a un venerable magistrado de la corte de justicia de Francia, que había sido joven en Caracas, y aparecía a menudo en los salones literarios de París con su hermosa melena y su barba de apóstol teñidas de morado por los baños de purificación.

Él se reía de todo lo que oliera a superstición o artificio sobrenatural, y de cualquier culto contrario al racionalismo de su maestro Simón Rodríguez. Entonces acababa de cumplir veinte años, era viudo reciente y rico, estaba deslumbrado por la coronación de Napoleón Bonaparte, se había hecho masón, recitaba de memoria en voz alta sus páginas favoritas de *Emilio* y *La Nueva Eloísa*, de Rousseau, que fueron sus libros de cabecera durante mucho tiempo, y había viajado a pie, de la mano de su maestro y con el morral a la espalda, a través de casi toda Europa. En una de las colinas, viendo a Roma a sus pies, don Simón Rodríguez le soltó una de sus profecías altisonantes sobre el destino de las Américas. Él lo vio más claro.

«Lo que hay que hacer con esos chapetones de porra es sacarlos a patadas de Venezuela», dijo. «Y le juro que lo voy a hacer».

Cuando por fin dispuso de su herencia por mayoría de edad emprendió el género de vida que el frenesí de la época y los bríos de su carácter le reclamaban, y se gastó ciento cuenta mil francos en tres meses. Tenía las habitaciones más caras del hotel más caro de

París, dos criados de librea, un coche de caballos blancos con un auriga turco, y una amante distinta según la ocasión, ya fuera en su mesa preferida del café de Procope, en los bailes de Montmartre o en su palco personal en el teatro de la ópera, y le contaba a todo el que se lo creyera que había perdido tres mil pesos en una mala noche de ruleta.

De regreso a Caracas permanecía aún más cerca de Rousseau que de su propio corazón, y seguía releyendo *La Nueva Eloísa* con una pasión vergonzante, en un ejemplar que se le desbarataba en las manos. Sin embargo, poco antes del atentado del 25 de septiembre, cuando ya había hecho honor cumplido y sobrado a su juramento romano, le interrumpió a Manuela Sáenz la décima relectura de *Emilio*, porque le pareció un libro abominable. «En ninguna parte me aburrí tanto como en París en el año de cuatro», le dijo esa vez. En cambio, mientras estaba allá había creído no sólo ser feliz, sino el más feliz de la tierra, sin haber teñido su destino con las aguas augurales del cariaquito morado.

Veinticuatro años después, absorto en la magia del río, moribundo y en derrota, tal vez se preguntó si no tendría el valor de mandar al carajo las hojas de orégano y de salvia, y las naranjas amargas de los baños de distracción de José Palacios, y de seguir el consejo de Carreño de sumergirse hasta el fondo con sus ejércitos de pordioseros, sus glorias inservibles, sus errores memorables, la patria entera, en un océano redentor de cariaquito morado.

Era una noche de vastos silencios, como en los estuarios colosales de los Llanos, cuya resonancia permitía escuchar conversaciones íntimas a varias leguas de distancia. Cristóbal Colón había vivido un instante como ése, y había escrito en su diario: «Toda la noche sentí pasar las aves». Pues la tierra estaba próxima al cabo de sesenta y nueve días de navegación. También el general las sintió. Empezaron a pasar como a las ocho, mientras Carreño dormía, y una hora después había tantas sobre su cabeza, que el viento de las alas era más fuerte que el viento. Poco después empezaron a pasar por debajo de los champanes unos peces inmensos extraviados entre las estrellas del fondo, y se sintieron las primeras ráfagas de la podredumbre del nordeste. No era necesario verla para reconocer la potencia inexorable que infundía en los corazones aquella rara sensación de libertad. «¡Dios de los pobres!», suspiró el general. «Estamos llegando». Y así era. Pues ahí estaba el mar, y del otro lado del mar estaba el mundo.

De modo que estaba otra vez en Turbaco. En la misma casa de aposentos umbríos, de grandes arcos lunares y ventanas de cuerpo entero sobre la plaza de cascajo, y el patio monástico donde había visto el fantasma de don Antonio Caballero y Góngora, arzobispo y virrey de la Nueva Granada, que en noches de luna se aliviaba de sus muchas culpas y sus deudas insolubles paseándose por entre los naranjos. Al contrario del clima general de la costa, ardiente y húmedo, el de Turbaco era fresco y sano por su situación sobre el nivel del mar, y a la orilla de los arroyos había laureles inmensos de raíces tentaculares a cuya sombra se tendían a sestear los soldados.

Habían llegado dos noches antes a Barranca Nueva, término añorado del viaje fluvial, y tuvieron que maldormir en un pestilente galpón de bahareque, entre sacos de arroz arrumados y cueros sin curtir, porque no había albergue reservado para ellos ni estaban listas las mulas que habían encargado con tiempo. Así que el general llegó a Turbaco ensopado y adolorido, y ansioso de dormir, pero sin sueño.

Aún no habían acabado de descargar, y ya la noticia de su llegada había pasado de largo hasta Cartagena de Indias, a sólo seis leguas de allí, donde el general Mariano Montilla, intendente general y comandante militar de la provincia, tenía preparada para el día siguiente una recepción popular. Pero él no estaba para fiestas prematuras. A quienes lo esperaron en el camino real bajo la llovizna inclemente, los saludó con una efusión de conocidos antiguos, pero les pidió con la misma franqueza que lo dejaran solo.

En realidad, estaba peor de lo que revelaba su mal humor, así se empeñara en ocultarlo, y hasta su mismo séquito observaba día tras día su erosión insaciable. No podía con su alma. El color de su piel había pasado del verde pálido al amarillo mortal. Tenía fiebre, y el dolor de cabeza se había vuelto eterno. El párroco se ofreció para llamar a un médico, pero él se opuso: «Si hubiera hecho caso de mis médicos llevaría muchos años enterrado». Había llegado con la disposición de continuar al día siguiente para Cartagena, pero en el curso de la mañana tuvo noticias de que no había en puerto ningún barco para Europa, ni le había llegado el pasaporte en el último correo. Así que decidió quedarse a descansar tres días. Sus oficiales lo celebraron no sólo por el bien de su cuerpo, sino también porque las primeras noticias que llegaban en secreto sobre la situación en Venezuela no eran las más saludables para su alma.

No pudo impedir, sin embargo, que siguieran reventando cohetes hasta que se acabó la pólvora, y que instalaran muy cerca de allí un conjunto de gaitas que había de seguir tocando hasta muy avanzada la noche. También le llevaron de los vecinos pantanos de Marialabaja una comparsa de hombres y mujeres negros, vestidos como los cortesanos europeos del siglo XVI, que bailaban en burla y con arte africano las danzas españolas de salón. Se la llevaron porque en la visita anterior le había gustado tanto que la hizo llamar varias veces, pero ahora no la miró siquiera.

«Llévense lejos de aquí ese bochinche», dijo.

El virrey Caballero y Góngora había construido la casa y vivido en ella durante unos tres años, y al hechizo de su alma en pena se atribuían los ecos fantasmales de los aposentos. El general no quiso volver al dormitorio donde había estado la vez anterior, que recordaba como el cuarto de las pesadillas, porque todas las noches en que durmió allí soñó con una mujer de cabellos iluminados que le ataba en el cuello una cinta roja hasta despertarlo, y así otra vez y otra vez, hasta el amanecer. De modo que se hizo colgar la hamaca en las argollas de la sala y se durmió un rato sin soñar. Llovía a mares, y un grupo de niños permaneció asomado en las ventanas de la calle para verlo dormir. Uno de ellos lo despertó con voz sigilosa: «Bolívar, Bolívar». Él lo buscó en las brumas de la fiebre, y el niño le preguntó:

«¿Tú me quieres?»

El general afirmó con una sonrisa trémula, pero luego ordenó que espantaran las gallinas que se paseaban por la casa a toda hora, que retiraran a los niños y cerraran las ventanas, y se durmió de nuevo. Cuando volvió a despertar continuaba lloviendo, y José Palacios preparaba el mosquitero para la hamaca.

«Soñé que un niño de la calle me hacía preguntas raras por la ventana», le dijo el general.

Aceptó tomarse una taza de infusión, la primera en veinticuatro horas, pero no alcanzó a terminarla. Se volvió a tender en la hamaca, presa de un desvaneci-

143

miento, y permaneció largo rato sumergido en una meditación crepuscular, contemplando la hilera de murciélagos colgados en las vigas del techo. Al final suspiró:

«Estamos para enterrar de limosna».

Había sido tan pródigo con los antiguos oficiales y simples soldados del ejército libertador que le contaron sus desgracias a lo largo del río, que en Turbaco no le quedaba más de la cuarta parte de sus recursos de viaje. Aún faltaba por ver si el gobierno provincial tenía fondos disponibles en sus arcas maltrechas para cubrir la libranza, o al menos la posibilidad de negociarla con un agiotista. Para su instalación inmediata en Europa contaba con la gratitud de Inglaterra, a la que había hecho tantos favores. «Los ingleses me quieren», solía decir. Para sobrevivir con el decoro digno de sus nostalgias, con sus criados y el séquito mínimo, contaba con la ilusión de vender las minas de Aroa. Sin embargo, si de veras quería irse, los pasajes y los gastos del viaje para él y su séquito eran una urgencia del día siguiente, y su saldo efectivo no le alcanzaba ni para pensarlo. Pero ni más faltaba que fuera a renunciar a su infinita capacidad de ilusión en el momento en que más le convenía. Al contrario. A pesar de que veía luciérnagas donde no las había, a causa de la fiebre y el dolor de cabeza, se sobrepuso a la somnolencia que le entorpecía los sentidos, y le dictó tres cartas a Fernando.

La primera fue una respuesta del corazón a la despedida del mariscal Sucre, en la cual no hizo ningún comentario sobre su enfermedad, a pesar de que solía hacerlo en situaciones como la de aquella tarde, en la que estaba tan urgido de compasión. La segunda carta fue para don Juan de Dios Amador, prefecto de Cartagena, encareciéndole el pago de los ocho mil pesos

144

de la libranza contra el tesoro provincial. «Estoy pobre y necesitado de ese dinero para mi partida», le decía. La súplica fue eficaz, pues antes de cuatro días recibió respuesta favorable, y Fernando fue a Cartagena por el dinero. La tercera fue para el ministro de Colombia en Londres, el poeta José Fernández Madrid, pidiéndole que pagara una letra que el general había girado en favor de sir Robert Wilson, y otra del profesor inglés José Lancaster, a quien se le debían veinte mil pesos por implantar en Caracas su novedoso sistema de educación mutua. «Mi honor está comprometido en ello», le decía. Pues confiaba en que su viejo pleito judicial se hubiera resuelto para entonces, y que ya las minas se hubieran vendido. Diligencia inútil: cuando la carta llegó a Londres, el ministro Fernández Madrid había muerto.

José Palacios les hizo una señal de silencio a los oficiales que disputaban a gritos jugando a las barajas en la galería interior, pero ellos siguieron disputando en susurros hasta que sonaron las once en la iglesia cercana. Poco después se apagaron las gaitas y los tambores de la fiesta pública, la brisa del mar distante se llevó los nubarrones oscuros que habían vuelto a acumularse después del aguacero de la tarde, y la luna llena se encendió en el patio de los naranjos.

José Palacios no descuidó un instante al general, que había delirado de fiebre en la hamaca desde el atardecer. Le preparó una pócima de rutina y le puso una lavativa de sen, en espera de que alguien con más autoridad se atreviera a proponerle un médico, pero nadie lo hizo. Apenas si dormitó una hora al amanecer.

Aquel día fue a visitarlo el general Mariano Montilla con un grupo selecto de sus amigos de Cartagena, entre ellos los conocidos como los tres Juanes del partido bolivarista: Juan García del Río, Juan de Francisco Martín y Juan de Dios Amador. Los tres se quedaron horrorizados ante aquel cuerpo en pena que trató de incorporarse en la hamaca, y el aire no le alcanzó para abrazarlos a todos. Lo habían visto en el Congreso Admirable, del que formaban parte, y no podían creer que se hubiera desmigajado tanto en tan poco tiempo. Los huesos eran visibles a través de la piel, y no conseguía fijar la mirada. Debía estar consciente de la fetidez y el calor de su aliento, pues se cuidaba de hablar a distancia y casi de perfil. Pero lo que más les impresionó fue la evidencia de que había disminuido de estatura, hasta el punto de que al general Montilla le pareció al abrazarlo que le llegaba a la cintura.

Pesaba ochenta y ocho libras, y había de tener diez menos la víspera de la muerte. Su estatura oficial era de un metro con sesenta y cinco, aunque sus fichas médicas no coincidían siempre con las militares, y en la mesa de autopsias tendría cuatro centímetros menos. Sus pies eran tan pequeños como sus manos en relación con el cuerpo, y también parecían disminuidos. José Palacios había notado que llevaba los pantalones casi a la altura del pecho, y tenía que darle una vuelta a los puños de la camisa. El general advirtió la curiosidad de sus visitantes y admitió que las botas de siempre, del número treinta y cinco en puntos franceses, le quedaban grandes desde enero. El general Montilla, célebre por sus chispazos de ingenio aun en las situaciones menos oportunas, acabó con el patetismo.

«Lo importante», dijo, «es que Su Excelencia no se nos disminuya por dentro».

Como de costumbre, subrayó su propia ocurrencia

con una carcajada de perdigones. El general le devolvió una sonrisa de viejo compinche, y cambió de tema. El tiempo había mejorado, y la intemperie era buena para conversar, pero él prefirió recibir a sus visitantes sentado en la hamaca y en la misma sala donde había dormido.

El tema dominante fue el estado de la nación. Los bolivaristas de Cartagena se negaban a reconocer la nueva constitución y a los mandatarios elegidos, con el pretexto de que los estudiantes santanderistas habían ejercido presiones inadmisibles sobre el congreso. En cambio, los militares leales se habían mantenido al margen, por orden del general, y el clero rural que lo apoyaba no tuvo oportunidad de movilizarse. El general Francisco Carmona, comandante de una guarnición de Cartagena y leal a su causa, había estado a punto de promover una insurrección, y aún mantenía su amenaza. El general le pidió a Montilla que le mandara a Carmona para tratar de apaciguarlo. Luego, dirigiéndose a todos pero sin mirar a nadie, les hizo una síntesis brutal del nuevo gobierno:

«Mosquera es un pendejo y Caycedo es un pastelero, y ambos están acoquinados por los niños del San Bartolomé».

Lo que quería decir, en jerga caribe, que el presidente era un débil, y el vicepresidente un oportunista capaz de cambiar de partido según los rumbos del viento. Anotó además, con una acidez típica de sus tiempos peores, que no era extraño que cada uno de ellos fuera hermano de un clérigo. En cambio, la nueva constitución le pareció mejor de lo que podía esperarse, en un momento histórico en que el peligro no era la derrota electoral, sino la guerra civil que Santander

147

fomentaba con sus cartas desde París. El presidente electo había hecho en Popayán toda clase de llamados al orden y la unidad, pero no había dicho aún si aceptaba la presidencia.

«Está esperando que Caycedo haga el trabajo sucio», dijo el general.

«Ya Mosquera debe estar en Santa Fe», dijo Montilla. «Salió de Popayán el lunes».

El general lo ignoraba, pero no se sorprendió. «Ya verán que se desinfla como una calabaza cuando tenga que actuar», dijo. «Ése no sirve ni para portero de un gobierno». Hizo una larga reflexión y sucumbió a la tristeza.

«Lástima», dijo. «El hombre era Sucre».

«El más digno de los generales», sonrió De Francisco.

La frase era ya célebre en el país a pesar·de los esfuerzos que el general había hecho para impedir que se divulgara.

«¡Frase genial de Urdaneta!», bromeó Montilla.

El general pasó por alto la interrupción y se dispuso a conocer las intimidades de la política local, más en broma que en serio, pero Montilla volvió a imponer de golpe la solemnidad que él mismo acababa de romper. «Me perdona, Excelencia», dijo, «usted sabe mejor que nadie la devoción que le profeso al Gran Mariscal, pero el hombre no es él». Y remató con un énfasis teatral:

«El hombre es usted».

El general lo cortó de un tajo:

«Yo no existo».

Luego, retomando el hilo, relató la forma en que el mariscal Sucre resistió a sus ruegos de que aceptara

148

la presidencia de Colombia. «Lo tiene todo para salvarnos de la anarquía», dijo, «pero se dejó cautivar por el canto de las sirenas». García del Río pensaba que el motivo verdadero era que Sucre carecía por completo de vocación para el poder. Al general no le pareció un obstáculo insalvable. «En la larga historia de la humanidad se ha demostrado muchas veces que la vocación es hija legítima de la necesidad», dijo. En todo caso, eran nostalgias tardías, porque él sabía como nadie que el general más digno de la república pertenecía entonces a otras huestes menos efímeras que las suyas.

«El gran poder está en la fuerza del amor», dijo, y completó su picardía: «El mismo Sucre lo dijo».

Mientras él lo evocaba en Turbaco, el mariscal Sucre salía de Santa Fe hacia Quito, desencantado y solo, pero en el esplendor de la edad y la salud, y en pleno goce de su gloria. Su última diligencia de la víspera había sido visitar en secreto a una conocida pitonisa del barrio de Egipto, que lo había orientado en varias de sus empresas de guerra, y ella había visto en el naipe que aun en aquellos tiempos de borrascas los caminos más venturosos para él seguían siendo los del mar. Al Gran Mariscal de Ayacucho le parecieron demasiado lentos para sus urgencias de amor, y se sometió a los azares de tierra firme contra el buen juicio de las barajas.

«De modo que no hay nada que hacer», concluyó el general. «Estamos tan fregados, que nuestro mejor gobierno es el peor».

Conocía a sus partidarios locales. Habían sido próceres ilustres con títulos de sobra en la gesta libertadora, pero en la política menuda eran cubileteros cebados, pequeños traficantes de empleos, que incluso habían llegado a hacer alianzas con Montilla en contra suya. Como a tantos otros, él no les había dado tregua hasta que no logró seducirlos. Así que les pidió apoyar al gobierno, aun a costa de sus intereses personales. Sus motivos, como de costumbre, tenían un aliento profético: mañana, cuando él no estuviera, el propio gobierno que ahora pedía apoyar haría venir a Santander, y éste regresaría coronado de gloria a liquidar los escombros de sus sueños, la patria inmensa y única que él había forjado en tantos años de guerras y sacrificios sucumbiría en pedazos, los partidos se descuartizarían entre sí, su nombre sería vituperado y su obra pervertida en la memoria de los siglos. Pero nada de eso le importaba en aquel momento si al menos podía impedirse un nuevo episodio de sangre. «Las insurrecciones son como las olas del mar, que se suceden unas a otras», dijo. «Por eso no me han gustado nunca». Y ante el asombro de los visitantes, concluyó:

«Cómo será, que en estos días estoy deplorando hasta la que hicimos contra los españoles».

El general Montilla y sus amigos sintieron que aquel era el final. Antes de despedirse, recibieron de él una medalla de oro con su efigie, y no pudieron evitar la impresión de que era un regalo póstumo. Mientras se dirigían a la puerta, García del Río dijo en voz baja:

«Ya tiene cara de muerto».

La frase ampliada y repetida por los ecos de la casa, persiguió al general toda la noche. Sin embargo, el general Francisco Carmona se sorprendió al día siguiente de su buen semblante. Lo encontró en el patio perfumado de azahares, en una hamaca con su nombre bordado en hilos de seda que le habían hecho en la vecina población de San Jacinto, y que José Palacios había colgado entre dos naranjos. Acababa de bañarse, y el cabello estirado hacia atrás y la casaca de paño azul, sin camisa, le infundían un aura de inocencia. Mientras se mecía muy despacio dictaba a su sobrino Fernando una carta indignada para el presidente Caycedo. Al general Carmona no le pareció tan moribundo como le habían dicho, quizás porque estaba embriagado por una de sus iras legendarias.

Carmona era demasiado visible para pasar inadvertido en ninguna parte, pero él lo miró sin verlo mientras dictaba una frase contra la perfidia de sus detractores. Sólo al final se volvió hacia el gigante que lo miraba sin parpadear, plantado con todo su cuerpo frente a la hamaca, y le preguntó sin saludarlo:

«¿Y usted también me cree un promotor de insurrecciones?»

El general Carmona, anticipándose a una recepción hostil, preguntó con un punto de altivez:

«¿Y de dónde lo infiere mi general?»

«De donde mismo lo infirieron éstos», dijo él.

Le dio unos recortes de prensa acabados de recibir en el correo de Santa Fe, en los cuales lo acusaban una vez más de haber promovido en secreto la rebelión de los granaderos para volver al poder contra la decisión del congreso. «Groserías infames», dijo. «Mientras yo pierdo mi tiempo predicando la unión, estos sietemesinos me acusan de conspirador». El general Carmona sufrió una desilusión con la lectura de los recortes.

«Pues yo no sólo lo creía», dijo, «sino que estaba muy complacido de que fuera cierto».

«Me lo imagino», dijo él.

No dio muestras de contrariedad, sino que le pidió esperarlo mientras terminaba de dictar la carta, en la cual pedía una vez más la franquicia oficial para salir del país. Cuando terminó había recobrado la calma con la misma facilidad fulminante con que la había perdido al leer la prensa. Se levantó sin ayuda, y llevó del brazo al general Carmona para pasearse alrededor del aljibe.

La luz era una harina de oro que se filtraba por la fronda de los naranjos al cabo de tres días de lluvias, y alborotaba a los pájaros entre los azahares. El general les puso atención un instante, los sintió en el alma, y casi suspiró: «Menos mal que todavía cantan». Luego le hizo al general Carmona una explicación erudita de por qué los pájaros de las Antillas cantan mejor en abril que en junio, y enseguida, sin transición, lo llevó a sus asuntos. No necesitó más de diez minutos para convencerlo de acatar sin condiciones la autoridad del nuevo gobierno. Después lo acompañó hasta la puerta, y fue al dormitorio a escribirle de su puño y letra a Manuela Sáenz, que seguía quejándose de los estorbos que el gobierno le ponía a sus cartas.

Apenas si almorzó un plato de mazamorra de maíz biche que Fernanda Barriga le llevó al dormitorio mientras escribía. A la hora de la siesta le pidió a Fernando que le siguiera leyendo un libro de botánica china que habían empezado la noche anterior. José Palacios entró poco después en el dormitorio con el agua de orégano para el baño caliente, y encontró a Fernando dormido en la silla con el libro abierto en el regazo. El general estaba despierto en la hamaca y se cruzó los labios con el índice en señal de silencio. No tenía fiebre por primera vez en dos semanas.

Así, dándole largas al tiempo, entre un correo y otro, se quedó veintinueve días en Turbaco. Había estado allí dos veces, pero cuando en realidad apreció las virtudes medicinales del lugar fue la segunda vez, tres años antes, cuando regresaba de Caracas a Santa Fe para impedir los planes separatistas de Santander. Le había sentado tan bien el temperamento del pueblo, que entonces se quedó diez días en lugar de las dos noches previstas. Fueron jornadas enteras de fiestas patrias. Al final hubo una corraleja de las grandes, contrariando su aversión a las corridas de toros, y él mismo se midió con una vaquilla que le arrebató la manta de las manos y arrancó un grito de susto a la muchedumbre. Ahora, en la tercera visita, su destino de lástima estaba consumado, y el paso de los días lo confirmaba hasta la exasperación. Las lluvias se hicieron más frecuentes, y más desoladas, y la vida se redujo a esperar las noticias de nuevos reveses. Una noche, en la lucidez de la alta vigilia, José Palacios le oyó suspirar en la hamaca:

«¡Sabe Dios por dónde andará Sucre!»

El general Montilla había vuelto dos veces más, y lo había encontrado mucho mejor que el primer día. Más aún: le pareció que poco a poco iba recobrando sus ímpetus de otros tiempos, sobre todo por la insistencia con que le reclamó que Cartagena no hubiera votado todavía la nueva constitución ni reconocido al nuevo gobierno, de acuerdo con el compromiso de la visita anterior. El general Montilla improvisó la excusa de que estaban esperando saber primero si Joaquín Mosquera aceptaba la presidencia.

«Quedarán mejor si se anticipan», dijo el general.

En la visita siguiente volvió a reclamarlo con mayor energía, pues conocía a Montilla desde niño, y sabía que la resistencia que éste atribuía a otros no podía ser sino suya. No sólo los ligaba una amistad de clase y de oficio, sino que habían hecho toda una vida en común. En una época sus relaciones se enfriaron hasta el punto de que no volvieron a dirigirse la palabra, porque Montilla dejó al general sin auxilios militares en Mompox, en uno de los momentos más peligrosos de la guerra, y el general lo acusó de ser un disolvente moral y el autor de todas las calamidades. La reacción de Montilla fue tan apasionada que lo desafió a duelo, pero siguió al servicio de la independencia por encima de los rencores personales.

Había estudiado matemáticas y filosofía en la Academia Militar de Madrid, y fue guardia de corps del rey don Fernando VII hasta el mismo día en que le llegaron las primeras noticias de la emancipación de Venezuela. Fue buen conspirador en México, buen contrabandista de armas en Curazao y buen guerrero en todas partes desde que sufrió sus primeras heridas a los diecisiete años. En 1821 limpió de españoles el litoral, desde Riohacha hasta Panamá, y se tomó Cartagena contra un ejército más numeroso y mejor armado. Entonces ofreció la reconciliación al general con un gesto gallardo: le mandó las llaves de oro de la ciudad, y el general se las devolvió con el ascenso a general de brigada, y la orden de hacerse cargo del gobierno del litoral. No era un gobernante amado, aunque solía mitigar sus excesos con el sentido del humor. Su casa era la mejor de la ciudad, su hacienda de Aguas Vivas era una de las más codiciadas de la provincia, y el pueblo le preguntaba con letreros en las paredes de dónde había sacado el dinero para comprarlas. Pero allí seguía, después de ocho años de un duro y solitario ejercicio del poder, convertido además en un político astuto y difícil de contrariar.

Ante cada insistencia, Montilla replicaba con un argumento distinto. Sin embargo, por una vez dijo la verdad sin adornos: los bolivaristas cartageneros estaban resueltos a no jurar una constitución de compromiso ni a reconocer un gobierno endeble, cuyo origen no se fundaba en el acuerdo sino en la discordia de todos. Era típico de la política local, cuyas divergencias habían sido la causa de grandes tragedias históricas. «Y no les falta razón, si Su Excelencia, el más liberal de todos, nos deja a merced de los que se han apropiado el título de liberales para liquidar su obra», dijo Montilla. Así que la única fórmula de arreglo era que el general se quedara en el país para impedir su desintegración.

«Bueno, si es así, dígale a Carmona que venga otra vez, y lo convencemos de que se subleve», replicó el general, con un sarcasmo muy suyo. «Será menos sangriento que la guerra civil que los cartageneros van a provocar con su impertinencia».

Pero antes de despedirse de Montilla había recobrado el dominio, y le pidió que llevara a Turbaco la plana mayor de sus partidarios para ventilar el desacuerdo. Todavía los estaba esperando cuando el general Carreño le llevó el rumor de que Joaquín Mosquera había asumido la presidencia. Él se dio una palmada en la frente.

«¡La pinga!», exclamó. «No lo creo ni si me lo muestran vivo».

El general Montilla fue a confirmárselo esa misma tarde, bajo un aguacero de vientos cruzados que arrancó árboles de raíz, desmanteló medio pueblo, desbarató el corral de la casa y se llevó a los animales ahogados.

Pero también contrarrestó el ímpetu de la mala noticia. La escolta oficial, que agonizaba de tedio por la vacuidad de los días, impidió que los desastres fueran mayores. Montilla se echó encima un impermeable de campaña y dirigió el salvamento. El general permaneció sentado en un mecedor frente a la ventana, envuelto en la manta de dormir, con la mirada pensativa y la respiración sosegada, contemplando el torrente de lodo que arrastraba los escombros del desastre. Aquellas perturbaciones del Caribe le eran familiares desde niño. Sin embargo, mientras la tropa se apresuraba a restablecer el orden en la casa, él le dijo a José Palacios que no recordaba haber visto nada igual. Cuando por fin volvió la calma, Montilla entró en la sala chorreando agua y embarrado hasta las rodillas. El general seguía inmóvil en su idea.

«Pues bien, Montilla», le dijo, «ya Mosquera es presidente, y Cartagena sigue sin reconocerlo».

Pero Montilla tampoco se dejaba distraer por las tormentas.

«Si Su Excelencia estuviera en Cartagena sería mucho más fácil», dijo.

«Habría el riesgo de que se interpretara como una intromisión mía, y no quiero ser protagonista de nada», dijo él. «Es más: no me moveré de aquí mientras ese asunto no esté resuelto».

Esa noche escribió al general Mosquera una carta de compromiso. «Acabo de saber, no sin sorpresa, que usted admitió la presidencia del estado, de lo que me alegro por el país y por mí mismo», le decía. «Pero lo siento y lo sentiré siempre por usted». Y cerró la carta con una posdata ladina: «No me he ido porque no me ha llegado el pasaporte, pero me voy sin falta cuando venga».

156

El domingo llegó a Turbaco y se incorporó a su séquito el general Daniel Florencio O'Leary, miembro prominente de la Legión Británica, que había sido por largo tiempo edecán y amanuense bilingüe del general. Montilla lo acompañó desde Cartagena, de mejor humor que nunca, y ambos pasaron con el general una buena tarde de amigos bajo los naranjos. Al término de una larga conversación con O'Leary sobre su gestión militar, el general apeló a la muletilla de siempre:

«¿Y qué se dice por allá?»

«Que no es cierto que usted se vaya», dijo O'Leary.

«Ajá», dijo el general. «¿Y ahora por qué?»

«Porque Manuelita se queda».

El general replicó con una sinceridad desarmante:

«¡Pero si siempre se ha quedado!»

O'Leary, amigo íntimo de Manuela Sáenz, sabía que el general tenía razón. Pues era verdad que ella se quedaba siempre, pero no por su gusto, sino porque el general la dejaba con cualquier excusa, en un esfuerzo temerario por escapar a la servidumbre de los amores formales. «Nunca volveré a enamorarme», le confesó en su momento a José Palacios, el único ser humano con quien se permitió jamás esa clase de confidencias. «Es como tener dos almas al mismo tiempo». Manuela se impuso con una determinación incontenible y sin los estorbos de la dignidad, pero cuanto más trataba de someterlo más ansioso parecía el general por liberarse de sus cadenas. Fue un amor de fugas perpetuas. En Quito, después de las primeras dos semanas de desafueros, él tuvo que viajar a Guayaquil para entrevistarse con el general José de San Martín, libertador del Río de la Plata, y ella se quedó preguntándose qué clase de amante era aquel que dejaba la mesa servida en mitad de la cena. Él había prometido escribirle todos los días, de todas partes, para jurarle con el corazón en carne viva que la amaba más que a nadie jamás en este mundo. Le escribió, en efecto, y a veces de su puño y letra, pero no mandó las cartas. Mientras tanto, se consolaba en un idilio múltiple con las cinco mujeres indivisibles del matriarcado de Garaycoa, sin que él mismo supiera jamás a ciencia cierta cuál hubiera escogido entre la abuela de cincuenta y seis años, la hija de treinta y ocho, o las tres nietas en la flor de la edad. Terminada la misión en Guayaquil escapó de todas ellas con promesas de amor eterno y pronto regreso, y volvió a Quito a sumergirse en las arenas movedizas de Manuela Sáenz.

A principios del año siguiente se fue otra vez sin ella a terminar la liberación del Perú, que era el esfuerzo final de su sueño. Manuela esperó cuatro meses, pero se embarcó para Lima tan pronto como las cartas empezaron a llegarle no sólo escritas, como ocurría a menudo, sino también pensadas y sentidas por Juan José Santana, el secretario privado del general. Lo encontró en la mansión de placer de La Magdalena, investido de poderes dictatoriales por el congreso, y asediado por las mujeres bellas y atrevidas de la nueva corte republicana. Era tal el desorden de la casa presidencial, que un coronel de lanceros se había mudado a medianoche porque no lo dejaban dormir las agonías de amor en las alcobas. Pero Manuela estaba entonces en un terreno que conocía de sobra. Había nacido en Quito, hija clandestina de una rica hacendada criolla con un hombre casado, y a los dieciocho años había saltado por la ventana del convento donde estudiaba y se fugó con un oficial del ejército del rey. Sin embargo, dos años después se casó en Lima y con los azahares de virgen con el doctor James Thorne, un médico complaciente que le doblaba la edad. Así que cuando volvió al Perú persiguiendo al amor de su vida no tuvo que aprender nada de nadie para sentar sus reales en medio del escándalo.

O'Leary fue su mejor edecán en estas guerras del corazón. Manuela no vivió de planta en La Magdalena, pero entraba cuando quería por la puerta grande y con honores militares. Era astuta, indómita, de una gracia irresistible, y tenía el sentido del poder y una tenacidad a toda prueba. Hablaba buen inglés, por su marido, y un francés primario pero comprensible, y tocaba el clavicordio con el estilo mojigato de las novicias. Su letra era enrevesada, su sintaxis intransitable, y se moría de risa de lo que ella misma llamaba sus horrores de ortografía. El general la nombró curadora de sus archivos para tenerla cerca, y esto les hizo fácil el amor a cualquier hora y en cualquier parte, entre el fragor de las fieras amazónicas que Manuela domesticaba con sus encantos.

Sin embargo, cuando el general emprendió la conquista de los arduos territorios del Perú que aún se encontraban en poder de los españoles, Manuela no logró que la llevara en su estado mayor. Lo persiguió sin su permiso con sus baúles de primera dama, los cofres de los archivos, su corte de esclavas, en una retaguardia de tropas colombianas que la adoraban por su lengua de cuartel. Viajó trescientas leguas a lomo de mula por las cornisas de vértigo de los Andes, y sólo consiguió estar con el general dos noches en cuatro meses, y una de ellas porque logró asustarlo con una amenaza de suicidio. Transcurrió algún tiempo antes de descubrir que mientras ella no podía alcanzarlo, él se solazaba con otros amores de ocasión que encontraba a su paso. Entre ellos el de Manuelita Madroño, una mestiza cerrera de dieciocho años que santificó sus insomnios.

Desde su regreso de Quito, Manuela había decidido abandonar al esposo, a quien describía como un inglés insípido que amaba sin placer, conversaba sin gracia, caminaba despacio, saludaba con reverencias, se sentaba y se levantaba con cautela y no se reía ni de sus propios chistes. Pero el general la convenció de preservar a toda costa los privilegios de su estado civil, y ella se sometió a sus designios.

Un mes después de la victoria de Ayacucho, dueño ya de medio mundo, el general se fue al Alto Perú, que había de convertirse más tarde en la república de Bolivia. No sólo se fue sin Manuela, sino que antes de irse le planteó como un asunto de estado la conveniencia de la separación definitiva. «Yo veo que nada puede unirnos bajo los auspicios de la inocencia y el honor», le escribió. «En el futuro tú estarás sola, aunque al lado de tu marido, y yo estaré solo en medio del mundo. Sólo la gloria de habernos vencido será nuestro consuelo». Antes de tres meses recibió una carta en la que Manuela le anunciaba que se iba para Londres con el esposo. La noticia lo sorprendió en la cama ajena de Francisca Zubiaga de Gamarra, una brava mujer de armas, esposa de un mariscal que más tarde sería presidente de la república. El general no se esperó al segundo amor de la noche para escribirle a Manuela una respuesta inmediata que más bien parecía una orden de guerra: «Diga usted la verdad y no se vaya a ninguna parte». Y subrayó con su mano la frase final: «*Yo la quiero resueltamente».* Ella obedeció encantada.

El sueño del general empezó a desbaratarse en pedazos el mismo día en que culminó. No bien había fundado Bolivia y concluido la reorganización institucional del Perú, cuando tuvo que regresar a las volandas a Santa Fe, urgido por las primeras tentativas separatistas del general Páez en Venezuela y los gatuperios políticos de Santander en la Nueva Granada. Esta vez Manuela necesitó de más tiempo para que él le permitiera seguirlo, pero cuando por fin lo hizo fue una mudanza de gitanos, con los baúles errantes en una docena de mulas, sus esclavas inmortales, y once gatos, seis perros, tres micos educados en el arte de las obscenidades palaciegas, un oso amaestrado para ensartar agujas, y nueve jaulas de loros y guacamayas que despotricaban contra Santander en tres idiomas.

Llegó a Santa Fe apenas a tiempo para salvar la poca vida que le quedaba al general en la mala noche del 25 de septiembre. Habían transcurrido cinco años desde que se conocieron, pero él estaba tan decrépito y dubitativo como si hubieran sido cincuenta, y Manuela tuvo la impresión de que tantaleaba sin rumbo en las nieblas de la soledad. Él volvería al sur poco después para frenar las ambiciones colonialistas del Perú contra Quito y Guayaquil, pero ya todo esfuerzo era inútil. Manuela se quedó entonces en Santa Fe sin el menor ánimo de seguirlo, pues sabía que su eterno fugitivo ya no tenía ni siquiera para dónde escapar.

O'Leary observó en sus memorias que el general no había sido nunca tan espontáneo para evocar sus amores furtivos como aquella tarde de domingo en Turbaco. Montilla pensó, y lo escribió años después en una carta privada, que era un síntoma inequívoco de la vejez. Incitado por su buen humor y su ánimo confidente, Montilla no resistió la tentación de hacerle al general una provocación cordial.

«¿Sólo Manuela se quedaba?», le preguntó.

«Todas se quedaban», dijo en serio el general. «Pero Manuela más que todas».

Montilla le guiñó un ojo a O'Leary, y dijo:

«Confiésese, general: ¿cuántas han sido?»

El general lo eludió.

«Muchas menos de las que usted piensa», dijo.

En la noche, mientras tomaba el baño caliente, José Palacios quiso aclararle las dudas. «Según mis cuentas son treinta y cinco», dijo. «Sin contar las pájaras de una noche, por supuesto». La cifra coincidía con los cálculos del general, pero éste no había querido decirlo durante la visita.

«O'Leary es un gran hombre, un gran soldado y un amigo fiel, pero toma notas de todo», explicó. «Y no hay nada más peligroso que la memoria escrita».

Al día siguiente, después de una larga entrevista privada para enterarse del estado de la frontera, le pidió a O'Leary que viajara a Cartagena con el encargo formal de ponerlo al día sobre el movimiento de barcos para Europa, aunque la misión verdadera era mantenerlo al corriente de los pormenores ocultos de la política local. O'Leary tuvo apenas tiempo de llegar. El sábado 12 de junio el congreso de Cartagena juró la nueva constitución y reconoció a los magistrados elegidos. Montilla, junto con la noticia, le mandó al general un mensaje ineludible:

«Lo esperamos».

Seguía esperando, cuando lo hizo saltar de la cama el rumor de que el general había muerto. Se dirigió a

Turbaco a todo galope, sin tiempo para confirmar la noticia, y allí encontró al general mejor que nunca, almorzando con el conde francés de Raigecourt, que había ido a invitarlo para que se fueran juntos a Europa en un paquebote inglés que llegaba a Cartagena la semana siguiente. Era la culminación de un día saludable. El general se había propuesto enfrentar su mal estado con la resistencia moral, y nadie podía decir que no lo hubiera conseguido. Se había levantado temprano, había recorrido los corrales a la hora del ordeño, había visitado el cuartel de los granaderos, se había enterado por ellos mismos de sus condiciones de vida, y dio órdenes terminantes para que fueran mejoradas. Al regreso se detuvo en una fonda del mercado, tomó café, y se llevó la taza para evitarse la humillación de que la destruyeran. Se dirigía a su casa cuando los niños que salían de la escuela lo emboscaron a la vuelta de una esquina, cantando al compás de las palmas: «*¡Viva El Libertador!, ¡Viva El Libertador!*» Él, ofuscado, no habría sabido qué hacer si los propios niños no le hubieran cedido el paso.

En su casa encontró al conde de Raigecourt, que había llegado sin anunciarse, acompañado de la mujer más bella, más elegante y más altanera que él había visto nunca. Estaba en ropa de montar, aunque en realidad habían llegado en una calesa tirada por un burro. Lo único que ella reveló de su identidad fue que se llamaba Camille, y era natural de La Martinica. El conde no agregó ningún dato, aunque en el curso de la jornada había de hacerse demasiado evidente que estaba loco de amor por ella.

La sola presencia de Camille le devolvió al general los ánimos de otros tiempos, y ordenó preparar a las volandas un almuerzo de gala. Aunque el castellano del conde era correcto, la conversación se mantuvo en francés, que era la lengua de Camille. Cuando ella dijo que había nacido en Trois-Ilets, él hizo un gesto entusiasta y sus ojos marchitos tuvieron un destello instantáneo.

«Ah», dijo. «Donde nació Josefina».

Ella rió.

«Por favor, Excelencia, esperaba una observación más inteligente que la de todos».

Él se mostró herido, y se defendió con una evocación lírica del ingenio de La Pagerie, la casa natal de Marie Josèphe, emperatriz de Francia, que se anunciaba desde varias leguas de distancia a través de los vastos cañaverales, por la algarabía de los pájaros y el olor caliente de los alambiques. Ella se sorprendió de que el general lo conociera tan bien.

«La verdad es que nunca he estado allá, ni en ningún lugar de La Martinica», dijo él.

«Et alors?», dijo ella.

«Me preparé aprendiéndolo durante años», dijo el general, «porque sabía que alguna vez iba a necesitarlo para complacer a la mujer más hermosa de aquellas islas».

Hablaba sin parar, con la voz rota, pero elocuente, vestido con unos pantalones de algodón estampado y una casaca de raso, y zapatillas coloradas. A ella le llamó la atención el hálito de agua de colonia que vagaba por el comedor. Él le confesó que era una debilidad suya, hasta el punto de que sus enemigos lo acusaban de haberse gastado en agua de colonia ocho mil pesos de los fondos públicos. Estaba tan demacrado como el día anterior, pero en lo único en que se le notaba la sevicia de su mal era en la parsimonia del cuerpo.

Entre hombres solos, el general era capaz de despotricar como el más desbraguetado de los cuatreros, pero bastaba la presencia de una mujer para que sus maneras y su lenguaje se refinaran hasta la afectación. Él mismo destapó, cató y sirvió un vino de Borgoña de gran clase, que el conde definió sin pudor como una caricia de terciopelo. Estaban sirviendo el café, cuando el capitán Iturbide le dijo algo al oído. Él escuchó con gravedad, pero luego se echó hacia atrás en el asiento, riendo de buena gana.

«Oigan esto, por favor», dijo, «tenemos aquí una delegación de Cartagena que viene a mi entierro».

Los hizo entrar. A Montilla y sus acompañantes no les quedó más recurso que seguir el juego. Los edecanes hicieron llamar unos gaiteros de San Jacinto que andaban por ahí desde la noche anterior, y un grupo de hombres y mujeres ancianos bailaron la cumbia en honor de los invitados. Camille se sorprendió de la elegancia de aquella danza popular de estirpe africana, y quiso aprenderla. El general tenía una reputación de gran bailador, y algunos de los comensales recordaron que en su última visita había bailado la cumbia como un maestro. Pero cuando Camille lo invitó, él declinó el honor. «Tres años es ya mucho tiempo», dijo, sonriente. Ella bailó sola después de dos o tres indicaciones. De pronto, en una pausa de la música, se oyeron gritos de ovación y una serie de explosiones trepidatorias y disparos de armas de fuego. Camille se asustó.

El conde dijo en serio:

«¡Caray, es una revolución!»

«No se imagina la falta que nos hace», dijo el general, riendo. «Por desgracia, no es más que una riña de gallos».

Casi sin pensarlo, acabó de tomar el café, y con un gesto circular de la mano los invitó a todos a la gallera.

«Venga conmigo, Montilla, para que vea lo muerto que estoy», dijo.

Fue así como a las dos de la tarde fue a la gallera acompañado de un grupo numeroso encabezado por el conde de Raigecourt. Pero en una asamblea de hombres solos, como era aquélla, nadie se fijó en él sino en Camille. Nadie podía creer que aquella mujer deslumbrante no era una de las tantas suyas, y en un lugar donde la entrada de mujeres estaba prohibida. Menos aún cuando se dijo que andaba con el conde, porque era sabido que el general hacía acompañar de otros a sus amantes clandestinas para embrollar las verdades.

La segunda pelea fue atroz. Un gallo colorado le vació los ojos a su adversario con un par de espuelazos certeros. Pero el gallo ciego no se rindió. Se encarnizó en el otro, hasta que logró arrancarle la cabeza y se la comió a picotazos.

«Nunca me imaginé una fiesta tan sangrienta», dijo Camille. «Pero me encanta».

El general le explicó que lo era mucho más cuando a los gallos los excitaban con gritos obscenos y se hacían disparos al aire, pero que los galleros estaban cohibidos aquella tarde por la presencia de una mujer, y sobre todo tan hermosa. La miró con coquetería, y le dijo: «Así que la culpa es suya». Ella rió divertida:

«Es suya, Excelencia, por haber gobernado este país durante tantos años, y no haber hecho una ley que obligue a los hombres a seguir comportándose igual cuando hay mujeres y cuando no las hay».

Él empezaba a perder los estribos.

«Le ruego no decirme Excelencia», le dijo. «Me basta con ser justo».

Esa noche, cuando lo dejó flotando en el agua inútil de la bañera, José Palacios le dijo: «Es la mujer más buena moza que hemos visto». El general no abrió los ojos.

«Es abominable», dijo.

La aparición en la gallera, según el juicio común, fue un acto premeditado para contrariar las distintas versiones sobre su enfermedad, tan críticas en los últimos días que nadie puso en duda el rumor de su muerte. Hizo su efecto, pues los correos que salieron de Cartagena llevaron por diversos rumbos la noticia de su buen estado y sus partidarios la celebraron con fiestas públicas más desafiantes que jubilosas.

El general había logrado engañar incluso a su propio cuerpo, pues siguió muy animado en los días siguientes, y hasta se permitió sentarse otra vez a la mesa de juego de sus edecanes, que arrastraban el tedio con partidas interminables. Andrés Ibarra, que era el más joven y alegre, y conservaba aún el sentido romántico de la guerra, había escrito por esos días a una amiga de Quito: «Prefiero la muerte en tus brazos que esta paz sin ti». Jugaban días y noches, a veces absortos en el enigma de las cartas, a veces discutiendo a gritos, y siempre acosados por los zancudos que en aquellos tiempos de lluvias los asaltaban aun a pleno día, a pesar de las fogatas de boñiga de los establos que los ordenanzas de servicio mantenían encendidas. Él no había vuelto a jugar desde la mala noche de Guaduas, porque el áspero incidente con Wilson le había dejado un regusto amargo que quería borrar de su corazón, pero escuchaba sus gritos desde la hamaca, sus confidencias, sus añoranzas de la guerra en los ocios de una paz elusiva. Una noche dio unas vueltas por la casa, y no resistió la tentación de detenerse en el corredor. A los que estaban de frente les hizo señas de guardar silencio, y se le acercó a Andrés Ibarra por la espalda. Le puso una mano en cada hombro, como garras de rapiña, y preguntó:

«Dígame una cosa, primo, ¿también usted me ve cara de muerto?»

Ibarra, acostumbrado a esas maneras, no se volvió a mirarlo.

«Yo no, mi general», dijo.

«Pues está ciego, o miente», dijo él.

«O estoy de espaldas», dijo Ibarra.

El general se interesó en el juego, se sentó y terminó jugando. Para todos fue como la vuelta a la normalidad no sólo esa noche sino en las siguientes. «Mientras nos llega el pasaporte», según dijo el general. Sin embargo, José Palacios le reiteró que a pesar del rito de las barajas, a pesar de su atención personal, a pesar de él mismo, los oficiales del séquito estaban hasta las criadillas de aquel ir y venir hacia la nada.

Nadie estaba más pendiente que él de la suerte de sus oficiales, de sus minucias cotidianas y del horizonte de su destino, pero cuando los problemas eran irremediables los resolvía engañándose a sí mismo. Desde el incidente con Wilson, y luego a lo largo del río, había hecho pausas en sus dolores para ocuparse de ellos. La conducta de Wilson era impensable, y sólo una frustración muy grave podía inspirarle una reacción tan áspera. «Es tan buen militar como su padre», había dicho el general cuando lo vio pelear en Junín. «Y más modesto», había agregado, cuando se negaba a recibir el ascenso a coronel que le acordó el mariscal Sucre después de la batalla de Tarqui, y que él lo obligó a aceptar.

El régimen que les imponía a todos, tanto en la paz como en la guerra, no sólo era el de una disciplina heroica sino el de una lealtad que casi requería los auxilios de la clarividencia. Eran hombres de guerra, aunque no de cuartel, pues habían combatido tanto que apenas si habían tenido tiempo de acampar. Había de todo, pero el núcleo de los que hicieron la independencia más cerca del general eran la flor de la aristocracia criolla, educados en las escuelas de los príncipes. Habían vivido peleando de un lado para otro, lejos de sus casas, de sus mujeres, de sus hijos, lejos de todo, y la necesidad los había vuelto políticos y hombres de gobierno. Todos eran venezolanos, salvo Iturbide y los edecanes europeos, y casi todos eran parientes sanguíneos o políticos del general: Fernando, José Laurencio, los Ibarra, Briceño Méndez. Los vínculos de clase o de sangre los identificaban y los unían.

Uno era distinto: José Laurencio Silva, hijo de la comadrona del pueblo de El Tinaco, en los Llanos, y de un pescador del río. Por su padre y por su madre era moreno oscuro, de la clase disminuida de los pardos, pero el general lo había casado con Felicia, otra de sus sobrinas. Hizo su carrera desde recluta voluntario en el ejército libertador a los dieciséis años, hasta general en jefe a los cincuenta y ocho, y sufrió más de quince heridas graves y numerosas leves de diversas armas en cincuenta y dos acciones de casi todas las campañas de la independencia. La única contrariedad que le causó su condición de pardo fue el ser rechazado por una dama de la aristocracia local en un baile de gala. El general pidió entonces que repitieran el valse, y lo bailó con él.

El general O'Leary era el extremo opuesto: rubio, alto, con una pinta gallarda, favorecida por sus uniformes florentinos. Había llegado a Venezuela a los dieciocho años como alférez de los Húsares Rojos, y había hecho su carrera completa en casi todas las batallas de la guerra de independencia. También él, como todos, había tenido su hora de desgracia, por haberle dado la razón a Santander en la disputa que éste sostenía con José Antonio Páez, cuando el general lo mandó a buscar una fórmula de conciliación. El general le quitó el saludo y lo abandonó a su suerte durante catorce meses, hasta que se le enfrió el rencor.

Los méritos personales de cada uno de ellos eran indiscutibles. Lo malo era que el general no fue consciente nunca del baluarte de poder que él mismo mantenía frente a ellos, tanto más infranqueable cuanto más se creía accesible y caritativo. Pero la noche en que José Palacios le hizo ver el estado de ánimo en que se encontraban, jugó de igual a igual, perdiendo a gusto, hasta que los mismos oficiales se rindieron al desahogo.

Quedó claro que no arrastraban frustraciones antiguas. No les importaba el sentimiento de derrota que se apoderaba de ellos aun después de ganar una guerra. No les importaba la lentitud que él imponía a sus ascensos para impedir que parecieran privilegios, ni les importaba el desarraigo de la vida errante, ni el azar de los amores ocasionales. Los sueldos militares estaban rebajados a su tercera parte por la penuria fiscal del país, y aun así los pagaban con tres meses de retraso y en bonos del estado de conversión incierta, que ellos vendían con desventaja a los agiotistas. No les importaba, sin embargo, como no les importaba que el

170

general se fuera con un portazo que había de resonar en el mundo entero, ni que los dejara a ellos a merced de sus enemigos. Nada: la gloria era de otros. Lo que no podían soportar era la incertidumbre que él les había ido infundiendo desde que tomó la decisión de abandonar el poder, y que se hacía más y más insoportable a medida que seguía y se empantanaba aquel viaje sin fin hacia ninguna parte.

El general se sintió esa noche tan complacido que mientras tomaba el baño le dijo a José Palacios que no se interponía ni una mínima sombra entre sus oficiales y él. Sin embargo, la impresión que les quedó a los oficiales fue que no habían logrado infundirle al general un sentimiento de gratitud o de culpa, sino un germen de desconfianza.

Sobre todo a José María Carreño. Desde la noche de la conversación en el champán seguía mostrándose huraño, y sin saberlo alimentaba el rumor de que estaba en contacto con los separatistas de Venezuela. O, como se decía entonces, que se estaba volviendo cosiatero. Cuatro años antes el general lo había expulsado de su corazón, como a O'Leary, como a Montilla, como a Briceño Méndez, como a Santana, como a tantos otros, por la simple sospecha de que quería hacerse popular a costa del ejército. Como entonces, ahora el general lo hacía seguir, husmeaba sus trazas, prestaba oídos a cuantos chismes se urdían contra él, tratando de vislumbrar algún destello en las tinieblas de sus propias dudas.

Una noche, nunca supo si dormido o despierto, le oyó decir en el cuarto contiguo que por la salud de la patria era legítimo llegar hasta la traición. Entonces lo tomó del brazo, se lo llevó al patio y lo sometió a la magia irresistible de su seducción, con un tuteo calculado al que sólo apelaba en ocasiones extremas. Carreño le confesó la verdad. Le amargaba, en efecto, que el general dejara su obra al garete sin preocuparse de la orfandad en que quedaban todos. Pero sus planes de defección eran leales. Cansado de buscar una luz de esperanza en aquel viaje de ciegos, incapaz de seguir viviendo sin alma, había resuelto escapar a Venezuela para ponerse al frente de un movimiento armado en favor de la integridad.

«No se me ocurre nada más digno», concluyó.

«Y tú qué te crees: ¿que serás mejor tratado en Venezuela?», le preguntó el general.

Carreño no se atrevió a afirmarlo.

«Bueno, pero al menos allá es la patria», dijo.

«No seas pendejo», dijo el general. «Para nosotros la patria es América, y toda está igual: sin remedio».

No lo dejó decir más. Le habló muy largo, mostrándole en cada palabra lo que parecía ser su corazón por dentro, aunque ni Carreño ni nadie había de saber nunca si en realidad lo era. Al final le dio una palmadita en la espalda, y lo dejó en las tinieblas.

«No delires más, Carreño», le dijo. «Esto se lo llevó el carajo».

El miércoles 16 de junio recibió la noticia de que el gobierno había confirmado la pensión vitalicia que le acordó el congreso. Le acusó recibo al presidente Mosquera con una carta formal no exenta de ironía, y al terminar de dictarla le dijo a Fernando imitando el plural mayestático y el énfasis ritual de José Palacios: «Somos ricos». El martes 22 recibió el pasaporte para salir del país, y lo agitó en el aire, diciendo: «Somos libres». Dos días después, al despertar de una hora mal dormida, abrió los ojos en la hamaca, y dijo: «Somos tristes». Entonces decidió viajar a Cartagena enseguida, aprovechando que el día era nublado y fresco. Su única orden específica fue que los oficiales de su séquito viajaran de civil y sin armas. No dio ninguna explicación, no hizo ninguna señal que permitiera vislumbrar sus motivos, no se dio tiempo para despedirse de nadie. Se fueron tan pronto como estuvo dispuesta la guardia personal, y dejaron la carga para después con el resto de la comitiva.

En sus viajes, el general solía hacer paradas casuales para indagar por los problemas de la gente que encontraba en el camino. Les preguntaba por todo: la edad de los hijos, la clase de sus enfermedades, el estado de sus negocios, lo que pensaban de todo. Esa vez no dijo una palabra, no cambió el paso, no tosió, no dio muestras de cansancio, y vivió el día con una copa de oporto. Hacia las cuatro de la tarde se perfiló en el horizonte el viejo convento del cerro de la Popa. Era tiempo de rogativas, y desde el camino real se veían las filas de peregrinos como hormigas arrieras remontando la cornisa escarpada. Poco después vieron a la distancia la eterna mancha de gallinazos volando en círculos sobre el mercado público y las aguas del matadero. A la vista de las murallas el general le hizo una seña a José María Carreño. Éste lo alcanzó, y le puso su robusto muñón de halconero para que se apoyara. «Tengo una misión confidencial para usted», le dijo el general en voz muy baja. «En llegando, averígüeme por dónde anda Sucre». Le dio en la espalda la palmadita habitual de despedida, y concluyó:

«Entre nosotros, por supuesto».

Una comitiva numerosa encabezada por Montilla los esperaba en el camino real, y el general se vio obligado a terminar el viaje en la antigua carroza del gobernador español tirada por un tronco de mulas alegres. Aunque el sol empezaba a declinar, las ramazones de mangle parecían hervir por el calor en las ciénagas muertas que rodeaban la ciudad, cuyo vaho pestilente era menos soportable que el de las aguas de la bahía, podridas desde hacía un siglo por la sangre y las sobras del matadero. Cuando entraron por la puerta de la Media Luna, un ventarrón de gallinazos espantados se levantó del mercado al aire libre. Aún quedaban rastros de pánico por un perro con mal de rabia que había mordido en la mañana a varias personas de diversas edades, entre ellas a una blanca de Castilla que

174

andaba merodeando por donde no debía. Había mordido también a unos niños del barrio de los esclavos, pero ellos mismos lograron matarlo a pedradas. El cadáver estaba colgado de un árbol en la puerta de la escuela. El general Montilla lo hizo incinerar, no sólo por motivos sanitarios, sino para impedir que trataran de conjurar su maleficio con sortilegios africanos.

La población del recinto amurallado, convocada por un bando urgente, se había echado a la calle. Las tardes empezaban a ser demoradas y diáfanas en el solsticio de junio, y había guirnaldas de flores y mujeres vestidas de manolas en los balcones, y las campanas de la catedral y las músicas de regimiento y las salvas de artillería tronaban hasta el mar, pero nada alcanzaba a mitigar la miseria que querían esconder. Saludando con el sombrero desde el coche desvencijado, el general no podía menos que verse a sí mismo bajo una luz de lástima, al comparar aquella recepción indigente con su entrada triunfal a Caracas en agosto de 1813, coronado de laureles en una carroza tirada por las seis doncellas más hermosas de la ciudad, y en medio de una muchedumbre bañada en lágrimas que aquel día lo eternizó con su nombre de gloria: El Libertador. Caracas era todavía una población remota de la provincia colonial, fea, triste, chata, pero las tardes del Ávila eran desgarradoras en la nostalgia.

Aquél y éste no parecían ser dos recuerdos de una misma vida. Pues la muy noble y heroica ciudad de Cartagena de Indias, varias veces capital del virreinato y mil veces cantada como una de las más bellas del mundo, no era entonces ni la sombra de lo que fue. Había padecido nueve sitios militares, por tierra y por mar, y había sido saqueada varias veces por corsarios y generales. Sin embargo, nada la había arruinado como las luchas de independencia, y luego las guerras entre facciones. Las familias ricas de los tiempos del oro habían huido. Los antiguos esclavos habían quedado al garete en una libertad inútil, y los palacios de marqueses tomados por la pobrería soltaban en el muladar de las calles unas ratas tan grandes como gatos. El cinturón de baluartes invencibles que el rey de España había querido conocer con sus aparatos de largavista desde los miradores de su palacio, era apenas imaginable entre los matorrales. El comercio que fuera el más florido en el siglo XVII por el tráfico de esclavos estaba reducido a unas cuantas tiendas en ruinas. Era imposible conciliar la gloria con la hedentina de los albañales abiertos. El general suspiró al oído de Montilla:

«¡Qué cara nos ha costado esta mierda de independencia!»

Montilla reunió esa noche a lo más granado de la ciudad en su casa señorial de la calle de La Factoría, donde malvivió el marqués de Valdehoyos y prosperó su marquesa con el contrabando de harina y el tráfico de negros. Se habían encendido luces de Pascua Florida en las casas principales, pero el general no se hacía ilusiones, pues sabía que en el Caribe cualquier causa de cualquier clase, hasta una muerte ilustre, podía ser el motivo de una parranda pública. Era una fiesta falsa, en efecto. Desde varios días atrás estaban circulando papeluchas infames, y el partido contrario había azuzado a sus pandillas para que apedrearan ventanas y se pelearan a palos con la policía. «Menos mal que ya no nos queda ni un vidrio que romper», dijo Montilla con su humor habitual, consciente de que la furia popular era más contra él que contra el general. Reforzó a los granaderos de la guardia con tropas locales, acordonó el sector, y prohibió que le contaran a su huésped el estado de guerra en que estaba la calle.

El conde de Raigecourt fue esa noche a decirle al general que el paquebote inglés estaba a la vista de los castillos de la Boca Chica, pero que él no se iba. La razón pública fue que no quería compartir la inmensidad del océano con un grupo de mujeres que viajaban apelotonadas en el único camarote. Pero la verdad era que a pesar del almuerzo mundano de Turbaco, a pesar de la aventura de la gallera, a pesar de tanto como el general había hecho para sobreponerse a las desgracias de su salud, el conde se daba cuenta de que no estaba en estado de emprender el viaje. Pensaba que tal vez su ánimo soportara la travesía, pero su cuerpo no, y se negaba a hacerle un favor a la muerte. Sin embargo, ni estas razones ni muchas otras valieron aquella noche para mudar la determinación del general.

Montilla no se dio por vencido. Despidió temprano a sus invitados para que el enfermo pudiera descansar, pero lo retuvo todavía un largo rato en el balcón interior, mientras una adolescente lánguida con una túnica de muselina casi invisible tocaba para ellos en el arpa siete romanzas de amor. Eran tan bellas, y estaban ejecutadas con tanta ternura, que los dos militares no tuvieron corazón para hablar mientras la brisa del mar no barrió del aire las últimas cenizas de la música. El general permaneció adormilado en el mecedor, flotando en las ondas del arpa, y de pronto se estremeció por dentro y cantó en voz muy baja, pero nítida y bien entonada, la letra completa de la última canción. Al final se volvió hacia la arpista murmurando una gratitud que le salió del alma, pero lo único que vio fue el arpa sola con una guirnalda de laureles marchitos. Entonces se acordó.

«Hay un hombre preso en Honda por homicidio justificado», dijo.

La risa de Montilla se anticipó a su propio chispazo:

«¿De qué color tiene los cuernos?»

El general lo pasó por alto, y le explicó el caso con todos sus detalles, salvo el antecedente personal con Miranda Lyndsay en Jamaica. Montilla tenía la solución fácil.

«Él debe pedir que lo trasladen para acá por razones de salud», dijo. «Una vez que esté aquí manejamos el indulto».

«¿Eso se puede?», preguntó el general.

«No se puede», dijo Montilla, «pero se hace».

El general cerró los ojos, ajeno al escándalo de los perros de la noche que se alborotaron de pronto, y Montilla pensó que había vuelto a dormirse. Al cabo de una reflexión profunda abrió los ojos otra vez y archivó el asunto.

«De acuerdo», dijo. «Pero yo no sé nada».

Sólo después se percató de los ladridos que se ensanchaban en ondas concéntricas desde el recinto amurallado hasta las ciénagas más remotas, donde había perros amaestrados en el arte de no ladrar para no delatar a sus dueños. El general Montilla le contó que estaban envenenando a los perros de la calle para impedir la propagación de la rabia. Sólo habían logrado capturar a dos de los niños mordidos en el barrio de los esclavos. Los otros, como siempre, habían sido escondidos por sus padres para que murieran bajo sus dioses, o se los llevaban a los palenques de cimarrones en los pantanos de Marialabaja, adonde no alcanzaba el brazo del gobierno, para tratar de salvarlos con artes de culebreros.

El general no había intentado nunca suprimir aquellos ritos de la fatalidad, pero el envenenamiento de los perros le parecía indigno de la condición humana. Los amaba tanto como a los caballos y a las flores. Cuando se embarcó para Europa por primera vez se llevó una pareja de cachorros hasta Veracruz. Llevaba más de diez cuando atravesó los Andes desde los Llanos de Venezuela al frente de cuatrocientos llaneros descalzos para liberar la Nueva Granada y fundar la república de Colombia. En la guerra los llevó siempre. Nevado, el más célebre, que había estado con él desde sus primeras campañas y había derrotado solo a una brigada de veinte perros carniceros de los ejércitos españoles, fue muerto de un lanzazo en la primera batalla de Carabobo. En Lima, Manuela Sáenz tuvo más de los que podía atender, además de los numerosos animales de todo género que mantenía en la quinta de La Magdalena. Alguien le había dicho al general que cuando un perro moría había que remplazarlo de inmediato por otro igual con nombre igual para seguir creyendo que era el mismo. Él no estaba de acuerdo. Siempre los quiso distintos, para recordarlos a todos con su identidad propia, con el anhelo de sus ojos y la ansiedad de su aliento, y para que le dolieran sus muertes. La mala noche del 25 de septiembre hizo contar entre las víctimas del asalto a los dos sabuesos que degollaron los conjurados. Ahora, en el último viaje, llevaba los dos que le quedaban, además del tigrero de mala muerte que recogieron en el río. La noticia que le dio Montilla de que sólo en el primer día habían envenenado más de cincuenta perros, acabó de estropearle el estado de ánimo que le había dejado el arpa de amor.

Montilla lo lamentó de veras y le prometió que no habría más perros muertos en las calles. La promesa lo calmó, no porque creyera que iba a ser cumplida, sino porque los buenos propósitos de sus generales le servían de consuelo. El esplendor de la noche se encargó de lo demás. Desde el patio iluminado se alzaba el vapor de los jazmines, y el aire parecía de diamante, y había en el cielo más estrellas que nunca. «Como Andalucía en abril», había dicho él en otra época, recordando a Colón. Un viento contrario barrió con los ruidos y los olores, y sólo quedó el trueno de las olas en las murallas.

«General», suplicó Montilla. «No se vaya».

«El barco está en puerto», dijo él.

«Ya habrá otros», dijo Montilla.

«Es lo mismo», replicó él. «Todos serán el último».

No cedió un ápice. Al cabo de muchas súplicas perdidas, a Montilla no le quedó otro recurso que revelarle el secreto que había jurado guardar bajo palabra hasta la víspera de los hechos: el general Rafael Urdaneta, al frente de los oficiales bolivaristas, preparaba un golpe de estado en Santa Fe para los primeros días de septiembre. Al contrario de lo que Montilla esperaba, el general no pareció sorprendido.

«No lo sabía», dijo, «pero era fácil imaginarlo».

Montilla le reveló entonces los pormenores de la conspiración militar que estaba ya en todas las guarniciones leales del país, de acuerdo con oficiales de Venezuela. El general lo pensó a fondo. «No tiene sentido», dijo. «Si de veras Urdaneta quiere componer el mundo, que se arregle con Páez y vuelva a repetir la historia de los últimos quince años desde Caracas hasta Lima. De ahí para adelante ya será un paseo cívico hasta la Patagonia». Sin embargo, antes de retirarse a dormir dejó una puerta entreabierta.

«¿Sucre lo sabe?», preguntó.

«Está en contra», dijo Montilla.

«Por su pleito con Urdaneta, claro», dijo el general.

«No», dijo Montilla, «porque está contra todo lo que le impida irse para Quito».

«De todos modos, es con él con quien tienen que hablar», dijo el general. «Conmigo pierden el tiempo».

Parecía su última palabra. Tanto, que al día siguiente muy temprano le dio a José Palacios la orden de embarcar el equipaje mientras el paquebote estuviera en la bahía, y le mandó a pedir al capitán de la nave que la anclara por la tarde frente a la fortaleza de Santo Domingo, de modo que él pudiera verlo desde el balcón de la casa. Fueron disposiciones tan precisas, que por no haber dicho quiénes viajarían con él, sus oficiales pensaron que no llevaría a ninguno. Wilson procedió como estaba acordado desde enero, y embarcó su equipaje sin consultarlo con nadie.

Hasta los menos convencidos de que se iba fueron a despedirlo, cuando vieron pasar por las calles las seis carretas cargadas hacia el embarcadero de la bahía. El conde de Raigecourt, esta vez acompañado por Camille, fue invitado de honor en el almuerzo. Ella parecía más joven y sus ojos eran menos crueles con el cabello estirado con un moño, y con una túnica verde y unas zapatillas caseras del mismo color. El general disimuló con una galantería el disgusto de verla.

«Muy segura debe estar la dama de su belleza para que el verde le favorezca», dijo en castellano.

El conde tradujo al instante, y Camille soltó una risa

181

de mujer libre que saturó la casa entera con su aliento de regaliz. «No empecemos otra vez, don Simón», dijo. Algo había cambiado en ambos, pues ninguno de los dos se atrevió a reanudar el torneo retórico de la primera vez por el temor de lastimar al otro. Camille lo olvidó, mariposeando a placer por entre una muchedumbre educada a propósito para hablar francés en acontecimientos como ése. El general se fue a conversar con fray Sebastián de Sigüenza, un santo varón que gozaba de un prestigio muy merecido por haber tratado a Humboldt de la viruela que contrajo a su paso por la ciudad en el año cero. El mismo fraile era el único que no le daba importancia. «El Señor ha dispuesto que unos mueran de las viruelas y otros no, y el barón era uno de estos últimos», decía. El general había pedido conocerlo en su viaje anterior, cuando supo que curaba trescientas enfermedades distintas con tratamientos a base de sábila.

Montilla ordenó preparar la parada militar de despedida, cuando José Palacios regresó del puerto con el mensaje oficial de que el paquebote estaría frente a la casa después del almuerzo. Para el sol de esa hora en pleno mes de junio, ordenó colocar toldos en las falúas que llevarían a bordo al general desde la fortaleza de Santo Domingo. A las once, la casa estaba atestada de invitados y espontáneos que se ahogaban de calor, cuando sirvieron la larga mesa con toda clase de curiosidades de la cocina local. Camille no alcanzó a explicarse la causa de la conmoción que estremeció la sala, hasta que oyó la voz cascada muy cerca de su oído: «*Après vous, madame*». El general la ayudó a servirse un poco de todo, explicándole el nombre, la receta y el origen de cada plato, y luego se sirvió él mismo una porción

mejor surtida, ante el asombro de su cocinera, a quien
una hora antes le había rechazado unas gollerías más
exquisitas que las expuestas en la mesa. Luego, abrién-
dole paso a través de los grupos que buscaban dónde
sentarse, la condujo hasta el remanso de grandes flores ecuatoriales del balcón interior, y la abordó sin
preámbulos.

«Será muy lisonjero vernos en Kingston», le dijo.

«Nada me gustaría más», dijo ella, sin un átimo de
sorpresa. «Adoro los Montes Azules».

«¿Sola?»

«Esté con quien esté, siempre estaré sola», dijo ella.
Y agregó con picardía: «Excelencia».

Él sonrió.

«La buscaré a través de Hyslop», dijo.

Eso fue todo. La guió de nuevo a través de la sala
hasta el lugar en que la había encontrado, se despidió
de ella con una venia de contradanza, abandonó el plato
intacto en la repisa de una ventana, y volvió a su sitio.
Nadie supo cuándo tomó la decisión de quedarse, ni
por qué la tomó. Estaba atormentado por los políticos,
hablando de discordias locales, cuando se volvió de
pronto hacia Raigecourt, y sin que viniera a cuento le
dijo para ser oído por todos:

«Usted tiene razón, señor conde. ¿Qué voy a hacer
yo con tantas mujeres en este lamentable estado en que
me encuentro?»

«Así es, general», dijo el conde con un suspiro. Y
se apresuró: «En cambio, la semana próxima llega la
Shannon, una fragata inglesa que no sólo tiene una buena
cámara, sino también un médico excelente».

«Eso es peor que cien mujeres», dijo el general.

En todo caso, la explicación fue sólo un pretexto,

porque uno de los oficiales estaba dispuesto a cederle su camarote hasta Jamaica. José Palacios fue el único que dio la razón exacta con su sentencia infalible: «Lo que mi señor piensa, sólo mi señor lo sabe». Y de ningún modo hubiera podido viajar, además, porque el paquebote encalló cuando navegaba a recogerlo frente a Santo Domingo, y sufrió un daño grave.

Así que se quedó, con la única condición de no seguir en la casa de Montilla. El general la tenía por la más bella de la ciudad, pero le resultaba demasiado húmeda para sus huesos por la cercanía del mar, sobre todo en invierno, cuando despertaba con las sábanas ensopadas. Lo que su salud le reclamaba eran aires menos heráldicos que el del recinto amurallado. Montilla lo interpretó como un indicio de que se quedaba por mucho tiempo, y se apresuró a complacerlo.

En las estribaciones del cerro de la Popa había un suburbio de recreo que los propios cartageneros habían incendiado en 1815 para que no tuvieran dónde acampar las tropas realistas que volvían a reconquistar la ciudad. El sacrificio no sirvió de nada, porque los españoles se tomaron el recinto fortificado al cabo de ciento dieciséis días de sitio, durante los cuales los sitiados se comieron hasta las suelas de los zapatos, y más de seis mil murieron de hambre. Quince años después, la llanura calcinada seguía expuesta a los soles indignos de las dos de la tarde. Una de las pocas casas reconstruidas era la del comerciante inglés Judah Kingseller, que andaba de viaje por esos días. Al general le había llamado la atención cuando llegó de Turbaco, por el techo de palma bien cuidado y las paredes de colores festivos, y porque estaba casi escondida en un bosque de árboles frutales. El general Montilla pensaba que era muy poca casa para el rango del inquilino, pero éste le recordó que lo mismo había dormido en la cama de una duquesa que envuelto en su capa por los suelos de una pocilga. Así que la tomó en alquiler por un tiempo indefinido, y con un recargo por la cama y el aguamanil, los seis taburetes de cuero de la sala, y el alambique de artesano en que el señor Kingseller destilaba su alcohol personal. El general Montilla llevó además una poltrona de terciopelo de la casa de gobierno, e hizo construir un galpón de bahareque para los granaderos de la guardia. La casa era fresca por dentro a las horas de más sol, y menos húmeda en todo tiempo que la del marqués de Valdehoyos, y tenía cuatro dormitorios a todo viento por donde se paseaban las iguanas. El insomnio era menos árido en la madrugada, oyendo las explosiones instantáneas de las guanábanas maduras al caer de los árboles. Por las tardes, sobre todo en los tiempos de grandes lluvias, se veían pasar los cortejos de pobres llevando a sus ahogados para velarlos en el convento.

Desde que se mudó al Pie de la Popa, el general no volvió más de tres veces al recinto amurallado, y fue sólo a posar para Antonio Meucci, un pintor italiano que estaba de paso en Cartagena. Se sentía tan débil que debía posar sentado en la terraza interior de la mansión del marqués, entre las flores salvajes y el jolgorio de los pájaros, y de todos modos no podía estar inmóvil más de una hora. El retrato le gustó, aunque era evidente que el artista lo había visto con demasiada compasión.

El pintor granadino José María Espinosa lo había pintado en la casa de gobierno de Santa Fe poco antes del atentado de septiembre, y el retrato le pareció tan diferente de la imagen que tenía de sí mismo, que no pudo resistir el impulso de desahogarse con el general Santana, su secretario de entonces.

«¿Sabe usted a quién se parece este retrato?», le dijo. «A aquel viejo Olaya, el de La Mesa».

Cuando Manuela Sáenz lo supo se mostró escandalizada, pues conocía al anciano de La Mesa.

«Me parece que usted se está queriendo muy poco», le dijo ella. «Olaya tenía casi ochenta años la última vez que lo vimos, y no podía tenerse en pie».

El más antiguo de sus retratos era una miniatura anónima pintada en Madrid cuando tenía dieciséis años. A los treinta y dos le hicieron otro en Haití, y los dos eran fieles a su edad y a su índole caribe. Tenía una línea de sangre africana, por un tatarabuelo paterno que tuvo un hijo con una esclava, y era tan evidente en sus facciones que los aristócratas de Lima lo llamaban El Zambo. Pero a medida que su gloria aumentaba, los pintores iban idealizándolo, lavándole la sangre, mitificándolo, hasta que lo implantaron en la memoria oficial con el perfil romano de sus estatuas. En cambio el retrato de Espinosa no se parecía a nadie más que a él, a los cuarenta y cinco años, y ya carcomido por la enfermedad que se empeñó en ocultar y en ocultarse incluso a sí mismo hasta las vísperas de la muerte.

Una noche de lluvias, al despertar de un sueño intranquilo en la casa del Pie de la Popa, el general vio una criatura evangélica sentada en un rincón del dormitorio, con la túnica de cañamazo crudo de una congregación laica y el cabello adornado con una corona de cocuyos luminosos. Durante la colonia, los viajeros europeos se sorprendían de ver a los indígenas iluminándose el camino con un frasco lleno de cocuyos. Éstos fueron más tarde una moda republicana de las mujeres que los usaban como guirnaldas encendidas en el cabello, como diademas de luz en la frente, como broches fosforescentes en el pecho. La muchacha que entró aquella noche en el dormitorio los tenía cosidos en una vincha que le iluminaba el rostro con un resplandor fantasmal. Era lánguida y misteriosa, tenía el cabello entrecano a los veinte años, y él descubrió de inmediato los destellos de la virtud que más apreciaba en una mujer: la inteligencia sin desbravar. Había llegado al campamento de los granaderos ofreciéndose por cualquier cosa, y al oficial de turno le pareció tan rara que la mandó con José Palacios por si le interesaba para el general. Él la invitó a que se acostara a su lado, pues no se sintió con fuerzas para llevarla en brazos a la hamaca. Ella se quitó la vincha, guardó los cocuyos en el interior de un trozo de caña de azúcar que llevaba consigo, y se acostó a su lado. Al cabo de una conversación desperdigada, el general se atrevió a preguntarle qué pensaban de él en Cartagena.

«Dicen que Su Excelencia está bien, pero que se hace el enfermo para que le tengan lástima», dijo ella.

Él se quitó la camisa de dormir y le pidió a la muchacha que lo examinara a la luz del candil. Entonces ella conoció palmo a palmo el cuerpo más estragado que se podía concebir: el vientre escuálido, las costillas a flor de piel, las piernas y los brazos en la osamenta pura, y todo él envuelto en un pellejo lampiño de una palidez de muerto, con una cabeza que parecía de otro por la curtimbre de la intemperie.

«Ya lo único que me falta es morirme», dijo él.

La muchacha persistió.

«La gente dice que siempre ha sido así, pero que ahora le conviene que lo sepan».

Él no se rindió a la evidencia. Siguió dando pruebas terminantes de su enfermedad, mientras ella sucumbía a ratos en un sueño fácil, y seguía contestándole dormida sin perder el hilo del diálogo. Él no la tocó siquiera en toda la noche, pero le bastaba con sentir la resolana de su adolescencia. De pronto, al lado mismo de la ventana, el capitán Iturbide empezó a cantar: *«Si la borrasca sigue y el huracán arrecia, abrázate a mi cuello que nos devore el mar».* Era una canción de otros tiempos, de cuando el estómago soportaba todavía el terrible poder de evocación de las guayabas maduras y la inclemencia de una mujer en la oscuridad. El general y la muchacha la oyeron juntos, casi con devoción, pero ella se durmió a mitad de la canción siguiente, y él cayó poco después en un marasmo sin sosiego. El silencio era tan puro después de la música, que los perros se alborotaron cuando ella se levantó en puntillas para no despertar al general. Él la oyó buscando a tientas el cerrojo.

«Te vas virgen», le dijo.

Ella le contestó con una risa festiva:

«Nadie es virgen después de una noche con Su Excelencia».

Se fue, como todas. Pues de las tantas mujeres que pasaron por su vida, muchas de ellas por breves horas, no hubo una con la cual hubiera insinuado siquiera la idea de permanecer. En sus urgencias de amor era capaz de cambiar el mundo para ir a encontrarlas. Una vez saciado le bastaba con la ilusión de seguir sintiéndose de ellas en el recuerdo, entregándose a ellas desde lejos en cartas arrebatadas, mandándoles regalos abrumadores para defenderse del olvido, pero sin comprometer ni un ápice de su vida en un sentimiento que más se parecía a la vanidad que al amor.

Tan pronto como se quedó solo aquella noche, se levantó para reunirse con Iturbide, que seguía conversando con otros oficiales en torno a la fogata del patio. Lo hizo cantar hasta el amanecer acompañado con la guitarra por el coronel José de la Cruz Paredes, y todos se dieron cuenta de su mal estado de ánimo por las canciones que solicitaba.

De su segundo viaje a Europa había vuelto entusiasmado con los cuplés de moda, y los cantaba con toda la voz y los bailaba con una gracia insuperable en las bodas de los mantuanos de Caracas. Las guerras le cambiaron el gusto. Las canciones románticas de inspiración popular que lo habían llevado de la mano por los mares de dudas de sus primeros amores, fueron sustituidas por los valses suntuosos y las marchas triunfales. Aquella noche en Cartagena había vuelto a solicitar las canciones de la juventud, y algunas tan antiguas que debió enseñárselas a Iturbide, porque éste era demasiado joven para recordarlas. El auditorio se fue mermando a medida que el general se desangraba hacia dentro, y se quedó solo con Iturbide junto a los rescoldos de la fogata.

Era una noche rara, sin una estrella en el cielo, y soplaba un viento de mar cargado de llantos de huérfanos y de fragancias podridas. Iturbide era un hombre de grandes silencios, que podía amanecer contemplando las cenizas heladas sin parpadear, con la misma inspiración con que podía cantar sin pausas una noche entera. El general, mientras atizaba el fogón con una vara, le rompió el encanto:

189

«¿Qué se dice en México?»

«No tengo a nadie allá», dijo Iturbide. «Soy un desterrado».

«Aquí lo somos todos», dijo el general. «Sólo he vivido seis años en Venezuela desde que esto empezó, y el resto se me ha ido atajando potros por medio mundo. Usted no se imagina lo que daría yo por estar ahora comiéndome un hervido de carne gorda en San Mateo».

Su pensamiento debió escapársele de veras para los trapiches de la infancia, pues hizo un hondo silencio mirando el fuego agonizante. Cuando habló de nuevo había vuelto a pisar tierra firme. «La vaina es que dejamos de ser españoles y luego hemos ido de aquí para allá, en países que cambian tanto de nombres y de gobiernos de un día para el otro, que ya no sabemos ni de dónde carajos somos», dijo. Volvió a contemplar las cenizas por un largo rato, y preguntó en otro tono:

«Y habiendo tantos países en este mundo, ¿cómo fue que se le ocurrió venirse para acá?»

Iturbide le contestó con un largo rodeo. «En el colegio militar nos enseñaban a hacer la guerra en el papel», dijo. «Peleábamos con soldaditos de plomo en mapas de yeso, nos llevaban los domingos a las praderas vecinas, entre las vacas y las señoras que volvían de misa, y el coronel disparaba un cañonazo para que fuéramos acostumbrándonos al susto de la explosión y al olor de la pólvora. Imagínese que el más famoso de los maestros era un lisiado inglés que nos enseñaba a caernos muertos de los caballos».

El general lo interrumpió.

«Y usted quería la guerra de verdad».

«La suya, general», dijo Iturbide. «Pero voy a cumplir dos años desde que me admitieron, y todavía sigo sin saber cómo es un combate de carne y hueso».

El general siguió todavía sin mirarlo a la cara. «Pues se·equivocó de destino», le dijo. «Aquí no habrá más guerras que las de los unos contra los otros, y ésas son como matar a la madre». José Palacios le recordó desde la sombra que estaba a punto de amanecer. Entonces él dispersó las cenizas con la vara, y mientras se incorporaba agarrado del brazo de Iturbide, le dijo:

«Yo, en su lugar, me largaría de aquí, volando, antes que me alcanzara la deshonra».

José Palacios repitió hasta la muerte que la casa del Pie de la Popa estaba tomada por los hados infaustos. No habían acabado de instalarse cuando llegó de Venezuela el teniente de navío José Tomás Machado, con la noticia de que varios cantones militares habían desconocido al gobierno separatista, y ganaba fuerzas un nuevo partido en favor del general. Éste lo recibió a solas y lo escuchó con atención, pero no fue muy entusiasta. «Las noticias son buenas, pero tardías», dijo. «Y en cuanto a mí, ¿qué puede un pobre inválido contra un mundo entero?» Dio instrucciones para que alojaran al emisario con todos los honores, pero no le prometió ninguna respuesta.

«No espero salud para la patria», dijo.

Sin embargo, tan pronto como despidió al capitán Machado, el general se volvió hacia Carreño y le preguntó: «¿Dio usted con Sucre?» Sí: se había ido de Santa Fe a mediados de mayo, de prisa, para ser puntual el día de su santo con la esposa y la hija.

«Iba con tiempo», concluyó Carreño, «pues el presidente Mosquera se cruzó con él en el camino de Popayán».

«¡Cómo así!», dijo el general, sorprendido. «¿Se fue por tierra?»

«Así es, mi general».

«¡Dios de los pobres!», dijo él.

Fue una corazonada. Esa misma noche recibió la noticia de que el mariscal Sucre había sido emboscado y asesinado a bala por la espalda cuando atravesaba el tenebroso paraje de Berruecos, el pasado 4 de junio. Montilla llegó con la mala nueva cuando el general acababa de tomar el baño nocturno, y apenas si la oyó completa. Se dio una palmada en la frente, y tiró del mantel donde estaba todavía la loza de la cena, enloquecido por una de sus cóleras bíblicas.

«¡La pinga!», gritó.

Aún resonaban en la casa los ecos del estrépito, cuando ya él había recobrado el dominio. Se derrumbó en la silla, rugiendo: «Fue Obando». Y lo repitió muchas veces: «Fue Obando, asesino a sueldo de los españoles». Se refería al general José María Obando, jefe de Pasto, en la frontera sur de la Nueva Granada, quien de aquel modo privaba al general de su único sucesor posible, y aseguraba para sí mismo la presidencia de la república descuartizada para entregársela a Santander. Uno de los conjurados contó en sus memorias que saliendo de la casa donde se acordó el crimen, en la plaza mayor de Santa Fe, había sufrido una conmoción del alma al ver al mariscal Sucre en la neblina helada del atardecer, con su sobretodo de paño negro y el sombrero de pobre, paseándose solo con las manos en los bolsillos por el atrio de la catedral.

La noche en que se enteró de la muerte de Sucre, el general sufrió un vómito de sangre. José Palacios lo ocultó, igual que en Honda, donde lo sorprendió a gatas lavando el piso del baño con una esponja. Le guardó los dos secretos sin que él se lo pidiera, pensando que no era el caso de agregar otras malas noticias donde ya había tantas.

Una noche como ésa, en Guayaquil, el general había tomado conciencia de su vejez prematura. Todavía usaba el cabello largo hasta los hombros, y se lo ataba en la nuca con una cinta para mayor comodidad en las batallas de la guerra y del amor, pero entonces se dio cuenta de que lo tenía casi blanco, y de que su rostro estaba marchito y triste. «Si usted me ve no me reconocería», escribió a un amigo. «Tengo cuarenta y un años, pero parezco un viejo de sesenta». Esa noche se cortó el cabello. Poco después, en Potosí, tratando de parar el ventarrón de la juventud fugitiva que se le escapaba por entre los dedos, se rasuró el bigote y las patillas.

Después del asesinato de Sucre ya no tuvo artificios de tocador para disimular la vejez. La casa del Pie de la Popa se hundió en el duelo. Los oficiales no volvieron a jugar, y pasaban las noches en vela, conversando en el patio hasta muy tarde alrededor de la hoguera perpetua para espantar los zancudos, o en el dormitorio común, en hamacas colgadas a distintos niveles.

Al general le dio por destilar sus amarguras gota a gota. Escogía al azar a dos o tres de sus oficiales, y los mantenía en vela mostrándoles lo peor que guardaba en el pudridero de su corazón. Les hizo oír una vez más la cantaleta de que sus ejércitos estuvieron al borde de la disolución por la mezquindad con que Santander, siendo presidente encargado de Colombia, se resistía a enviarle tropas y dinero para terminar la liberación del Perú.

193

«Es avaro y cicatero por naturaleza», decía, «pero sus razones eran todavía más zurdas: el caletre no le daba para ver más allá de las fronteras coloniales».

Les repitió por milésima vez la conduerma de que el golpe mortal contra la integración fue invitar a los Estados Unidos al Congreso de Panamá, como Santander lo hizo por su cuenta y riesgo, cuando se trataba de nada menos que de proclamar la unidad de la América.

«Era como invitar al gato a la fiesta de los ratones», dijo. «Y todo porque los Estados Unidos amenazaban con acusarnos de estar convirtiendo el continente en una liga de estados populares contra la Santa Alianza. ¡Qué honor!»

Repitió una vez más su terror por la sangre fría inconcebible con que Santander llegaba hasta el final de sus propósitos. «Es un pescado muerto», decía. Repitió por milésima vez la diatriba de los empréstitos que Santander recibió de Londres, y la complacencia con que patrocinó la corrupción de sus amigos. Cada vez que lo evocaba, en privado o en público, agregaba una gota de veneno en una atmósfera política que no parecía soportar una más. Pero no podía reprimirse.

«Así fue como empezó a acabarse el mundo», decía.

Era tan riguroso en el manejo de los dineros públicos que no conseguía volver sobre este asunto sin perder los estribos. Siendo presidente había decretado la pena de muerte para todo empleado oficial que malversara o se robara más de diez pesos. En cambio era tan desprendido con sus bienes personales, que en pocos años se gastó en la guerra de independencia gran parte de la fortuna que heredó de sus mayores. Sus sueldos eran repartidos entre las viudas y los lisiados de guerra. A sus sobrinos les regaló los trapiches heredados, a sus hermanas les regaló la casa de Caracas, y la mayoría de sus tierras las repartió entre los numerosos esclavos que liberó desde antes de que fuera abolida la esclavitud. Rechazó un millón de pesos que le ofreció el congreso de Lima en la euforia de la liberación. La quinta de Monserrate, que el gobierno le adjudicó para que tuviera un lugar digno donde vivir, se la regaló a un amigo en apuros pocos días antes de la renuncia. En el Apure se levantó de la hamaca en que estaba durmiendo y se la regaló a un baquiano para que sudara la fiebre, y él siguió durmiendo en el suelo envuelto en un capote de campaña. Los veinte mil pesos duros que quería pagar de su dinero al educador cuáquero José Lancaster no eran una deuda suya sino del estado. Los caballos que tanto amaba se los iba dejando a los amigos que encontraba a su paso, hasta Palomo Blanco, el más conocido y glorioso, que se quedó en Bolivia presidiendo las cuadras del mariscal de Santa Cruz. De modo que el tema de los empréstitos malversados lo arrastraba sin control a los extremos de la perfidia.

«Casandro salió limpio, como el 25 de septiembre, desde luego, porque es un mago para guardar las formas», decía a quien quisiera oírlo. «Pero sus amigos se llevaban otra vez para Inglaterra la misma plata que los ingleses le habían prestado a la nación, con réditos de leones, y los multiplicaban a su favor con negocios de usureros».

Les mostró a todos, durante noches enteras, los fondos más turbios de su alma. Al amanecer del cuarto día, cuando la crisis parecía eterna, se asomó en la puerta del patio con la misma ropa que tenía puesta cuando recibió la noticia del crimen, llamó a solas al general Briceño Méndez, y conversó con él hasta los primeros gallos. El general en su hamaca con mosquitero, y Briceño Méndez en otra hamaca que José Palacios le colgó al lado. Tal vez ni el uno ni el otro eran conscientes de cuánto habían dejado atrás los hábitos sedentarios de la paz, y habían retrocedido en pocos días a las noches inciertas de los campamentos. De aquella conversación quedó en claro para el general que la inquietud y los deseos expresados por José María Carreño en Turbaco no eran sólo suyos, sino que eran compartidos por una mayoría de oficiales venezolanos. Éstos, después del comportamiento de los granadinos contra ellos, se sentían más venezolanos que nunca, pero estaban dispuestos a matarse por la integridad. Si el general hubiera dado la orden de que se fueran a pelear en Venezuela, se habrían ido en estampida. Y Briceño Méndez antes que nadie.

Fueron los días peores. La única visita que el general quiso recibir fue la del coronel polaco Miecieslaw Napierski, héroe de la batalla de Friedland y sobreviviente del desastre de Leipzig, que había llegado por esos días con la recomendación del general Poniatowski para ingresar en el ejército de Colombia.

«Llega usted tarde», le había dicho el general. «Aquí no queda nada».

Después de la muerte de Sucre quedaba menos que nada. Así se lo dio a entender a Napierski, y así lo dio a entender éste en su diario de viaje, que un gran poeta granadino había de rescatar para la historia ciento ochenta años después. Napierski había llegado a bordo de la *Shannon*. El capitán de la nave lo acompañó a la casa del general, y éste les habló de sus deseos de viajar a Europa, pero ninguno de los dos advirtió en él una disposición real de embarcarse. Como la fragata haría una escala en La Guayra y regresaba a Cartagena antes de volver a Kingston, el general le dio al capitán una carta para su apoderado venezolano en el negocio de las minas de Aroa, con la esperanza de que al regreso le mandara algún dinero. Pero la fragata volvió sin respuesta, y él se mostró tan abatido, que nadie pensó en preguntarle si se iba.

No hubo una sola noticia de consuelo. José Palacios, por su parte, se cuidó de no agravar las que se recibían, y trataba de demorarlas lo más posible. Algo que preocupaba a los oficiales del séquito, y que ocultaban al general para no acabar de mortificarlo, era que los húsares y granaderos de la guardia iban sembrando la semilla de fuego de una blenorragia inmortal. Había empezado con dos mujeres que repasaron la guarnición completa en las noches de Honda, y los soldados habían seguido diseminándola con sus malos amores por dondequiera que pasaban. En aquel momento no estaba a salvo ninguno de los números de la tropa, a pesar de que no había medicina académica o artificio de curandero que no hubieran probado.

No eran infalibles los cuidados de José Palacios para impedir amarguras inútiles a su señor. Una noche, una esquela sin membrete pasó de mano en mano, y nadie supo cómo llegó hasta la hamaca del general. Él la leyó sin los lentes, a la distancia del brazo, y luego la puso en la llama de la vela y la sostuvo con los dedos hasta que acabó de consumirse.

Era de Josefa Sagrario. Había llegado el lunes con su esposo y sus hijos, de paso para Mompox, alentada por la noticia de que el general había sido depuesto y se iba del país. Él no reveló nunca lo que decía el mensaje, pero toda la noche dio muestras de una gran ansiedad, y al amanecer le mandó a Josefa Sagrario una propuesta de reconciliación. Ella resistió a las súplicas, y prosiguió el viaje como estaba previsto, sin un instante de flaqueza. Su único motivo, según le dijo a José Palacios, era que no tenía ningún sentido hacer las paces con un hombre que ya daba por muerto.

Aquella semana se supo que estaba recrudeciéndose en Santa Fe la guerra personal de Manuela Sáenz por el regreso del general. Tratando de hacerle la vida imposible, el ministerio del interior le había pedido entregar los archivos que tenía bajo custodia. Ella se negó, y puso en marcha una campaña de provocaciones que estaba sacando de quicio al gobierno. Fomentaba escándalos, distribuía folletos glorificando al general, borraba los letreros de carbón de las paredes públicas, acompañada por dos de sus esclavas guerreras. Era de dominio público que entraba en los cuarteles con el uniforme de coronel, y lo mismo participaba en las fiestas de los soldados que en las conspiraciones de los oficiales. El rumor más intenso era que estaba promoviendo a la sombra de Urdaneta una rebelión armada para restablecer el poder absoluto del general.

Era difícil creer que él tuviera fuerzas para tanto. Las fiebres del atardecer se hicieron cada vez más puntuales, y la tos se volvió desgarradora. Una madrugada, José Palacios lo oyó gritar: «¡Puta patria!». Irrumpió en el dormitorio, alarmado por una exclamación que el general le reprochaba a sus oficiales, y lo encontró con la mejilla bañada en sangre. Se había cortado afeitándose, y no estaba tan indignado por el percance mismo como por su propia torpeza. El boticario que lo curó, llevado de urgencia por el coronel Wilson, lo encontró tan desesperado que trató de calmarlo con unas gotas de belladona. Él lo paró en seco.

«Déjeme como estoy», le dijo. «La desesperación es la salud de los perdidos».

Su hermana María Antonia le escribió de Caracas. «Todos se quejan de que no has querido venir a componer este desorden», decía. Los curas de los pueblos estaban decididos por él, las deserciones en el ejército eran incontrolables, y los montes estaban llenos de gente armada que decía no querer a nadie más que a él. «Esto es un fandango de locos que no se entienden ellos mismos que hicieron su revolución», decía su hermana. Pues mientras unos clamaban por él, las paredes de medio país amanecían pintadas con letreros de injurias. Su familia, decían los pasquines, debía ser exterminada hasta la quinta generación.

El golpe de gracia se lo dio el Congreso de Venezuela, reunido en Valencia, que coronó sus acuerdos con la separación definitiva, y la declaración solemne de que no habría arreglo con la Nueva Granada y el Ecuador mientras el general estuviera en territorio colombiano. Tanto como el hecho mismo, le dolió que la nota oficial de Santa Fe le fuera transmitida por un antiguo conjurado del 25 de septiembre, su enemigo a muerte, que el presidente Mosquera había hecho regresar del exilio para nombrarlo ministro del interior. «He de decir que éste es el suceso que más me ha afectado en la vida», dijo el general. Pasó la noche en vela, dictando a varios amanuenses distintas versiones para una respuesta, pero fue tanta su rabia que se quedó dormido. Al amanecer, al término de un sueño azorado, dijo a José Palacios:

«El día que yo me muera repicarán las campanas en Caracas».

Hubo más. Al conocer la noticia de la muerte, el gobernador de Maracaibo había de escribir: «Me apresuro a participar la nueva de este gran acontecimiento que sin duda ha de producir innumerables bienes a la causa de la libertad y la felicidad del país. El genio del mal, la tea de la anarquía, el opresor de la patria ha dejado de existir». El anuncio, destinado al principio a informar al gobierno de Caracas, terminó convertido en una proclama nacional.

En medio del horror de aquellos días infaustos, José Palacios le cantó al general la fecha de su cumpleaños a las cinco de la mañana: «Veinticuatro de julio, día de santa Cristina, virgen y mártir». Él abrió los ojos, y una vez más debió tener conciencia de ser un elegido de la adversidad.

No era su costumbre celebrar el aniversario sino el onomástico. Había once san Simones en el santoral católico, y él hubiera preferido ser nombrado por el cirineo que ayudó a Cristo a cargar su cruz, pero el destino le deparó otro Simón, el apóstol y predicador en Egipto y Persia, cuya fecha es el 28 de octubre. Un día como ése, en Santa Fe, le pusieron durante la fiesta una corona de laureles. Él se la quitó de buen talante, y se la puso con toda su malicia al general Santander, quien la asumió sin inmutarse. Pero la cuenta de su vida no la llevaba por el nombre sino por los años. Los cuarenta y siete tenían para él un significado especial, porque el 24 de julio del año anterior, en Guayaquil, en medio de las malas noticias de todas partes y el delirio de sus fiebres perniciosas, lo estremeció un presagio. A él, que nunca admitió la realidad de los presagios. La señal era nítida: si lograba mantenerse vivo hasta el cumpleaños siguiente ya no habría muerte capaz de matarlo. El misterio de ese oráculo secreto era la fuerza que lo había sostenido en vilo hasta entonces contra toda razón.

«Cuarenta y siete años ya, carajos», murmuró. «¡Y estoy vivo!»

Se incorporó en la hamaca, con las fuerzas restablecidas y el corazón alborotado por la certidumbre maravillosa de estar a salvo de todo mal. Llamó a Briceño Méndez, cabecilla de los que querían irse para Venezuela a luchar por la integridad de Colombia, y le transmitió la gracia acordada a sus oficiales con motivo de su cumpleaños.

«De tenientes para arriba», le dijo, «todo el que quiera irse a pelear en Venezuela, que aliste sus corotos».

El general Briceño Méndez fue el primero. Otros dos generales, cuatro coroneles y ocho capitanes de la guarnición de Cartagena se sumaron a la expedición. En cambio, cuando Carreño le recordó al general su promesa anterior, le dijo:

«Usted está reservado para más altos destinos».

Dos horas antes de la partida decidió que se fuera José Laurencio Silva, pues tenía la impresión de que la herrumbre de la rutina le estaba agravando la obsesión por sus ojos. Silva declinó el honor.

«También este ocio es una guerra, y de las más duras», dijo. «De modo que aquí me quedo, si mi general no ordena otra cosa».

En cambio, Iturbide, Fernando y Andrés Ibarra no consiguieron ser admitidos. «Si usted ha de irse será para otra parte», le dijo el general a Iturbide. A Andrés le dio a entender con un motivo insólito que el ge-

201

neral Diego Ibarra estaba ya en la lucha, y que dos hermanos eran demasiados en una misma guerra. Fernando no se ofreció siquiera, porque estaba seguro de obtener la misma respuesta de siempre: «Un hombre se va entero a la guerra, pero no puede permitir que se le vayan sus dos ojos y su mano derecha». Se conformó con el consuelo de que aquella respuesta era en cierto modo una distinción militar.

Montilla aportó los recursos para viajar la misma noche en que fueron aprobados, y participó en la sencilla ceremonia con que el general despidió a cada uno con un abrazo y una frase. Se fueron separados y por distintos caminos, unos por Jamaica, otros por Curazao, otros por la Guajira, y todos en ropa civil, sin armas ni nada que pudiera delatar su identidad, como habían aprendido en las acciones clandestinas contra los españoles. Al amanecer, la casa del Pie de la Popa era un cuartel desmantelado, pero el general se quedó sostenido por la esperanza de que una nueva guerra hiciera reverdecer los laureles de antaño.

El general Rafael Urdaneta se tomó el poder el 5 de septiembre. El congreso constituyente había concluido su mandato, y no había otra autoridad válida para legitimar el golpe, pero los insurgentes apelaron al cabildo de Santa Fe que reconoció a Urdaneta como encargado del poder mientras lo asumía el general. Así culminó una insurrección de las tropas y oficiales venezolanos acantonados en la Nueva Granada, que derrotaron a las fuerzas del gobierno con el respaldo de los pequeños propietarios de la sabana y del clero rural. Era el primer golpe de estado en la república de Colombia, y la primera de las cuarenta y nueve guerras civiles que habíamos de sufrir en lo que faltaba del siglo. El presidente Joaquín Mosquera y el vicepresidente Caycedo, solitarios en medio de la nada, abandonaron sus cargos. Urdaneta recogió del suelo el poder, y su primer acto de gobierno fue enviar a Cartagena una delegación personal para ofrecerle al general la presidencia de la república.

José Palacios no recordaba a su señor en mucho tiempo con una salud tan estable como la de aquellos días, pues los dolores de cabeza y las fiebres del atardecer rindieron las armas tan pronto como se recibió la noticia del golpe militar. Pero tampoco lo había visto en un estado de mayor ansiedad. Preocupado por eso, Montilla había logrado la complicidad de fray Sebastián de Sigüenza para que le prestara al general una ayuda encubierta. El fraile aceptó de buen grado, y lo hizo bien, dejándose ganar al ajedrez en las tardes áridas en que esperaban a los enviados de Urdaneta.

El general había aprendido a mover las piezas en su segundo viaje a Europa, y poco le faltó para hacerse un maestro jugando con el general O'Leary en las noches muertas de la larga campaña del Perú. Pero no se sintió capaz de ir más lejos. «El ajedrez no es un juego sino una pasión», decía. «Y yo prefiero otras más intrépidas». Sin embargo, en sus programas de instrucción pública lo había incluido entre los juegos útiles y honestos que debían enseñarse en la escuela. La verdad era que nunca persistió porque sus nervios no estaban hechos para un juego de tanta parsimonia, y la concentración que le demandaba le hacía falta para asuntos más graves.

Fray Sebastián lo encontraba meciéndose con fuertes bandazos en la hamaca que se había hecho colgar frente a la puerta de la calle, para vigilar el camino de polvo abrasador por donde habían de aparecer los enviados de Urdaneta. «Ay padre», decía el general al verlo llegar. «Usted no escarmienta». Apenas si se sentaba para mover sus piezas, pues después de cada jugada se ponía de pie mientras el fraile pensaba.

«No se me distraiga, Excelencia», le decía éste, «que me lo como vivo».

El general reía:

«El que almuerza con la soberbia cena con la vergüenza».

O'Leary solía detenerse junto a la mesa para estudiar el tablero y sugerirle alguna idea. Él lo rechazaba indignado. En cambio, cada vez que ganaba salía al patio donde sus oficiales jugaban a las barajas, y les cantaba la victoria. En mitad de una partida, fray Sebastián le preguntó si no pensaba escribir sus memorias.

«Jamás», dijo él. «Ésas son vainas de los muertos».

El correo, que fue una de sus obsesiones dominantes, se le convirtió en un martirio. Más aún en aquellas semanas de confusión en que los estafetas de Santa Fe se demoraban a la espera de nuevas noticias, y los postas de enlace se fatigaban esperándolos. En cambio, los correos clandestinos se volvieron más pródigos y apresurados. De modo que el general tenía noticia de las noticias antes de que llegaran, y le sobraba tiempo de madurar sus determinaciones.

Cuando supo que los emisarios estaban cerca, el 17 de septiembre, mandó a Carreño y a O'Leary a esperarlos en el camino de Turbaco. Eran los coroneles Vicente Piñeres y Julián Santa María, cuya primera sorpresa fue el buen ánimo en que encontraron al enfermo sin esperanzas de que tanto se hablaba en Santa Fe. Se improvisó en la casa un acto solemne, con próceres civiles y militares, en el cual se pronunciaron discursos de ocasión y se brindó por la salud de la patria. Pero al final él retuvo a los emisarios, y se dijeron a solas las verdades. El coronel Santa María, que se solazaba en el patetismo, dio la nota culminante: si el general no aceptaba el mando se provocaría una espantosa anarquía en el país. Él lo eludió.

«Primero es existir que modificar», dijo. «Sólo cuando se despeje el horizonte político sabremos si hay patria o no hay patria».

El coronel Santa María no entendió.

«Quiero decir que lo más urgente es reunificar el país por las armas», dijo el general. «Pero el cabo del hilo no está aquí sino en Venezuela».

A partir de entonces, aquélla había de ser su idea fija: empezar otra vez desde el principio, sabiendo que el enemigo estaba dentro y no fuera de la propia casa. Las oligarquías de cada país, que en la Nueva Granada estaban representadas por los santanderistas, y por el mismo Santander, habían declarado la guerra a muerte contra la idea de la integridad, porque era contraria a los privilegios locales de las grandes familias.

«Ésa es la causa real y única de esta guerra de dispersión que nos está matando», dijo el general. «Y lo más triste es que se creen cambiando el mundo cuando lo que están es perpetuando el pensamiento más atrasado de España».

Prosiguió con un solo aliento: «Ya sé que se burlan de mí porque en una misma carta, en un mismo día, a una misma persona le digo una cosa y la contraria, que si aprobé el proyecto de monarquía, que si no lo aprobé, o que si en otra parte estoy de acuerdo con las dos cosas al mismo tiempo». Lo acusaban de ser veleidoso en su modo de juzgar a los hombres y de manejar la historia, de que peleaba contra Fernando VII y se abrazaba con Morillo, de que hacía la guerra a muerte contra España y era un gran promotor de su espíritu, de que se apoyó en Haití para ganar y luego lo consideró como un país extranjero para no invitarlo al congreso de Panamá, de que había sido masón y leía a Voltaire en misa, pero era el paladín de la iglesia, de que cortejaba a los ingleses mientras se iba a casar con una princesa de Francia, de que era frívolo, hipócrita, y hasta desleal, porque adulaba a sus amigos en su presencia y denigraba de ellos a sus espaldas. «Pues bien: todo eso es cierto, pero circunstancial», dijo, «porque todo lo he hecho con la sola mira de que este continente sea un país independiente y único, y en eso no he tenido ni una contradicción ni una sola duda». Y concluyó en caribe puro:

«¡Lo demás son pingadas!»

En una carta que le mandó dos días más tarde al general Briceño Méndez, le dijo: «No he querido admitir el mando que me confieren las actas, porque no quiero pasar por jefe de rebeldes y nombrado militarmente por los vencedores». Sin embargo, en las dos cartas que esa misma noche le dictó a Fernando para el general Rafael Urdaneta, tuvo cuidado de no ser tan radical.

La primera fue una respuesta formal, y su solemnidad era demasiado evidente desde el encabezado: "Excelentísimo Señor". En ella justificaba el golpe por el estado de anarquía y abandono en que quedaba la república después de disolverse el gobierno anterior. «El pueblo en estos casos no se engaña», escribió. Pero no había ninguna posibilidad de que aceptara la presidencia. Lo único que podía ofrecer era su disposición de regresar a Santa Fe para servir al nuevo gobierno como simple soldado.

La otra era una carta privada, y lo indicaba desde la primera línea: "Mi querido general". Era extensa y explícita, y no dejaba la menor duda sobre las razones de su incertidumbre. Puesto que don Joaquín Mosquera no había renunciado a su título, mañana podría hacerse reconocer como presidente legal, y dejarlo a él como usurpador. Así que reiteraba lo dicho en la carta oficial: hasta no disponer de un mandato diáfano emanado de una fuente legítima, no había posibilidad alguna de que asumiera el poder.

Las dos cartas se fueron en el mismo correo, junto con el original de una proclama en que pedía al país olvidar sus pasiones y apoyar al nuevo gobierno. Pero se ponía a salvo de cualquier compromiso. «Aunque parezca que ofrezco mucho, no ofrezco nada», diría más tarde. Y reconoció haber escrito algunas frases cuyo único objeto era lisonjear a quienes lo deseaban.

Lo más significativo de la segunda carta era su tono de mando, sorprendente en alguien desprovisto de todo poder. Pedía el ascenso del coronel Florencio Jiménez para que fuera al occidente con tropas y pertrechos bastantes para resistir la guerra ociosa que hacían contra el gobierno central los generales José María Obando y José Hilario López. «Los que asesinaron a Sucre», insistió. También recomendaba a otros oficiales para diversos cargos de altura. «Atienda usted a esa parte», le decía a Urdaneta, «que yo haré lo demás del Magdalena a Venezuela, incluyendo a Boyacá». Él mismo se disponía a marcharse para Santa Fe a la cabeza de dos mil hombres, y contribuir de ese modo al restablecimiento del orden público y la consolidación del nuevo gobierno.

No volvió a recibir noticias directas de Urdaneta durante cuarenta y dos días. Pero siguió escribiéndole de todos modos durante el largo mes en que no hizo más que impartir órdenes militares a los cuatro vientos. Los barcos llegaban y se iban, pero no se volvió a hablar del viaje a Europa, aunque él lo hacía recordar de vez en cuando como un modo de presión política. La casa del Pie de la Popa se convirtió en cuartel general de todo el país, y pocas decisiones militares de aquellos meses no fueron inspiradas o tomadas por él desde la hamaca. Paso a paso, casi sin proponérselo, terminó comprometido también en decisiones que iban más allá de los asuntos militares. Y hasta se ocupaba de lo más pequeño, como de conseguir un empleo en las oficinas del correo para su buen amigo, el señor Tatis, y de que se reincorporara en el servicio activo al general José Ucrós, que ya no soportaba la paz de su casa.

En esos días había repetido con un énfasis renovado una vieja frase suya: «Yo estoy viejo, enfermo, cansado, desengañado, hostigado, calumniado y mal pagado». Sin embargo, nadie que lo hubiera visto se lo habría creído. Pues mientras parecía que sólo actuaba en maniobras de gato escaldado para fortalecer al gobierno, lo que hacía en realidad era planear pieza por pieza, con autoridad y mando de general en jefe, la minuciosa máquina militar con que se proponía recuperar a Venezuela y empezar otra vez desde allí la restauración de la alianza de naciones más grande del mundo.

No podía concebirse una ocasión más propicia. La Nueva Granada estaba segura en manos de Urdaneta, con el partido liberal en derrota y Santander anclado en París. El Ecuador estaba asegurado por Flores, el mismo caudillo venezolano, ambicioso y conflictivo, que había separado de Colombia a Quito y Guayaquil para crear una república nueva, pero el general confiaba en recuperarlo para su causa después que sometiera a los asesinos de Sucre. Bolivia estaba asegurada con el mariscal de Santa Cruz, su amigo, que acababa de ofrecerle la representación diplomática ante la Santa Sede. De modo que el objetivo inmediato era arrebatarle al general Páez, de una vez por todas, el dominio de Venezuela.

El plan militar del general parecía concebido para iniciar desde Cúcuta una ofensiva en grande, mientras Páez se concentraba en la defensa de Maracaibo. Pero el día primero de septiembre la provincia de Riohacha depuso al comandante de armas, desconoció la autoridad de Cartagena, y se declaró venezolana. El apoyo de Maracaibo no sólo le fue dado de inmediato, sino que mandaron en su auxilio al general Pedro Carujo, el cabecilla del 25 de septiembre, que había escapado a la justicia al amparo del gobierno de Venezuela.

Montilla fue a llevar la noticia tan pronto como la recibió, pero el general ya la conocía, y estaba exultante. Pues la insurrección de Riohacha le daba pie para movilizar desde otro frente fuerzas nuevas y mejores contra Maracaibo.

«Además», dijo, «tenemos a Carujo en nuestras manos».

Esa misma noche se encerró con sus oficiales, y trazó la estrategia con gran precisión, describiendo los accidentes del terreno, moviendo ejércitos enteros como piezas de ajedrez, anticipándose a los propósitos menos pensados del enemigo. No tenía una formación académica siquiera comparable con la de cualquiera de sus oficiales, que en su mayoría fueron formados en las mejores escuelas militares de España, pero era capaz de concebir una situación completa hasta en sus últimos detalles. Su memoria visual era tan sorprendente, que podía prever un obstáculo visto al pasar muchos años antes, y aunque estaba muy lejos de ser un maestro en las artes de la guerra, nadie le superaba en inspiración.

Al amanecer, el plan estaba terminado hasta en sus

últimos detalles, y era minucioso y feroz. Y tan visionario, que el asalto a Maracaibo estaba previsto para fines de noviembre o, en el peor de los casos, a principios de diciembre. Terminada la revisión final a las ocho de la mañana de un martes de lluvias, Montilla le había hecho ver que en el plan se notaba la falta de un general granadino.

«No hay un general de la Nueva Granada que valga nada», dijo él. «Los que no son ineptos son bribones».

Montilla se apresuró a endulzar el tema:

«Y usted, general, ¿para dónde se va?»

«En este momento ya me da lo mismo Cúcuta que Riohacha», dijo él.

Se volvió para retirarse, y el ceño duro del general Carreño le recordó la promesa varias veces incumplida. La verdad era que él quería tenerlo a su lado a toda costa, pero ya no podía entretener más sus ansias. Le dio en el hombro la palmadita de siempre, y le dijo:

«Palabra cumplida, Carreño, usted también se va».

La expedición compuesta por dos mil hombres zarpó de Cartagena en una fecha que parecía escogida como símbolo: 25 de septiembre. Iba al mando de los generales Mariano Montilla, José Félix Blanco y José María Carreño, y todos llevaban por separado la misión de buscar en Santa Marta una casa de campo que le sirviera al general para seguir de cerca la guerra mientras restauraba su salud. Éste le escribió a un amigo: «Dentro de dos días me voy para Santa Marta, por hacer ejercicio, por salir del fastidio en que estoy y por mejorar de temperamento». Dicho y hecho: el primero de octubre emprendió el viaje. El 2, todavía en camino, fue más franco en una carta al general Justo Briceño: «Yo sigo para Santa Marta con la mira de contribuir con mi influencia en la expedición que marcha contra Maracaibo». El mismo día volvió a escribirle a Urdaneta: «Yo sigo para Santa Marta con la mira de visitar aquel país, que no lo he visto nunca, y por ver si desengaño a algunos enemigos que influyen demasiado en la opinión». Sólo entonces le reveló el propósito real de su viaje: «Veré de cerca las operaciones contra Riohacha, y me acercaré a Maracaibo y a las tropas para ver si puedo influir en alguna operación importante». Visto al derecho, ya no era un jubilado en derrota huyendo hacia el destierro, sino un general en campaña.

La salida de Cartagena había estado precedida por urgencias de guerra. No se dio tiempo para adioses oficiales, y a muy pocos amigos les anticipó la noticia. Por instrucciones suyas, Fernando y José Palacios dejaron la mitad del equipaje al cuidado de amigos y casas de comercio, por no arrastrar un lastre inútil para una guerra incierta. Al comerciante local don Juan Pavajeau le dejaron diez baúles de papeles privados, con el encargo de enviarlos a una dirección de París que le sería comunicada más tarde. En el recibo se estableció que el señor Pavajeau los quemaría en caso de que el propietario no pudiera reclamarlos por causa de fuerza mayor.

Fernando depositó en el establecimiento bancario de Busch y Compañía doscientas onzas de oro que a última hora encontró, sin rastro alguno de su origen, entre los útiles de escritorio de su tío. A Juan de Francisco Martín le dejó, también en depósito, un cofre con treinta y cinco medallas de oro. Le dejó asimismo una faltriquera de terciopelo con doscientas noventa y cuatro medallas grandes de plata, sesenta y siete pequeñas y noventa y seis medianas, y otra igual con cuarenta medallas conmemorativas de plata y oro, algunas con el perfil del general. También le dejó la cubertería de oro que llevaban desde Mompox en un antiguo cajón de vinos, alguna ropa de cama muy usada, dos baúles de libros, una espada con brillantes y una escopeta inservible. Entre otras muchas cosas menudas, rastrojos de los tiempos idos, había varios pares de espejuelos en desuso, con graduaciones progresivas, desde que el general descubrió su presbicia incipiente en la dificultad para afeitarse, a los treinta y nueve años, hasta que la distancia del brazo no le alcanzó para leer.

José Palacios, por su parte, dejó al cuidado de don Juan de Dios Amador una caja que durante varios años había viajado con ellos de un lado para otro, y de cuyo contenido no se sabía nada a ciencia cierta. Era algo propio del general, que en un instante no podía resistir una voracidad posesiva por los objetos menos pensados, o por los hombres sin mayores méritos, y al cabo de cierto tiempo tenía que llevarlos a rastras sin saber cómo quitárselos de encima. Aquella caja la había llevado de Lima a Santa Fe, en 1826, y seguía con él después del atentado del 25 de septiembre, cuando regresó al sur para su última guerra. «No podemos dejarla, mientras no sepamos al menos si es nuestra», decía. Cuando volvió a Santa Fe por última vez, dispuesto a presentar su renuncia definitiva ante el congreso constituyente, la caja volvió entre lo poco que quedaba de su antiguo equipaje imperial. Por fin decidieron abrirla en Cartagena, en el curso de un inventario general de sus bienes, y descubrieron adentro un revoltijo de cosas personales que desde tiempo atrás se daban por perdidas. Había cuatrocientas quince onzas de oro del cuño colombiano, un retrato del general George Washington con un mechón de su cabello, una caja de oro para rapé regalada por el rey de Inglaterra, un estuche de oro con llaves de brillantes dentro del cual había un relicario, y la gran estrella de Bolivia con brillantes incrustados. José Palacios dejó todo esto en la casa de De Francisco Martín, descrito y anotado, y pidió el recibo en regla. El equipaje quedó entonces reducido a un tamaño más racional, aunque sobraban todavía tres de los cuatro baúles con su ropa de uso, otro con diez manteles de algodón y lino, muy usados, y una caja con cubiertos de oro y de plata de varios estilos revueltos, que el general no quiso dejar ni vender, por si más adelante necesitaban servir la mesa para huéspedes meritorios. Muchas veces le habían sugerido rematar aquellas cosas para aumentar sus recursos escasos, pero él se negó siempre con el argumento de que eran bienes del estado.

Con el equipaje aligerado y el séquito disminuido hicieron su primera jornada hasta Turbaco. Prosiguieron al día siguiente con buen tiempo, pero antes del mediodía tuvieron que guarecerse bajo un campano, donde pasaron la noche expuestos a la lluvia y a los vientos malignos de las ciénagas. El general se quejó de dolores en el bazo y en el hígado, y José Palacios le preparó una pócima del manual francés, pero los dolores se hicieron más intensos y la fiebre aumentó. Al amanecer estaba en tal estado de postración, que lo llevaron sin sentido a la villa de Soledad, donde un viejo amigo suyo, don Pedro Juan Visbal, lo recibió en su casa. Allí permaneció más de un mes, con toda clase de dolores recrudecidos por las lluvias opresivas de octubre.

Soledad tenía el nombre bien puesto: cuatro calles de casas de pobres, ardientes y desoladas, a unas dos leguas de la antigua Barranca de San Nicolás, que en pocos años había de convertirse en la ciudad más próspera y hospitalaria del país. El general no hubiera podido encontrar un sitio más apacible, ni una casa más propicia para su estado, con seis balcones andaluces que la desbordaban de luz, y un patio bueno para meditar bajo la ceiba centenaria. Desde la ventana del dormitorio dominaba la placita desierta, con la iglesia en ruinas y las casas con techos de palma amarga pintadas con colores de aguinaldo.

Tampoco la paz doméstica le sirvió de nada. La primera noche sufrió un ligero vahído, pero se negó a admitir que fuera un nuevo indicio de su postración. De acuerdo con el manual francés describió sus males como una atrabilis agravada por un resfriado general, y un antiguo reumatismo repetido por la intemperie. Este diagnóstico múltiple le aumentó los resabios contra las medicinas simultáneas para varios males, pues decía que las buenas para unos eran dañinas para los otros. Pero también reconocía que no hay buen medicamento para el que no lo toma, y se quejaba a diario de no tener un buen médico, mientras se resistía a dejarse ver por los muchos que le mandaban.

El coronel Wilson, en una carta que escribió a su padre por aquellos días, le había dicho que el general podía morir en cualquier momento, pero que su rechazo a los médicos no era por menosprecio sino por lucidez. En realidad, decía Wilson, la enfermedad era el único enemigo al que el general le temía, y se negaba a enfrentarlo para que no lo distrajera de la empresa mayor de su vida. «Atender una enfermedad es como es-

215

tar empleado en un buque», le había dicho el general. Cuatro años antes, en Lima, O'Leary le había sugerido que aceptara un tratamiento médico a fondo mientras preparaba la constitución de Bolivia, y su respuesta fue terminante:

«No se ganan dos carreras al mismo tiempo».

Parecía convencido de que el movimiento continuo y el valerse de sí mismo eran un conjuro contra la enfermedad. Fernanda Barriga tenía la costumbre de ponerle un babero y darle la comida con la cuchara, como a los niños, y él la recibía y la masticaba en silencio, y hasta volvía a abrir la boca cuando terminaba. Pero en esos días le quitaba el plato y la cuchara y comía con su propia mano, sin babero, para que todos entendieran que no necesitaba de nadie. A José Palacios se le partía el corazón cuando lo encontraba tratando de hacerse las cosas domésticas que siempre le habían hecho sus criados, o sus ordenanzas y edecanes, y no tuvo consuelo cuando lo vio vaciarse encima todo un frasco de tinta tratando de envasarla en un tintero. Fue algo insólito, porque todos se admiraban de que no le temblaran las manos por muy mal que estuviera, y que su pulso fuera tan firme que seguía cortándose y puliéndose las uñas una vez por semana, y afeitándose todos los días.

En su paraíso de Lima había vivido una noche feliz con una doncella de vellos lacios que le cubrían hasta el último milímetro de su piel de beduina. Al amanecer, mientras se afeitaba, la contempló desnuda en la cama, navegando en un sueño apacible de mujer complacida, y no pudo resistir la tentación de hacerla suya para siempre con un auto sacramental. La cubrió de pies a cabeza con espuma de jabón, y con un deleite de amor la rasuró por completo con la navaja barbera, a veces con la mano derecha, a veces con la izquierda, palmo a palmo hasta las cejas encontradas, y la dejó dos veces desnuda en su cuerpo magnífico de recién nacida. Ella le preguntó con el alma hecha trizas si de veras la amaba, y él le contestó con la misma frase ritual que a lo largo de su vida había ido regando sin piedad en tantos corazones:

«Más que a nadie jamás en este mundo».

En la villa de Soledad, también mientras se afeitaba, se sometió a la misma inmolación. Empezó por cortarse un mechón blanco y lacio de los muy escasos que le quedaban, obedeciendo al parecer a un impulso infantil. Enseguida se cortó otro de un modo más consciente, y luego todos sin ningún orden, como cortando hierba, mientras declamaba por las grietas de la voz sus estrofas preferidas de *La Araucana*. José Palacios entró en el dormitorio para ver con quién hablaba, y lo encontró afeitándose el cráneo cubierto de espuma. Quedó pelado al rape.

El exorcismo no logró redimirlo. Usaba el gorro de seda durante el día, y de noche se ponía la caperuza colorada, pero apenas si lograba mitigar los soplos helados del desaliento. Se levantaba a caminar en la oscuridad por la enorme casa enlunada, sólo que ya no pudo andar desnudo, sino que se envolvía en una manta para no tiritar de frío en las noches de calor. Con los días no le bastó la manta, sino que resolvió ponerse la caperuza colorada encima del gorro de seda.

Las intrigas cositeras de los militares y los abusos de los políticos lo exasperaban tanto, que una tarde decidió con un golpe en la mesa que no soportaba más ni a los unos ni a los otros. «Díganles que estoy hético para que no vuelvan», gritó. Fue una determinación tan drástica, que prohibió los uniformes y los ritos militares en la casa. Pero no logró sobrevivir sin ellos, así que las audiencias de consuelo y los conciliábulos estériles continuaron como siempre, contra sus propias órdenes. Entonces se sentía tan mal, que aceptó la visita de un médico con la condición de que no lo examinara ni le hiciera preguntas sobre sus dolores ni pretendiera darle nada de beber.

«Sólo para conversar», dijo.

El elegido no podía parecerse más a sus deseos. Se llamaba Hércules Gastelbondo, y era un anciano ungido por la felicidad, inmenso y plácido, con el cráneo radiante por la calvicie total, y una paciencia de ahogado que por sí sola aliviaba los males ajenos. Su incredulidad y su intrepidez científica eran famosas en todo el litoral. Prescribía la crema de chocolate con queso fundido para los trastornos de la bilis, aconsejaba hacer el amor en los sopores de la digestión como un buen paliativo para una larga vida, y fumaba sin reposo unos cigarros de carretero que liaba con papel de estraza, y se los recetaba a sus enfermos contra toda clase de malentendidos del cuerpo. Los mismos pacientes decían que nunca los curaba por completo sino que los entretenía con su verba florida. Él soltaba una risa plebeya.

«A los otros médicos se les mueren tantos enfermos como a mí», decía. «Pero conmigo se mueren más contentos».

Llegó en la carroza del señor Bartolomé Molinares, que iba y venía varias veces al día llevando y trayendo toda clase de visitantes espontáneos, hasta que el general les prohibió ir sin ser invitados. Llegó vestido de lino blanco sin aplanchar, abriéndose paso a través de la lluvia, con los bolsillos atiborrados de cosas de comer y con un paraguas tan descosido que más bien servía para convocar las aguas que para impedirlas. Lo primero que hizo después de los saludos formales fue pedir perdón por la peste del cigarro que ya llevaba a medio fumar. El general, que no soportaba el humo del tabaco, no sólo entonces sino desde siempre, lo había dispensado de antemano.

«Estoy acostumbrado», le dijo. «Manuela fuma unos más asquerosos que los suyos, hasta en la cama, y desde luego me echa el humo mucho más cerca que usted».

El doctor Gastelbondo agarró al vuelo una ocasión que le quemaba el alma.

«Por cierto», dijo. «¿Cómo está?»

«¿Quién?»

«Doña Manuela».

El general respondió en seco:

«Bien».

Y cambió de tema de un modo tan ostensible que el médico soltó una carcajada para disimular su impertinencia. El general sabía, sin duda, que ninguna de sus travesuras galantes estaba a salvo de los murmullos de su séquito. Nunca hizo alarde de sus conquistas, pero habían sido tantas y de tanto estrépito, que sus secretos de alcoba eran de dominio público. Una carta ordinaria demoraba tres meses de Lima a Caracas, pero los chismes de sus aventuras parecían volar con el pensamiento. El escándalo lo perseguía como otra sombra y sus amantes quedaban señaladas para siempre con una cruz de ceniza, pero él cumplía con el deber inútil de mantener los secretos de amor protegidos por un fuero sagrado. Nadie tuvo de él una infidencia sobre una mujer que hubiera sido suya, salvo José Palacios, que era su cómplice de todo. Ni siquiera por complacer una curiosidad tan inocente como la del doctor Gastelbondo, y referida a Manuela Sáenz, cuya intimidad era tan pública que ya tenía muy poco que cuidar.

Salvo por ese incidente instantáneo, el doctor Gastelbondo fue para él una aparición providencial. Lo reanimó con sus locuras sabias, compartía con él los animalitos de almíbar, los alfajores de leche, los diabolines de almidón de yuca que llevaba en los bolsillos, y que él aceptaba por gentileza y se comía por distracción. Un día se quejó de que esas golosinas de salón sólo servían para entretener el hambre pero no para recobrar el peso, que era lo que él quería. «No se preocupe, Excelencia», le replicó el médico. «Todo lo que entra por la boca engorda y todo lo que sale de ella envilece». El argumento le pareció tan divertido al general, que aceptó tomarse con el médico una copa de vino generoso y una taza de sagú.

Sin embargo, el humor que el médico le mejoraba con tanto esmero, se lo descomponían las malas noticias. Alguien le contó que el dueño de la casa donde vivía en Cartagena había quemado por temor al contagio el catre en que él dormía, junto con el colchón y las sábanas, y todo cuanto había pasado por sus manos durante la estancia. Él ordenó a don Juan de Dios Amador que del dinero que le había dejado pagara las cosas destruidas como si fueran nuevas, además del alquiler de la casa. Pero ni aun así logró aplacar la amargura.

Peor aún se sintió unos días después, cuando supo que don Joaquín Mosquera había pasado por ahí de tránsito para los Estados Unidos y no se había dignado visitarlo. Preguntando a unos y a otros sin disimular su ansiedad, se enteró de que en efecto había permanecido en la costa más de una semana mientras esperaba el barco, que había visto a muchos amigos comunes y también a algunos enemigos suyos, y que a todos les había expresado su disgusto por lo que él calificaba como las ingratitudes del general. En el momento de zarpar, ya en la chalupa que lo conducía a bordo, había resumido su idea fija para quienes fueron a despedirlo.

«Recuérdenlo bien», les dijo. «Ese tipo no quiere a nadie».

José Palacios sabía cuán sensible era el general a semejante reproche. Nada le dolía tanto, ni lo ofuscaba tanto como que alguien pusiera en duda sus afectos, y era capaz de apartar océanos y derribar montañas con su terrible poder de seducción, hasta convencerlo de su error. En la plenitud de la gloria, Delfina Guardiola, la bella de Angostura, le había cerrado en las narices las puertas de su casa, enfurecida por sus veleidades. «Usted es un hombre eminente, general, más que ninguno», le dijo. «Pero el amor le queda grande». Él se metió por la ventana de la cocina y permaneció con ella durante tres días, y no sólo estuvo a punto de perder una batalla, sino también el pellejo, hasta lograr que Delfina confiara en su corazón.

Mosquera estaba entonces fuera de su alcance, pero comentó su rencor con todo el que pudo. Se preguntó hasta la saciedad con qué derecho podía hablar de amor un hombre que había permitido que le comunicaran a él en una nota oficial la resolución venezolana de su repudio y su destierro. «Y que dé gracias que no le contesté para dejarlo a salvo de una condena histórica», gritó. Recordó todo cuanto había hecho por él, cuánto lo había ayudado a ser lo que era, cuánto había tenido que soportar las necedades de su narcisismo rural. Por último escribió a un amigo común una carta extensa y desesperada, para estar seguro de que las voces de su angustia alcanzarían a Mosquera en cualquier parte del mundo.

En cambio, las noticias que no llegaban lo envolvían como una niebla invisible. Urdaneta seguía sin contestar sus cartas. Briceño Méndez, su hombre en Venezuela, le había mandado una junto con unas frutas de Jamaica, de las que tanto apetecía, pero el mensajero se había ahogado. Justo Briceño, su hombre en la frontera oriental, lo desesperaba con su lentitud. El silencio de Urdaneta había echado una sombra sobre el país. La muerte de Fernández Madrid, su corresponsal en Londres, había echado una sombra sobre el mundo.

Lo que no sabía el general era que mientras él permanecía sin noticias de Urdaneta, éste mantenía correspondencia activa con oficiales de su séquito, tratando de que le arrancaran una respuesta inequívoca. A O'Leary le escribió: «Necesito saber de una vez por todas si el general acepta o no acepta la presidencia, o si toda la vida hemos de correr tras un fantasma que no se puede alcanzar». No sólo O'Leary sino otros de su entorno intentaban charlas casuales para darle a Urdaneta alguna respuesta, pero las evasivas del general eran infranqueables.

Cuando por fin se recibieron noticias ciertas de Riohacha, eran más graves que los malos presagios. El general Manuel Valdés, como estaba previsto, se tomó la ciudad sin resistencia el 20 de octubre, pero Carujo le aniquiló dos compañías de exploración la semana siguiente. Valdés presentó ante Montilla una renuncia que pretendía ser honorable, y que al general le pareció indigna. «Ese canalla está muerto de miedo», dijo. Faltaban sólo quince días para intentar la toma de Maracaibo, de acuerdo con el plan inicial, pero el simple dominio de Riohacha era ya un sueño imposible.

«¡Carajos!», gritó el general. «La flor y nata de mis generales no ha podido desbaratar una revuelta de cuartel».

Sin embargo, la noticia que más lo afectó fue que las poblaciones huían al paso de las tropas del gobierno, porque las identificaban con él, a quien tenían por asesino del almirante Padilla, que era un ídolo en Riohacha, su tierra natal. Además, el desastre parecía concertado con los del resto del país. La anarquía y el caos se ensañaban por todas partes, y el gobierno de Urdaneta era incapaz de someterlos.

El doctor Gastelbondo se sorprendió una vez más del poder vivificador de la cólera, el día en que encontró al general lanzando improperios bíblicos ante un emisario especial que acababa de darle las últimas noticias de Santa Fe. «Esta mierda de gobierno, en vez de comprometer a los pueblos y a los hombres de importancia, los mantiene paralizados», gritaba. «Volverá a caer y no se levantará por tercera vez, porque los hombres que lo componen y las masas que lo sostienen serán exterminados».

Fueron inútiles los esfuerzos del médico para calmarlo, pues cuando terminó de fustigar al gobierno repasó a voz en cuello la lista negra de sus estados mayores. Del coronel Joaquín Barriga, héroe de tres batallas grandes, dijo que podía ser todo lo malo que quisiera: «hasta asesino». Del general Pedro Margueytío, sospechoso de estar en la conspiración para matar a Sucre, dijo que era un pobre hombre para el mando de tropas. Al general González, el más adicto que tenía en el Cauca, lo cercenó de un tajo brutal: «Sus enfermedades son flaquezas y flatos». Se derrumbó acezante en el mecedor para darle a su corazón la pausa que le hacía falta desde hacía veinte años. Entonces vio al doctor Gastelbondo paralizado por la sorpresa en el marco de la puerta, y levantó la voz.

«Al fin y al cabo», dijo, «¿qué puede esperarse de un hombre que se jugó dos casas a los dados?»

El doctor Gastelbondo se quedó perplejo.

«¿De quién estamos hablando?», preguntó.

«De Urdaneta», dijo el general. «Las perdió en Maracaibo con un comandante de la marina, pero en los documentos se hizo aparecer como si las hubiera vendido».

Tomó el aire que le faltaba. «Claro que todos son unos santos varones al lado del truchimán de Santander», prosiguió. «Sus amigos se robaban el dinero de los empréstitos ingleses comprando papeles del estado por la décima parte de su valor real, y el propio estado se los aceptaba después al ciento por ciento». Aclaró que en todo caso él no se había opuesto a los empréstitos por el riesgo de la corrupción, sino porque previó a tiempo que amenazaban la independencia que tanta sangre había costado.

«Aborrezco a las deudas más que a los españoles», dijo. «Por eso le advertí a Santander que lo bueno que hiciéramos por la nación no serviría de nada si aceptábamos la deuda, porque seguiríamos pagando réditos por los siglos de los siglos. Ahora lo vemos claro: la deuda terminará derrotándonos».

Al principio del gobierno actual no sólo había estado de acuerdo con la decisión de Urdaneta de respetar la vida de los vencidos, sino que lo celebró como una nueva ética de la guerra: «No sea que nuestros enemigos de ahora nos hagan a nosotros lo que nosotros les hicimos a los españoles». Es decir, la guerra a muerte. Pero en sus noches tenebrosas de la villa de Soledad le recordó a Urdaneta en una carta terrible que todas las guerras civiles las había vencido siempre el más feroz.

«Créamelo, mi doctor», le dijo al médico. «Nuestra autoridad y nuestras vidas no se pueden conservar sino a costa de la sangre de nuestros contrarios».

De pronto, la cólera pasó sin dejar rastros, de un modo tan intempestivo como había empezado, y el general emprendió la absolución histórica de los oficiales que acababa de insultar. «En todo caso, el equivocado soy yo», dijo. «Ellos sólo querían hacer la independencia, que era algo inmediato y concreto, y ¡vaya si lo han hecho bien!» Le tendió al médico la mano en los puros huesos para que lo ayudara a levantarse, y concluyó con un suspiro:

«En cambio yo me he perdido en un sueño buscando algo que no existe».

En esos días decidió la situación de Iturbide. A fines de octubre, éste había recibido una carta de su madre, siempre desde Georgetown, en la cual le contaba que el progreso de las fuerzas liberales en México alejaba de la familia, cada vez más, toda esperanza de repatriación. La incertidumbre, sumada a la que llevaba dentro desde la cuna, se le volvió insoportable. Por suerte, una tarde en que se paseaba por el corredor de la casa apoyado en su brazo, el general hizo una evocación inesperada.

«De México tengo sólo un recuerdo malo», dijo: «En Veracruz, los mastines del capitán del puerto me descuartizaron dos cachorros que llevaba para España».

De todos modos, dijo, aquella fue su primera experiencia del mundo, y lo había marcado para siempre. Veracruz estaba prevista como una breve escala de su primer viaje a Europa, en febrero de 1799, pero se prolongó casi dos meses por un bloqueo inglés a La Habana, que era la escala siguiente. La demora le dio tiempo de ir en coche hasta la ciudad de México, trepando casi tres mil metros por entre volcanes nevados y desiertos alucinantes que no tenían nada que ver con los amaneceres pastorales del valle de Aragua, donde había vivido hasta entonces. «Pensé que así debía ser la luna», dijo. En la ciudad de México lo sorprendió la pureza del aire y lo deslumbraron los mercados públicos, su profusión y su limpieza, en los cuales vendían para comer gusanos colorados de maguey, armadillos, lombrices de río, huevos de mosco, saltamontes, larvas de hormigas negras, gatos de monte, cucarachas de agua con miel, avispas de maíz, iguanas cultivadas, víboras de cascabel, pájaros de toda clase, perros enanos y una especie de frijoles que saltaban sin cesar con vida propia. «Se comen todo lo que camina», dijo. Lo sorprendieron las aguas diáfanas de los numerosos canales que atravesaban la ciudad, las barcas pintadas de colores dominicales, el esplendor y la abundancia de las flores. Pero lo deprimieron los días cortos de febrero, los indios taciturnos, la llovizna eterna, todo lo que más tarde habría de oprimirle el corazón en Santa Fe, en Lima, en La Paz, a todo lo largo y lo alto de los Andes, y que entonces padecía por primera vez. El obispo, a quien fue recomendado, lo llevó de la mano a una audiencia con el virrey, que le pareció más episcopal que el obispo. Apenas si le prestó atención al morenito escuálido, vestido de petimetre, que se declaró admirador de la revolución francesa. «Pudo haberme costado la vida», dijo el general, divertido. «Pero tal vez pensé que a un virrey había que hablarle algo de política, y eso era lo único que sabía a los dieciséis años». Antes de proseguir el viaje le escribió una carta a su tío don Pedro Palacio y Sojo, la primera suya que había de conservarse. «Mi letra era tan mala que yo mismo no la entendía», dijo muerto de risa. «Pero le expliqué a mi tío que me salía así por el cansancio del viaje». En una foja y media tenía cuarenta faltas de ortografía, y dos de ellas en una sola palabra: "yjo".

Iturbide no pudo hacer ningún comentario, pues su memoria no le daba para más. Todo lo que le quedaba de México era un recuerdo de desgracias que le habían agravado la melancolía congénita, y el general tenía razones para comprenderlo.

«No se quede con Urdaneta», le dijo. «Ni tampoco se vaya con su familia para los Estados Unidos, que son omnipotentes y terribles, y con el cuento de la libertad terminarán por plagarnos a todos de miserias».

La frase acabó de arrojar una duda más en una ciénaga de incertidumbre. Iturbide exclamó:

«¡No me asuste, general!»

«No se asuste usted», dijo el general en un tono tranquilo. «Váyase para México, aunque lo maten o aunque se muera. Y váyase ahora que todavía es joven, porque un día será demasiado tarde, y entonces no se sentirá ni de aquí ni de allá. Se sentirá forastero en todas partes, y eso es peor que estar muerto». Lo miró directo a los ojos, se puso la mano abierta en el pecho, y concluyó:

«Dígamelo a mí».

De modo que Iturbide se fue a principios de diciembre con dos cartas para Urdaneta, en una de las cuales le decía que él, Wilson y Fernando eran la gente de más confianza que tenía en su casa. Estuvo en Santa Fe sin destino fijo hasta abril del año siguiente, cuando Urdaneta fue depuesto por una conspiración santanderista. Su madre consiguió con su persistencia ejemplar que lo nombraran secretario de la legación mexicana en Washington. Vivió el resto de su vida en el olvido del servicio público, y nada se volvió a saber de la familia hasta treinta y dos años después, cuando Maximiliano de Habsburgo, impuesto por las armas de Francia como emperador de México, adoptó a dos varones Iturbide de la tercera generación y los nombró sucesores suyos en su trono quimérico.

En la segunda carta que el general le mandó a Urdaneta con Iturbide, le pedía que destruyera todas las suyas anteriores y futuras, para que no quedaran rastros de sus horas sombrías. Urdaneta no lo complació. Al general Santander le había hecho una súplica similar cinco años antes: «No mande usted a publicar mis cartas, ni vivo ni muerto, porque están escritas con mucha libertad y en mucho desorden». Tampoco lo complació Santander, cuyas cartas, al contrario de las suyas, eran perfectas de forma y de fondo, y se veía a simple vista que las escribía con la conciencia de que su destinatario final era la historia.

Desde la carta de Veracruz hasta la última que dictó seis días antes de su muerte, el general escribió por lo menos diez mil, unas de su puño y letra, otras dictadas a sus amanuenses, otras redactadas por éstos de acuerdo con instrucciones suyas. Se conservaron poco más de tres mil cartas y unos ocho mil documentos firmados por él. A veces sacaba de quicio a los amanuenses. O al contrario. En cierta ocasión le pareció mal escrita la carta que acababa de dictar, y en vez de hacer otra agregó él mismo una línea sobre el amanuense: «Como usted se dará cuenta, Martell está hoy más imbécil que nunca». La víspera de dejar Angostura para terminar la liberación del continente, en 1817, puso al día sus asuntos de gobierno con catorce documentos que dictó en una sola jornada. Tal vez de allí surgió la leyenda nunca desmentida de que dictaba a varios amanuenses varias cartas distintas al mismo tiempo.

Octubre se redujo al rumor de la lluvia. El general no volvió a salir de su cuarto, y el doctor Gastelbondo tuvo que apelar a sus recursos más sabios para que le permitiera visitarlo y darle de comer. José Palacios tenía la impresión de que en las siestas pensativas en que yacía en la hamaca sin mecerse, contemplando la lluvia en la plaza desierta, revisaba en la memoria hasta los instantes más ínfimos de su vida pasada.

«Dios de los pobres», suspiró una tarde. «¡Qué será de Manuela!»

«Sólo sabemos que está bien, porque no sabemos nada», dijo José Palacios.

Pues el silencio había caído sobre ella desde que Urdaneta asumió el poder. El general no había vuelto a escribirle, pero instruía a Fernando para que la mantuviera al corriente del viaje. La última carta de ella había llegado a fines de agosto, y tenía tantas noticias confidenciales sobre los preparativos del golpe militar, que entre la redacción fragorosa y los datos enrevesados adrede para despistar al enemigo, no fue fácil desentrañar sus misterios.

Olvidando los buenos consejos del general, Manuela había asumido a fondo y hasta con demasiado júbilo su papel de primera bolivarista de la nación, y libraba sola una guerra de papel contra el gobierno. El presidente Mosquera no se atrevió a proceder contra ella, pero no impidió que lo hicieran sus ministros. Las agresiones de la prensa oficial las contestaba Manuela con diatribas impresas que repartía a caballo en la Calle Real, escoltada por sus esclavas. Perseguía lanza en ristre por las callejuelas empedradas de los suburbios a los que repartían las papeluchas contra el general, y tapaba con letreros más insultantes los insultos que amanecían pintados en las paredes.

La guerra oficial terminó por ser contra ella con nombre propio. Pero no se acobardó. Sus confidentes dentro del gobierno le avisaron, un día de fiestas patrias, que en la plaza mayor se estaba armando un castillo de fuegos artificiales con una caricatura del general vestido de rey de burlas. Manuela y sus esclavas pasaron por encima de la guardia, y desbarataron la obra con una carga de caballería. El propio alcalde trató entonces de arrestarla en su cama con un piquete de soldados, pero ella los esperó con un par de pistolas montadas, y sólo la mediación de los amigos de ambas partes impidió un percance mayor.

Lo único que consiguió aplacarla fue la toma del poder por el general Urdaneta. Tenía en él un amigo de verdad, y Urdaneta tuvo en ella su cómplice más entusiasta. Cuando estaba sola en Santa Fe, mientras el general guerreaba en el sur contra los invasores peruanos, Urdaneta era el amigo de confianza que cuidaba de su seguridad y atendía sus necesidades. Cuando el general hizo su infortunada declaración en el Congreso Admirable, fue Manuela quien logró que le escribiera a Urdaneta: «Yo le ofrezco a usted toda mi amistad antigua y una reconciliación absoluta y de corazón». Urdaneta aceptó la oferta gallarda, y Manuela le devolvió el favor después del golpe militar. Desapareció de la vida pública, y con tanto rigor, que a principios de octubre había corrido el rumor de que se había ido para los Estados Unidos, y nadie lo puso en duda. De manera que José Palacios tenía razón: Manuela estaba bien, porque nada se sabía de ella.

En uno de esos escrutinios del pasado, perdido en la lluvia, triste de esperar sin saber qué ni a quién, ni para qué, el general tocó fondo: lloró dormido. Al oír los quejidos mínimos, José Palacios creyó que eran del perro vagabundo recogido en el río. Pero eran de su señor. Se desconcertó, porque en sus largos años de intimidad sólo lo vio llorar una vez, y no de aflicción sino de rabia. Llamó al capitán Ibarra, que velaba en el corredor, y también éste escuchó el rumor de las lágrimas.

«Eso lo ayudará», dijo Ibarra.

«Nos ayudará a todos», dijo José Palacios.

El general durmió hasta más tarde que de costumbre. No lo despertaron los pájaros en el huerto vecino ni las campanas de la iglesia, y José Palacios se inclinó varias veces sobre la hamaca para sentir si respiraba. Cuando abrió los ojos eran más de las ocho y había empezado el calor.

«Sábado dieciséis de octubre», dijo José Palacios. «Día de la pureza».

El general se levantó de la hamaca y contempló por la ventana la plaza solitaria y polvorienta, la iglesia de muros descascarados, y un pleito de gallinazos por las piltrafas de un perro muerto. La crudeza de los primeros soles anunciaba un día sofocante.

«Vamonós de aquí, volando», dijo el general. «No quiero oír los tiros de la ejecución».

José Palacios se estremeció. Había vivido ese instante en otro lugar y otro tiempo, y el general estaba idéntico a entonces, descalzo en los ladrillos crudos del piso, con los calzoncillos largos y el gorro de dormir en la cabeza rapada. Era un antiguo sueño repetido en la realidad.

«No los oiremos», dijo José Palacios, y agregó con una precisión deliberada: «Ya el general Piar fue fusilado en Angostura, y no hoy a las cinco de la tarde, sino un día como hoy de hace trece años».

El general Manuel Piar, un mulato duro de Curazao, de treinta y cinco años y con tantas glorias como el que más en las milicias patriotas, había puesto a prueba la autoridad del general, cuando el ejército libertador requería como nunca de sus fuerzas unidas para frenar los ímpetus de Morillo. Piar convocaba a negros, mulatos y zambos, y a todos los desvalidos del país, contra la aristocracia blanca de Caracas encarnada por el general. Su popularidad y su aura mesiánica eran sólo comparables a las de José Antonio Páez, o a las de Boves, el realista, y estaba impresionando en favor suyo a algunos oficiales blancos del ejército libertador. El general había agotado con él sus artes de persuasión. Arrestado por orden suya, Piar fue conducido a Angostura, la capital provisoria, donde el general se había hecho fuerte con sus oficiales cercanos, entre ellos varios de los que habrían de acompañarlo en su viaje final por el río Magdalena. Un consejo de guerra nombrado por él con militares amigos de Piar hizo el juicio sumario. José María Carreño actuó como vocal. El defensor de oficio no tuvo que mentir para exaltar a Piar como uno de los varones esclarecidos de la lucha contra el poder español. Fue declarado culpable de deserción, insurrección y traición, y condenado a la pena de muerte con pérdida de sus títulos militares. Conociendo sus méritos no se creía posible que la sentencia fuera confirmada por el general, y menos en un momento en que Morillo había recuperado varias provincias y era tan baja la moral de los patriotas que se temía por una desbandada. El general recibió presiones de toda índole, escuchó con amabilidad el parecer de sus amigos más próximos, Briceño Méndez entre ellos, pero su determinación fue inapelable. Revocó la pena de degradación y confirmó la de fusilamiento, agravada con la orden de que éste fuera en espectáculo público. Fue la noche interminable en que todo lo malo pudo ocurrir. El 16 de octubre, a las cinco de la tarde, la sentencia se cumplió bajo el sol desalmado de la plaza mayor de Angostura, la ciudad que el mismo Piar había arrebatado seis meses antes a los españoles. El jefe del pelotón había hecho recoger las sobras de un perro muerto que se estaban comiendo los gallinazos, y cerró las entradas para impedir que los animales sueltos pudieran perturbar la dignidad de la ejecución. Le negó a Piar el último honor de dar la orden de fuego al pelotón, y le vendó los ojos a la fuerza, pero no pudo impedir que se despidiera del mundo con un beso al crucifijo y un adiós a la bandera.

El general se había negado a presenciar la ejecución. El único que estaba con él en su casa era José Palacios, y éste lo vio luchando por reprimir las lágrimas cuando oyó la descarga. En la proclama con que informó a las tropas, dijo: «Ayer ha sido un día de dolor para mi corazón». Por el resto de su vida había de repetir que fue una exigencia política que salvó al país, persuadió a los rebeldes y evitó la guerra civil. En todo caso fue el acto de poder más feroz de su vida, pero también el más oportuno, con el cual consolidó de inmediato su autoridad, unificó el mando y despejó el camino de su gloria.

Trece años después, en la villa de Soledad, ni siquiera pareció darse cuenta de que había sido víctima de un desvarío del tiempo. Siguió contemplando la plaza hasta que la atravesó una anciana en harapos con un burro cargado de cocos para vender el agua, y su sombra espantó a los gallinazos. Entonces volvió a la hamaca con un suspiro de alivio, y sin que nadie se lo preguntara dio la respuesta que José Palacios había querido conocer desde la noche trágica de Angostura.

«Volvería a hacerlo», dijo.

El peligro mayor era caminar, no por el riesgo de una caída, sino porque se veía demasiado el trabajo que le costaba. En cambio, para subir y bajar las escaleras de la casa era comprensible que alguien lo ayudara, aun si fuera capaz de hacerlo solo. Sin embargo, cuando en realidad le hizo falta un brazo de apoyo no permitió que se lo dieran.

«Gracias», decía, «pero todavía puedo».

Un día no pudo. Se disponía a bajar solo las escaleras cuando se le desvaneció el mundo. «Me caí de mis propios pies, sin saber cómo y medio muerto», contó a un amigo. Fue peor: no se mató de milagro, porque el vahído lo fulminó al borde mismo de las escaleras, y no siguió rodando por la liviandad del cuerpo.

El doctor Gastelbondo lo llevó de urgencia a la antigua Barranca de San Nicolás en el coche de don Bartolomé Molinares, que lo había albergado en su casa en un viaje anterior, y le tenía preparada la misma alcoba grande y bien ventilada sobre la Calle Ancha. En el camino empezó a supurarle del lagrimal izquierdo una materia espesa que no le daba sosiego. Viajó ajeno a todo, y a veces parecía que estuviera rezando, cuando en realidad murmuraba estrofas completas de sus poemas predilectos. El médico le limpiaba el ojo con su pañuelo, sorprendido de que no lo hiciera él mismo, siendo tan celoso de su pulcritud personal. Se despabiló apenas a la entrada de la ciudad, cuando una partida de vacas desbocadas estuvieron a punto de atropellar el coche, y terminaron por volcar la berlina del párroco. Éste dio una voltereta en el aire y enseguida se levantó de un salto, blanco de arena hasta los cabellos, y con la frente y las manos ensangrentadas. Cuando se repuso de la conmoción, los granaderos tuvieron que abrirse paso a través de los transeúntes ociosos y los niños desnudos que sólo querían gozar del accidente, sin la menor idea de quién era el pasajero que parecía un muerto sentado en la penumbra del coche.

El médico presentó al sacerdote como uno de los pocos que habían sido partidarios del general en los tiempos en que los obispos tronaban contra él en el púlpito y fue excomulgado por masón concupiscente. El general no pareció enterarse de lo que pasaba, y sólo tomó conciencia del mundo cuando vio la sangre en la sotana del párroco, y éste le pidió que interpusiera su autoridad para que las vacas no anduvieran sueltas en una ciudad donde ya no era posible caminar sin riesgos con tantos coches en la vía pública.

«No se amargue la vida Su Reverencia», le dijo él, sin mirarlo. «Todo el país está igual».

El sol de las once estaba inmóvil en los arenales de las calles, anchas y desoladas, y la ciudad entera reverberaba de calor. El general se alegró de no estar ahí más del tiempo necesario para reponerse de la caída, y para salir a navegar en un día de mala mar, porque el manual francés decía que el mareo era bueno para remover los humores de la bilis y limpiar el estómago.

236

Del golpe se repuso pronto, pero en cambio no fue tan fácil poner de acuerdo el barco y el mal tiempo.

Furioso con la desobediencia del cuerpo, el general no tuvo fuerzas para ninguna actividad política o social, y si recibía alguna visita era de viejos amigos personales que pasaban por la ciudad para decirle sus adioses. La casa era amplia y fresca, hasta donde noviembre lo permitía, y sus dueños la convirtieron para él en un hospital de familia. Don Bartolomé Molinares era uno de los tantos arruinados por las guerras, y lo único que éstas le habían dejado era el cargo de administrador de correos, que desempeñaba sin sueldo desde hacía diez años. Era un hombre tan bondadoso que el general lo llamaba papá desde el viaje anterior. Su esposa, rozagante y con una vocación matriarcal indomable, ocupaba sus horas tejiendo encajes de bolillo que vendía bien en los barcos de Europa, pero desde que llegó el general le consagró todo su tiempo. Hasta el punto de que entró en conflicto con Fernanda Barriga porque le echaba aceite de oliva a las lentejas, convencida de que era bueno para los males del pecho, y él se las comía a la fuerza por gratitud.

Lo que más molestó al general en esos días fue la supuración del lagrimal, que lo mantuvo de un humor sombrío, hasta que cedió a los colirios de agua de manzanilla. Entonces se incorporó a las partidas de barajas, consuelo efímero contra el tormento de los zancudos y las tristezas del atardecer. En una de sus escasas crisis de arrepentimiento, discutiendo entre bromas y veras con los dueños de casa, los sorprendió con la sentencia de que más valía un buen acuerdo que mil pleitos ganados.

«¿También en la política?», preguntó el señor Molinares.

«Sobre todo en la política», dijo el general. «El no habernos compuesto con Santander nos ha perdido a todos».

«Mientras queden amigos quedan esperanzas», dijo Molinares.

«Todo lo contrario», dijo el general. «No fue la perfidia de mis enemigos sino la diligencia de mis amigos lo que acabó con mi gloria. Fueron ellos los que me embarcaron en el desastre de la Convención de Ocaña, los que me enredaron en la vaina de la monarquía, los que me obligaron primero a buscar la reelección con las mismas razones con que después me hicieron renunciar, y ahora me tienen preso en este país donde ya nada se me ha perdido».

La lluvia se hizo eterna, y la humedad empezaba a abrir grietas en la memoria. El calor era tan intenso, aun de noche, que el general debía cambiarse varias veces la camisa ensopada. «Me siento como cocinado al bañomaría», se quejaba. Una tarde estuvo más de tres horas sentado en el balcón, viendo pasar por la calle los escombros de los barrios pobres, los útiles domésticos, los cadáveres de animales arrastrados por el torrente de un aguacero sísmico que pretendía arrancar las casas de raíz.

El comandante Juan Glen, prefecto de la ciudad, apareció en medio de la tormenta con la noticia de que había arrestado a una mujer del servicio del señor Visbal, porque estaba vendiendo como reliquias sagradas los cabellos que el general se había cortado en Soledad. Una vez más lo deprimió el desconsuelo de que todo lo suyo se convirtiera en mercancía de ocasión.

«Ya me tratan como si me hubiera muerto», dijo.

La señora Molinares había arrimado el mecedor a la mesa de juego para no perder palabra.

«Lo tratan como lo que es», dijo: «un santo».

«Bueno», dijo él, «si es así, que suelten a esa pobre inocente».

No volvió a leer. Si tenía que escribir cartas se contentaba con instruir a Fernando, y no revisaba ni siquiera las pocas que debía rubricar. Pasaba la mañana contemplando desde el balcón el desierto de arena de las calles, viendo pasar el burro del agua, la negra descarada y feliz que vendía mojarras achicharradas por el sol, los niños de las escuelas a las once en punto, el párroco con la sotana de trapo llena de remiendos que lo bendecía desde el atrio de la iglesia y se fundía en el calor. A la una de la tarde, mientras los otros hacían la siesta, se iba por la orilla de los caños podridos espantando con la sola sombra las bandadas de gallinazos del mercado, saludando aquí y allá a los pocos que lo reconocían medio muerto y de civil, y llegaba hasta el cuartel de los granaderos, un galpón de bahareque frente al puerto fluvial. Le preocupaba la moral de la tropa, carcomida por el tedio, y esto le parecía demasiado evidente en el desorden de los cuarteles, cuya pestilencia había llegado a ser insoportable. Pero un sargento que parecía en estado de estupor por el bochorno de la hora, lo apabulló con la verdad.

«Lo que nos tiene jodidos no es la moral, Excelencia», le dijo. «Es la gonorrea».

Sólo entonces lo supo. Los médicos locales, habiendo agotado su ciencia con lavativas de distracción y paliativos de azúcar de leche, remitieron el problema a los mandos militares, y éstos no habían logrado ponerse de acuerdo sobre lo que debían hacer. Toda la ciudad estaba ya al corriente del riesgo que la amenazaba, y el glorioso ejército de la república era visto como el emisario de la peste. El general, menos alarmado de lo que se temía, lo resolvió de un trazo con la cuarentena absoluta.

Cuando la falta de noticias buenas o malas empezaba a ser desesperante, un propio de a caballo le llevó de Santa Marta un recado obscuro del general Montilla: «El hombre es ya nuestro y los trámites van por buen camino». Al general le había parecido tan extraño el mensaje, y tan irregular el modo, que lo entendió como un asunto de estado mayor de la más grande importancia. Y tal vez relacionado con la campaña de Riohacha, a la cual le atribuía una prioridad histórica que nadie quería entender.

Era normal en esa época que se enrevesaran los recados y que los partes militares fueran embrollados a propósito por razones de seguridad, desde que la desidia de los gobiernos acabó con los sistemas de mensajes cifrados que fueron tan útiles durante las primeras conspiraciones contra España. La idea de que los militares lo engañaban era una preocupación antigua, que Montilla compartía, y esto complicó más el enigma del recado y agravó la ansiedad del general. Entonces mandó a José Palacios a Santa Marta, con la argucia de que consiguiera frutas y legumbres frescas y unas pocas botellas de jerez seco y cerveza blanca, que no se encontraban en el mercado local. Pero el propósito real era que le descifrara el misterio. Fue muy simple: Montilla quería decir que el marido de Miranda Lyndsay había sido trasladado de la cárcel de Honda a la de Cartagena, y el indulto era cuestión de días. El general se

sintió tan defraudado con la facilidad del enigma, que
ni siquiera se alegró del bien que le había hecho a su
salvadora de Jamaica.

El obispo de Santa Marta le hizo saber a principios
de noviembre, en un billete de su puño y letra, que era
él con su mediación apostólica quien había acabado de
apaciguar los ánimos en la vecina población de La Ciénaga, donde la semana pasada se había intentado una
revuelta civil en apoyo de Riohacha. El general se lo
agradeció también de su propia mano, y le pidió a Montilla que hiciera lo propio, pero no le gustó la forma
en que el obispo se había apresurado a cobrarle la
deuda.

Las relaciones entre él y monseñor Estévez no fueron nunca las más fluidas. Bajo su manso cayado de
buen pastor, el obispo era un político apasionado, pero de pocas luces, opuesto a la república en el fondo
de su corazón, y opuesto a la integración del continente y a todo lo que tuviera que ver con el pensamiento
político del general. En el Congreso Admirable, del cual
fue vicepresidente, había entendido bien su misión real
de entorpecer el poder de Sucre, y la había ejercido con
más malicia que eficacia, tanto en la elección de los dig-
natarios como en la misión que cumplieron juntos para intentar una solución amigable del conflicto con Venezuela. Los esposos Molinares, que sabían de aquellas discrepancias, no se sorprendieron ni mucho menos en la merienda de las cuatro, cuando el general los
recibió con una de sus parábolas proféticas:

«¿Qué será de nuestros hijos en un país donde las
revoluciones se acaban por la diligencia de un obispo?»

La señora Molinares le replicó con un reproche afec-
tuoso pero firme:

«Aunque Su Excelencia tuviera razón, no quiero saberlo», dijo. «Somos católicos de los de antes».

Él se rehabilitó de inmediato:

«Sin duda mucho más que el señor obispo, pues él no ha puesto paz en La Ciénaga por amor a Dios, sino por mantener unidos a sus feligreses en la guerra contra Cartagena».

«Aquí también estamos contra la tiranía de Cartagena», dijo el señor Molinares.

«Ya lo sé», dijo él. «Cada colombiano es un país enemigo».

Desde Soledad, el general le había pedido a Montilla que le enviara un barco ligero al vecino puerto de Sabanilla, para su proyecto de expulsar la bilis mediante el mareo. Montilla se había demorado en complacerlo porque don Joaquín de Mier, un español republicano que era socio del comodoro Elbers, le había prometido uno de los buques de vapor que prestaban servicios ocasionales en el río Magdalena. Como esto no fue posible, Montilla mandó a mediados de noviembre un mercante inglés que llegó sin previo aviso a Santa Marta. Tan pronto como lo supo, el general dio a entender que aprovecharía la ocasión para abandonar el país. «Estoy resuelto a irme a cualquier parte por no morirme aquí», dijo. Luego lo estremeció el presagio de que Camille lo esperaba escrutando el horizonte en un balcón de flores frente al mar, y suspiró:

«En Jamaica me quieren».

Instruyó a José Palacios para que empezara a hacer el equipaje, y esa noche estuvo hasta muy tarde tratando de encontrar unos papeles que quería llevarse a toda costa. Quedó tan cansado que durmió durante tres horas. Al amanecer, ya con los ojos abiertos, sólo tomó conciencia de dónde estaba cuando José Palacios cantó el santoral.

«Soñé que estaba en Santa Marta», dijo él. «Era una ciudad muy limpia, de casas blancas e iguales, pero la montaña impedía ver el mar».

«Entonces no era Santa Marta», dijo José Palacios. «Era Caracas».

Pues el sueño del general le había revelado que no se irían para Jamaica. Fernando estaba en el puerto desde temprano arreglando los pormenores del viaje, y al regreso encontró a su tío dictándole a Wilson una carta en la que le pedía a Urdaneta un pasaporte nuevo para abandonar el país, pues el del gobierno depuesto carecía de valor. Ésa fue la única explicación que dio para cancelar el viaje.

Sin embargo, todos coincidieron en que la verdadera razón fueron las noticias que recibió esa mañana sobre las operaciones de Riohacha, que no hacían sino empeorar las anteriores. La patria se caía a pedazos de un océano al otro, el fantasma de la guerra civil se ensañaba sobre sus ruinas, y nada le molestaba tanto al general como sacarle el cuerpo a la adversidad. «No hay sacrificio que no estemos dispuestos a soportar por salvar a Riohacha», dijo. El doctor Gastelbondo, más preocupado por las preocupaciones del enfermo que por sus enfermedades irredimibles, era el único que sabía hablarle con la verdad sin mortificarlo.

«El mundo acabándose, y usted pendiente de Riohacha», le dijo. «Nunca soñamos con semejante honor».

La réplica fue inmediata:

«De Riohacha depende la suerte del mundo».

Lo creía de veras, y no lograba disimular la ansiedad de que estaban ya dentro del plazo previsto para tomarse Maracaibo, y sin embargo estaban más lejos que nunca de la victoria. Y a medida que se aproximaba diciembre con sus tardes de topacio, ya no sólo temía que se perdiera Riohacha, y tal vez todo el litoral, sino que Venezuela armara una expedición para arrasar hasta los últimos vestigios de sus ilusiones.

El tiempo había empezado a cambiar desde la semana anterior, y donde antes hubo lluvias de pesadumbre se abrió un cielo diáfano y noches de estrellas. El general permaneció ajeno a las maravillas del mundo, a veces absorto en la hamaca, a veces jugando a las barajas sin preocuparse de su suerte. Poco después, mientras jugaban en la sala, una brisa de rosas de mar les arrebató las barajas de las manos e hizo saltar los cerrojos de las ventanas. La señora Molinares, exaltada por el anuncio prematuro de la estación providencial, exclamó: «¡Es diciembre!» Wilson y José Laurencio Silva se apresuraron a cerrar las ventanas para impedir que la brisa se llevara la casa. El general fue el único que permaneció absorto en su idea fija.

«Diciembre ya, y seguimos en las mismas», dijo. «Con razón se dice que vale más tener malos sargentos que generales inútiles».

Siguió jugando, y en mitad de la partida puso sus cartas a un lado y le dijo a José Laurencio Silva que preparara todo para viajar. El coronel Wilson, que el día anterior había desembarcado su equipaje por segunda vez, se quedó perplejo.

«El barco se fue», dijo.

El general lo sabía. «Ése no era el bueno», dijo. «Hay que irse para Riohacha, a ver si logramos que nuestros generales ilustres se decidan por fin a ganar». Antes de abandonar la mesa se sintió obligado a justificarse con los dueños de casa.

«Ya no es ni siquiera una necesidad de la guerra», les dijo, «sino un asunto de honor».

Fue así como a las ocho de la mañana del primero de diciembre se embarcó en el bergantín *Manuel*, que el señor Joaquín de Mier puso a su disposición para lo que él quisiera: dar una vuelta para expulsar la bilis, temperar en su ingenio de San Pedro Alejandrino para reponerse de sus muchos males y sus penas sin cuento, o seguir de largo para Riohacha a intentar otra vez la redención de las Américas. El general Mariano Montilla, que llegó en el bergantín con el general José María Carreño, consiguió también que el *Manuel* fuera escoltado por la fragata *Grampus*, de los Estados Unidos, que además de estar bien artillada tenía a bordo un buen cirujano: el doctor Night. Sin embargo, cuando Montilla vio el estado de lástima en que se encontraba el general, no quiso guiarse por el criterio único del doctor Night, y consultó también a su médico local.

«No creo siquiera que soporte la travesía», dijo el doctor Gastelbondo. «Pero que se vaya: cualquier cosa es mejor que vivir así».

Los caños de la Ciénaga Grande eran lentos y calurosos, y emanaban vapores mortíferos, así que se fueron por la mar abierta aprovechando los primeros alisios del norte, que aquel año fueron anticipados y benignos. El bergantín de velas cuadradas, bien conservado y con un camarote listo para él, era limpio y cómodo, y tenía un modo alegre de navegar.

El general se embarcó de buen ánimo, y quiso permanecer en cubierta para ver el estuario del río Grande de la Magdalena, cuyo limo le daba a las aguas un color de ceniza hasta muchas leguas mar adentro. Se había puesto un viejo pantalón de pana, el gorro andino y una chaqueta de la armada inglesa que le regaló el capitán de la fragata, y su aspecto mejoraba a pleno sol con la brisa bandolera. En honor suyo, los tripulantes de la fragata cazaron un tiburón gigante, en cuyo vientre encontraron, entre otras varias cosas de quincallería, unas espuelas de caballero. Él lo gozaba todo con un júbilo de turista, hasta que lo venció la fatiga y se sumergió en su alma. Entonces le hizo a José Palacios una señal de que se acercara, y le confió al oído:

«A esta hora, papá Molinares debe estar quemando el colchón y enterrando las cucharas».

Hacia el mediodía pasaron frente a la Ciénaga Grande, una vasta extensión de aguas turbias donde todos los pájaros del cielo se disputaban un cardumen de mojarras doradas. En la ardiente llanura de salitre entre la ciénaga y el mar, donde la luz era más transparente y el aire más puro, estaban las aldeas de los pescadores con sus artes tendidas a secar en los patios, y más allá la misteriosa población de La Ciénaga, cuyos fantasmas diurnos habían hecho dudar de su ciencia a los discípulos de Humboldt. Al otro lado de la Ciénaga Grande se alzaba la corona de hielos eternos de la Sierra Nevada.

El bergantín gozoso, casi volando a flor de agua en el silencio de las velas, era tan ligero y estable que no le había causado al general la apetecida descomposición del cuerpo para expulsar la bilis. Sin embargo, más adelante pasaron por un contrafuerte de la sierra que se adelantaba hasta el mar, y las aguas se volvieron ásperas y se encrespó la brisa. El general observó aquellos cambios con creciente esperanza, pues el mundo empezó a girar con los pájaros carniceros que volaban en círculos sobre su cabeza, y un sudor helado le empapó la camisa y sus ojos se llenaron de lágrimas. Montilla y Wilson tuvieron que sostenerlo, pues era tan liviano que un golpe de mar podía sacarlo por la borda. Al atardecer, cuando entraron en el remanso de la bahía de Santa Marta, ya no le quedaba nada que expulsar en el cuerpo estragado, y estaba exhausto en la litera del capitán, moribundo, pero con la embriaguez de los sueños cumplidos. El general Montilla se asustó tanto de su estado, que antes de proceder al desembarco lo hizo ver de nuevo por el doctor Night, y éste determinó que lo llevaran a tierra en una silla de brazos.

Aparte del desinterés propio de los samarios por todo lo que tuviera algún viso oficial, otros motivos explicaban que hubiera tan poca gente esperando en el embarcadero. Santa Marta había sido una de las ciudades más difíciles de seducir para la causa de la república. Aun después de sellada la independencia con la batalla de Boyacá, el virrey Sámano se refugió allí para esperar refuerzos de España. El general mismo había tratado de liberarla varias veces, y sólo Montilla lo consiguió cuando ya la república estaba implantada. Al rencor de los realistas se sumaba el ánimo de todos contra Cartagena, como favorita del poder central, y el general lo fomentaba sin saberlo con su pasión por los cartageneros. El motivo más fuerte, sin embargo, aun entre muchos adictos suyos, fue la ejecución sumaria del almirante José Prudencio Padilla, que para colmo de peras en el olmo era tan mulato como el general Piar. La virulencia había aumentado con la toma del poder por Urdaneta, presidente del consejo de guerra que emitió la sentencia de muerte. De modo que las campanas de la catedral no repicaron como estaba previsto, y nadie supo explicar por qué, y los cañonazos de saludo no fueron disparados en la fortaleza del Morro porque la pólvora amaneció mojada en el arsenal. Los soldados habían trabajado hasta poco antes para que el general no viera el letrero escrito con carbón en el costado de la catedral: "Viva José Prudencio". Las notificaciones oficiales de su llegada apenas si conmovieron a los pocos que esperaban en el puerto. La ausencia más notable fue la del obispo Estévez, el primero y más insigne de los notificados principales.

Don Joaquín de Mier había de recordar hasta el fin de sus muchos años la criatura de pavor que desembarcaron en andas en el sopor de la prima noche, envuelto en una manta de lana, con un gorro encima del otro hundidos hasta las cejas, y apenas con un soplo de vida. Sin embargo, lo que más recordó fue su mano ardiente, su aliento arduo, la prestancia sobrenatural con que abandonó las andas para saludarlos a todos, uno por uno, con sus títulos y sus nombres completos, sosteniéndose de pie a duras penas con la ayuda de sus edecanes. Luego se dejó subir en vilo a la berlina y se derrumbó en el asiento, con la cabeza sin fuerzas apoyada en el espaldar, pero con los ojos ávidos pendientes de la vida que pasaba para él a través de la ventana por una sola vez y hasta más nunca.

La fila de coches sólo tuvo que atravesar la avenida hasta la casa de la aduana vieja, que le estaba reservada. Iban a dar las ocho, y era miércoles, pero había un aire de sábado en el paseo de la bahía por las primeras brisas de diciembre. Las calles eran amplias y sucias, y las casas de mampostería con balcones corridos estaban mejor conservadas que las del resto del país. Familias completas habían sacado los muebles para sentarse en las aceras, y algunas atendían a sus visitas hasta en el medio de la calle. Las nubes de luciérnagas entre los árboles iluminaban la avenida del mar con un resplandor fosforescente más intenso que el de los faroles.

La casa de la aduana vieja era la más antigua construida en el país, doscientos noventa y nueve años antes, y estaba recién restaurada. Al general le prepararon el dormitorio del segundo piso, con vista a la bahía, pero él prefirió quedarse la mayor parte del tiempo en la sala principal donde estaban las únicas argollas para colgar la hamaca. Allí estaba también el basto mesón de caoba labrada, sobre el cual, dieciséis días después, sería expuesto en cámara ardiente su cuerpo embalsamado, con la casaca azul de su rango sin los ocho botones de oro puro que alguien iba a arrancarle en la confusión de la muerte.

Sólo él no parecía creer que estuviera tan cerca de ese destino. En cambio, el doctor Alexandre Prosper Révérend, el médico francés que el general Montilla llamó de urgencia a las nueve de la noche, no tuvo necesidad de tomarle el pulso para darse cuenta de que había empezado a morir desde hacía años. Por la languidez del cuello, la contracción del pecho y la amarillez del rostro pensó que la causa mayor eran los pulmones dañados, y sus observaciones de los días siguientes iban a confirmarlo. En el interrogatorio preliminar que le hizo a solas, medio en español, medio en francés, comprobó que el enfermo tenía un ingenio magistral para tergiversar los síntomas y pervertir el dolor, y que el poco aliento se le iba en el esfuerzo de no toser ni expectorar durante la consulta. El diagnóstico de primera vista le fue confirmado por el examen clínico. Pero desde su boletín médico de aquella noche, el primero de los treinta y tres que había de publicar en los quince días siguientes, atribuyó tanta importancia a las calamidades del cuerpo como al tormento moral.

El doctor Révérend tenía treinta y cuatro años, y era seguro de sí, culto y de buen vestir. Había llegado seis años antes, desencantado por la restauración de los Borbones en el trono de Francia, y hablaba y escribía un castellano correcto y fluido, pero el general aprovechó la primera ocasión para darle una prueba de su buen francés. El doctor lo agarró al vuelo.

«Su Excelencia tiene acento de París», le dijo.

«De la rue Vivienne», dijo él, animándose. «¿Cómo lo sabe?»

«Me precio de adivinar hasta la esquina de París donde se ha criado una persona, sólo por su acento», dijo el médico. «Aunque nací y viví hasta muy grande en un pueblecito de Normandía».

«Buenos quesos pero mal vino», dijo el general.

«Quizás sea el secreto de nuestra buena salud», dijo el médico.

Se ganó su confianza pulsando sin dolor el lado pueril de su corazón. Se la ganó más aún, pues en vez de recetarle nuevas medicinas le dio de su mano una cucharada del jarabe que le había preparado el doctor Gastelbondo para aliviarle la tos, y una pastilla calmante que se tomó sin resistencia por los deseos que tenía de dormir. Siguieron conversando un poco de todo hasta que el somnífero hizo su efecto, y el médico salió en puntillas de la habitación. El general Montilla lo acompañó hasta su casa con otros oficiales, y se alarmó cuando el doctor le dijo que pensaba dormir vestido por si lo requerían de urgencia a cualquier hora.

Révérend y Night no se pusieron de acuerdo en las

varias reuniones que tuvieron durante la semana. Révérend estaba convencido de que el general padecía de una lesión pulmonar cuyo origen era un catarro mal cuidado. Por el color de la piel y por las fiebres vespertinas, el doctor Night estaba convencido de que era un paludismo crónico. Coincidían, sin embargo, en la gravedad de su estado. Solicitaron a otros médicos para zanjar el desacuerdo, pero los tres de Santa Marta, y otros de la provincia, se negaron a acudir sin explicaciones. De modo que los doctores Révérend y Night acordaron un tratamiento de compromiso a base de bálsamos pectorales para el catarro y papeletas de quinina para la malaria.

El estado del enfermo se había deteriorado aún más en el fin de semana por un vaso de leche de burra que se bebió de su cuenta y riesgo a escondidas de los médicos. Su madre la bebía tibia con miel de abejas, y se la hacía beber a él siendo muy niño para endulzarle la tos. Pero aquel sabor balsámico, asociado de un modo tan íntimo a sus recuerdos más antiguos, le revolvió la bilis y le descompuso el cuerpo, y su postración fue tal que el doctor Night anticipó su viaje para mandarle un especialista desde Jamaica. Mandó dos con toda clase de recursos, y con una rapidez increíble para su tiempo, pero demasiado tarde.

Con todo, el estado de ánimo del general no se correspondía con su postración, pues actuaba como si los males que lo estaban matando no fueran más que molestias banales. Pasaba la noche despierto en la hamaca contemplando las vueltas del faro en la fortaleza del Morro, soportando los dolores para no delatarse con sus quejidos, sin apartar la vista del esplendor de la bahía que él mismo había considerado como la más bella del mundo.

«Me duelen los ojos de tanto mirarla», decía.

Durante el día, se esforzaba por demostrar su diligencia de otras épocas, y llamaba a Ibarra, a Wilson, a Fernando, a quien estuviera más cerca, para instruirlo sobre las cartas que ya no tenía paciencia para dictar. Sólo José Palacios tuvo el corazón bastante lúcido para darse cuenta de que aquellas urgencias estaban ya viciadas de postrimerías. Pues eran disposiciones para el destino de sus allegados, y aun de algunos que no estaban en Santa Marta. Olvidó el altercado con su antiguo secretario, el general José Santana, y le consiguió un cargo en el servicio exterior para que disfrutara de su nueva vida de recién casado. Al general José María Carreño, de cuyo buen corazón solía hacer elogios merecidos, lo puso en el camino que había de llevarlo con los años a ser presidente encargado de Venezuela. Pidió a Urdaneta cartas de servicio para Andrés Ibarra y José Laurencio Silva, de modo que pudieran disponer al menos de un sueldo regular en el futuro. Silva llegó a ser general en jefe y secretario de guerra y marina de su país, y murió a los ochenta y dos años, con la vista nublada por las cataratas que tanto había temido, y viviendo de una cédula de invalidez que obtuvo al cabo de arduas diligencias para probar sus méritos de guerra con sus numerosas cicatrices.

El general trató también de convencer a Pedro Briceño Méndez para que volviera a la Nueva Granada a ocupar el ministerio de la guerra, pero la prisa de la historia no le dio tiempo. A su sobrino Fernando le hizo un legado testamentario para facilitarle un buen camino en la administración pública. Al general Diego Ibarra, que había sido su primer edecán y una de las pocas personas a quienes tuteaba y lo tuteaban en privado y en público, le aconsejó trasladarse a algún lugar donde fuera más útil que en Venezuela. Aun al general Justo Briceño, con quien seguía disgustado por aquellos días, había de solicitarle en su lecho de muerte el último favor de su vida.

Tal vez sus oficiales no imaginaron nunca hasta qué punto aquel reparto unificaba sus destinos. Pues todos ellos iban a compartir para bien o para mal el resto de sus vidas, incluso la ironía histórica de estar juntos otra vez en Venezuela, cinco años más tarde, peleando al lado del comandante Pedro Carujo en una aventura militar en favor de la idea bolivariana de la integración.

Ya no eran maniobras políticas sino disposiciones testamentarias en favor de sus huérfanos, y Wilson acabó de confirmarlo por una declaración sorprendente que el general le dictó en una carta a Urdaneta: «Lo de Riohacha está perdido». Esa misma tarde recibió el general una esquela del obispo Estévez, el impredecible, que le pedía interponer sus altos oficios ante el gobierno central para que Santa Marta y Riohacha fueran declaradas departamentos, y de ese modo poner término a la discordia histórica con Cartagena. El general hizo una señal de desaliento a José Laurencio Silva cuando éste acabó de leerle la carta. «Todas las ideas que se les ocurren a los colombianos son para dividir», le dijo. Más tarde, mientras despachaba con Fernando la correspondencia atrasada, fue todavía más amargo.

«Ni siquiera la contestes», le dijo. «Que esperen a que yo tenga tres cargas de tierra encima para que hagan lo que les dé la gana».

Su ansiedad constante por cambiar de clima lo mantenía al borde de la demencia. Si el tiempo era húmedo quería uno más seco, si era frío lo quería templado, si era serrano lo quería marino. Esto le alimentaba el desasosiego perpetuo de que abrieran la ventana para que entrara el aire, que la volvieran a cerrar, que pusieran la poltrona de espaldas a la luz, otra vez para acá, y sólo parecía lograr alivio meciéndose en la hamaca con las fuerzas exiguas que le quedaban.

Los días de Santa Marta se hicieron tan lúgubres, que cuando el general recobró un poco de sosiego y reiteró la disposición de irse a la casa de campo del señor de Mier, el doctor Révérend fue el primero en alentarlo, consciente de que aquellos eran los síntomas finales de una postración sin regreso. La víspera del viaje escribió a un amigo: «Me moriré cuando más tarde dentro de un par de meses». Fue una revelación para todos, porque muy pocas veces en su vida, y menos en los últimos años, se le había escuchado una mención de la muerte.

La Florida de San Pedro Alejandrino, a una legua de Santa Marta en las estribaciones de la Sierra Nevada, era una plantación de caña de azúcar con un ingenio para hacer panelas. En la berlina del señor de Mier, el general hizo el polvoriento camino que su cuerpo sin él había de hacer diez días después en sentido contrario, envuelto en su vieja manta de los páramos sobre una carreta de bueyes. Mucho antes de ver la casa sintió la brisa saturada de melaza caliente, y sucumbió a las insidias de la soledad.

«Es el olor de San Mateo», suspiró.

El ingenio de San Mateo, a veinticuatro leguas de Caracas, era el centro de sus añoranzas. Allí fue huérfano de padre a los tres años, huérfano de madre a los nueve, y viudo a los veinte. Se había casado en España con una bella muchacha de la aristocracia criolla, parienta suya, y su única ilusión de entonces era ser feliz con ella mientras fomentaba su inmensa fortuna como señor de vidas y haciendas en el ingenio de San Mateo. Nunca se estableció a ciencia cierta si la muerte de la esposa a los ocho meses de la boda fue causada por una fiebre maligna o por un accidente doméstico. Para él fue su nacimiento histórico, pues había sido un señorito colonial deslumbrado por los placeres mundanos y sin un mínimo interés por la política, y a partir de entonces se convirtió sin transiciones en el hombre que fue para siempre. Nunca más habló de su esposa muerta, nunca más la recordó, nunca más intentó sustituirla. Casi todas las noches de su vida soñó con la casa de San Mateo, y a menudo soñaba con su padre y su madre y con cada uno de sus hermanos, pero nunca con ella, pues la había sepultado en el fondo de un olvido estanco como un recurso brutal para poder seguir vivo sin ella. Lo único que logró remover su memoria por un instante fue el olor de la melaza de San Pedro Alejandrino, la impavidez de los esclavos en los trapiches que no le dedicaron ni siquiera una mirada de lástima, los árboles inmensos en torno de la casa recién pintada de blanco para recibirlo, el otro ingenio de su vida donde un destino ineludible lo llevaba a morir.

«Se llamaba María Teresa Rodríguez del Toro y Alayza», dijo de pronto.

El señor de Mier estaba distraído.

«¿Quién es?», preguntó.

«La que fue mi esposa», dijo él, y reaccionó de inmediato: «Pero olvídelo, por favor: fue un percance de mi infancia».

No dijo más.

El dormitorio que le asignaron le causó otro extravío de la memoria, así que lo examinó con una atención meticulosa, como si cada objeto le pareciera una revelación. Además de la cama de marquesina había una cómoda de caoba, una mesa de noche también de caoba con una cubierta de mármol y una poltrona forrada de terciopelo rojo. En la pared junto a la ventana había un reloj octogonal de números romanos parado en la una y siete minutos.

«Hemos estado aquí antes», dijo.

Más tarde, cuando José Palacios le dio cuerda al reloj y lo puso en la hora real, el general se acostó en la hamaca tratando de dormir aunque fuera un minuto. Sólo entonces vio la Sierra Nevada por la ventana, nítida y azul, como un cuadro colgado, y la memoria se le perdió en otros cuartos de otras tantas vidas.

«Nunca me había sentido tan cerca de mi casa», dijo.

La primera noche de San Pedro Alejandrino durmió bien, y al día siguiente parecía restablecido de sus dolores, hasta el punto de que hizo un recorrido de los trapiches, admiró la buena casta de los bueyes, probó la miel, y sorprendió a todos con su sabiduría sobre las artes del ingenio. El general Montilla, asombrado de semejante cambio, le pidió a Révérend que le hablara con la verdad, y éste le explicó que la mejoría imaginaria del general era frecuente en los moribundos. El final era cosa de días, de horas, quizás. Aturdido por la mala noticia, Montilla dio un puñetazo contra la pared desnuda, y se destrozó la mano. Nunca más, por el resto de su vida, volvería a ser el mismo. Le había mentido muchas veces al general, siempre de buena fe y por razones de política menuda. Desde aquel día le mintió por caridad, e instruyó en ese sentido a quienes tenían acceso a él.

Esa semana llegaron a Santa Marta ocho oficiales de alto rango expulsados de Venezuela por actividades contra el gobierno. Entre ellos se encontraban algunos de los grandes de la gesta libertadora: Nicolás Silva, Trinidad Portocarrero, Julián Infante. Montilla les pidió no sólo que le ocultaran al general moribundo las malas noticias, sino que le mejoraran las buenas, en busca de un alivio para el más grave de sus muchos males. Ellos fueron más lejos, y le hicieron un informe tan alentador de la situación de su país, que lograron encender en sus ojos el fulgor de otros días. El general retomó el tema de Riohacha, cancelado desde hacía una semana, y volvió a hablar de Venezuela como una posibilidad inminente.

«Nunca habíamos tenido una ocasión mejor para empezar otra vez por el camino recto», dijo. Y concluyó con una convicción irrebatible: «El día que yo vuelva a pisar el valle de Aragua, todo el pueblo venezolano se levantará a mi favor».

En una tarde trazó un nuevo plan militar en presencia de los oficiales visitantes, que le prestaron la ayuda de su entusiasmo compasivo. Sin embargo, tuvieron que continuar toda la noche oyéndolo anunciar en tono profético cómo iban a reconstituir desde sus orígenes y esta vez para siempre el vasto imperio de sus ilusiones. Montilla fue el único que se atrevió a contrariar el estupor de quienes creyeron estar escuchando los desafueros de un loco.

«Cuidado», les dijo, «que lo mismo creyeron en Casacoima».

Pues nadie había olvidado el 4 de julio de 1817,

257

cuando el general tuvo que pasar la noche sumergido en la laguna de Casacoima, junto con un reducido grupo de oficiales, entre ellos Briceño Méndez, para ponerse a salvo de las tropas españolas que estuvieron a punto de sorprenderlos en descampado. Medio desnudo, tiritando de fiebre, empezó de pronto a anunciar a gritos, paso por paso, todo lo que iba a hacer en el futuro: la toma inmediata de Angostura, el paso de los Andes hasta liberar a la Nueva Granada y más tarde a Venezuela, para fundar Colombia, y por último la conquista de los inmensos territorios del sur hasta el Perú. «Entonces escalaremos el Chimborazo y plantaremos en las cumbres nevadas el tricolor de la América grande, unida y libre por los siglos de los siglos», concluyó. También quienes lo escucharon entonces pensaron que había perdido el juicio, y sin embargo fue una profecía cumplida al pie de la letra, paso por paso, en menos de cinco años.

Por desgracia, la de San Pedro Alejandrino fue sólo una visión de malas vísperas. Los tormentos aplazados en la primera semana se precipitaron juntos en una ráfaga de aniquilación total. Para entonces, el general se había disminuido tanto, que tuvieron que darle una vuelta más a los puños de la camisa y le cortaron una pulgada a los pantalones de pana. No lograba dormir más de tres horas al principio de la noche y el resto lo pasaba sofocado por la tos, o alucinado por el delirio, o desesperado por el hipo recurrente que empezó en Santa Marta y se fue haciendo cada vez más tenaz. Por la tarde, mientras los otros dormitaban, entretenía el dolor contemplando por la ventana los picos nevados de la sierra.

Había atravesado cuatro veces el Atlántico y recorrido a caballo los territorios liberados más que nadie volvería a hacerlo jamás, y nunca había hecho un testamento, cosa insólita para la época. «No tengo nada que dejarle a nadie», decía. El general Pedro Alcántara Herrán se lo había sugerido en Santa Fe cuando se preparaba el viaje, con el argumento de que era una precaución normal de todo pasajero, y él le había dicho más en serio que en broma que la muerte no estaba en sus planes inmediatos. Sin embargo, en San Pedro Alejandrino fue él quien tomó la iniciativa de dictar los borradores de su última voluntad y su última proclama. Nunca se supo si fue un acto consciente, o un paso en falso de su corazón atribulado.

Como Fernando estaba enfermo, empezó por dictarle a José Laurencio Silva una serie de notas un poco descosidas que no expresaban tanto sus deseos como sus desengaños: la América es ingobernable, el que sirve una revolución ara en el mar, este país caerá sin remedio en manos de la multitud desenfrenada para después pasar a tiranuelos casi imperceptibles de todos los colores y razas, y muchos otros pensamientos lúgubres que ya circulaban dispersos en cartas a distintos amigos.

Siguió dictándolas durante varias horas, como en un trance de clarividencia, sin interrumpirse apenas para las crisis de tos. José Laurencio Silva no logró seguirle el paso y Andrés Ibarra no pudo hacer por mucho rato el esfuerzo de escribir con la mano izquierda. Cuando todos los amanuenses y edecanes se cansaron, quedó en pie el teniente de caballería Nicolás Mariano de Paz, que copió el dictado con rigor y buena letra hasta donde le alcanzó el papel. Pidió más, pero se demoraban tanto para llevárselo, que siguió escribiendo en la pared hasta casi llenarla. El general quedó tan agradecido, que le regaló las dos pistolas para duelos de amor del general Lorenzo Cárcamo.

Fue su última voluntad que sus restos se llevaran a Venezuela, que los dos libros que habían pertenecido a Napoleón se depositaran en la Universidad de Caracas, que se le dieran ocho mil pesos a José Palacios en reconocimiento a sus constantes servicios, que fueran quemados los papeles que dejó en Cartagena al cuidado del señor Pavajeau, que se devolviera a su lugar de origen la medalla con que lo distinguió el congreso de Bolivia, que se restituyera a la viuda del mariscal Sucre la espada de oro con incrustaciones de piedras preciosas que el mariscal le había regalado, y que el resto de sus bienes, incluidas las minas de Aroa, fuera repartido entre sus dos hermanas y los hijos de su hermano muerto. No había para más, pues de los mismos bienes había que pagar varias deudas pendientes, grandes y pequeñas, y entre ellas los veinte mil duros de pesadilla recurrente del profesor Lancaster.

En medio de las cláusulas de rigor, había tenido el cuidado de incluir una excepcional para dar las gracias a sir Robert Wilson por el buen comportamiento y la fidelidad de su hijo. No era extraña esta distinción, pero sí lo era que no se la hubiera hecho también al general O'Leary, que no sería testigo de su muerte sólo porque no alcanzaría a llegar a tiempo desde Cartagena, donde permanecía por orden suya a disposición del presidente Urdaneta.

Ambos nombres quedarían vinculados para siempre al del general. Wilson sería más tarde encargado de negocios de Gran Bretaña en Lima, y después en Caracas, y seguiría participando en primera línea en los asuntos políticos y militares de los dos países.

O'Leary había de radicarse en Kingston, y más tarde en Santa Fe, donde fue cónsul de su país por largo tiempo, y donde murió a la edad de cincuenta y un años, habiendo recogido en treinta y cuatro volúmenes un testimonio colosal de su vida junto al general de las Américas. El suyo fue un crepúsculo callado y fructífero, que él redujo a una frase: «Muerto El Libertador, y destruida su grande obra, me retiré a Jamaica, donde me dediqué a arreglar sus papeles y a escribir mis memorias».

Desde el día en que el general hizo su testamento el médico agotó con él los paliativos de su ciencia: sinapismos en los pies, frotaciones en la espina dorsal, emplastos anodinos por todo el cuerpo. Le redujo el estreñimiento congénito con lavativas de un efecto inmediato pero arrasador. Temiendo una congestión cerebral, lo sometió a un tratamiento de vejigatorios para evacuar el catarro acumulado en la cabeza. Este tratamiento consistía en un parche de cantárida, un insecto cáustico que al ser molido y aplicado sobre la piel producía vejigas capaces de absorber los medicamentos. El doctor Révérend le aplicó al general moribundo cinco vejigatorios en la nuca y uno en la pantorrilla. Un siglo y medio después, numerosos médicos seguían pensando que la causa inmediata de la muerte habían sido estos parches abrasivos, que provocaron un desorden urinario con micciones involuntarias, y luego dolorosas y por último ensangrentadas, hasta dejar la vejiga seca y pegada a la pelvis, como el doctor Révérend lo comprobó en la autopsia.

El olfato del general se había vuelto tan sensible que obligaba al médico y al boticario Augusto Tomasín a mantenerse a distancia por sus tufos de linimentos. Entonces más que nunca hacía asperjar la habitación con su agua de colonia, y siguió tomando los baños ilusorios, afeitándose con sus manos, limpiándose los dientes con un encarnizamiento feroz, en un empeño sobrenatural por defenderse de las inmundicias de la muerte.

La segunda semana de diciembre pasó por Santa Marta el coronel Luis Peru de Lacroix, un joven veterano de los ejércitos de Napoleón que había sido edecán del general hasta hacía poco, y lo primero que hizo después de visitarlo fue escribirle la carta de la verdad a Manuela Sáenz. Tan pronto como la recibió, Manuela emprendió viaje hacia Santa Marta, pero en Guaduas le anunciaron que ya llevaba toda una vida de retraso. La noticia la borró del mundo. Se hundió en sus propias sombras, sin más cuidados que dos cofres con papeles del general, que logró esconder en un sitio seguro de Santa Fe hasta que Daniel O'Leary los rescató varios años después por instrucciones suyas. El general Santander, en uno de sus primeros actos de gobierno, la desterró del país. Manuela se sometió a su suerte con una dignidad enconada, primero en Jamaica, y luego en una errancia triste que había de terminar en Paita, un sórdido puerto del Pacífico adonde iban a reposar los barcos balleneros de todos los océanos. Allí entretuvo el olvido con los tejidos de punto, los tabacos de arriero y los animalitos de dulce que fabricaba y vendía a los marineros mientras se lo permitió la artritis de las manos. Al doctor Thorne, su marido, lo asesinaron a cuchillo en un descampado de Lima para robarle lo poco que llevaba encima, y en el testamento le dejaba a Manuela una suma igual a la dote que ésta aportó al matrimonio, pero nunca le fue entregada. Tres visitas memorables la consolaron de su abandono: la del maestro Simón Rodríguez, con quien compartió las cenizas de la gloria; la de Giuseppe Garibaldi, el patriota italiano que regresaba de luchar contra la dictadura de Rosas en Argentina, y la del novelista Herman Melville, que andaba por las aguas del mundo documentándose para *Moby Dick*. Ya mayor, inválida en una hamaca por una fractura de la cadera, leía la suerte en las barajas y daba consejos de amor a los enamorados. Murió en una epidemia de peste, a la edad de cincuenta y nueve años, y su cabaña fue incinerada por la policía sanitaria con los preciosos papeles del general, y entre ellos sus cartas íntimas. Las únicas reliquias personales que le quedaban de él, según le dijo a Peru de Lacroix, eran un mechón de su cabello, y un guante.

El estado en que Peru de Lacroix encontró a La Florida de San Pedro Alejandrino era ya el desorden de la muerte. La casa estaba al garete. Los oficiales dormían a cualquier hora en que los venciera el sueño, y estaban tan irritables que el cauteloso José Laurencio Silva llegó a desenvainar la espada para enfrentarse a las súplicas de silencio del doctor Révérend. A Fernanda Barriga no le alcanzaban los ímpetus y el buen humor para atender a tantas solicitudes de comida a las horas menos pensadas. Los más desmoralizados jugaban a las barajas de día y de noche, sin cuidarse de que todo lo que decían a gritos lo escuchaba el moribundo en el cuarto contiguo. Una tarde, mientras el general yacía en el sopor de la fiebre, alguien en la terraza despotricaba a voz en cuello por el abuso de cobrar doce pesos con veintitrés centavos por media docena de tablas, doscientos veinticinco clavos, seiscientas tachuelas corrientes, cincuenta de las doradas, diez varas de madapolán, diez varas de cinta de manila y seis varas de cinta negra.

Era una letanía a gritos que silenció las otras voces y terminó por ocupar el ámbito de la hacienda. El doctor Révérend estaba en el dormitorio cambiándole las vendas de la mano fracturada al general Montilla, y ambos comprendieron que también el enfermo, en la lucidez del duermevela, estaba pendiente de las cuentas. Montilla se asomó a la ventana, y gritó con toda la voz:

«¡Cállense, carajos!»

El general intervino sin abrir los ojos.

«Déjelos en paz», dijo. «Al fin y al cabo, ya no hay cuentas que yo no pueda oír».

Sólo José Palacios sabía que el general no necesitaba escuchar nada más para entender que las cuentas gritadas eran de los doscientos cincuenta y tres pesos, siete reales y tres cuartillos de una colecta pública para sus funerales, hecha por el municipio entre algunos particulares y los fondos de carnicería y cárcel, y que las listas eran de los materiales para fabricar el ataúd y construir la tumba. José Palacios, por orden de Montilla, se hizo cargo desde entonces de impedir que nadie entrara en la alcoba, cualesquiera fuesen su grado, su título o su dignidad, y él mismo se impuso un régimen tan drástico en la custodia del enfermo, que muy poco se distinguía de su propia muerte.

«Si me hubieran dado un poder así desde el principio, este hombre habría vivido cien años», dijo.

Fernanda Barriga quiso entrar.

«Con lo que le han gustado las mujeres a ese pobre huérfano», dijo, «no se puede morir sin una sola en su cabecera, así sea vieja y fea, y tan inservible como yo».

No se lo permitieron. Así que se sentó junto a la ventana, tratando de santificar con responsos los delirios paganos del moribundo. Allí se quedó al amparo de la caridad pública, sumergida en un luto eterno, hasta la edad de ciento y un años.

Fue ella quien cubrió de flores el camino y dirigió los cantos cuando el cura de la vecina aldea de Mamatoco apareció con el viático a la prima noche del miércoles. Lo precedía una doble fila de indias descalzas con balandranes de lienzo crudo y coronas de astromelias, que le alumbraban el camino con candiles de aceite y cantaban plegarias fúnebres en su lengua. Atravesaron el sendero que Fernanda iba tapizando con pétalos delante de ellos, y fue un instante tan estremecedor, que nadie se atrevió a detenerlos. El general se incorporó en la cama cuando los sintió entrar en la alcoba, se cubrió los ojos con el brazo para no encandilarse, y los hizo salir con un grito:

«Llévense esas luminarias, que esto parece una procesión de ánimas».

Tratando de que el mal humor de la casa no acabara de matar al sentenciado, Fernando llevó una murga de Mamatoco, que tocó sin respiro durante un día entero bajo los tamarindos del patio. El general reaccionó de buen modo a la virtud sedante de la música. Se hizo repetir varias veces *La Trinitaria*, su contradanza favorita, que se había hecho popular porque él mismo repartía en otra época las copias de la partitura por dondequiera que andaba.

Los esclavos pararon los trapiches y contemplaron al general un largo rato entre las enredaderas de la ventana. Estaba envuelto en una sábana blanca, más demacrado y ceniciento que después de la muerte, y llevaba el compás con la cabeza erizada por los troncos del cabello que le empezaba a renacer. Al final de cada pieza aplaudía con la decencia convencional que aprendió en la ópera de París.

Al mediodía, alentado por la música, se tomó una taza de caldo y comió masas de sagú y pollo hervido. Después pidió un espejo de mano para mirarse en la hamaca, y dijo: «Con estos ojos no me muero». La esperanza casi perdida de que el doctor Révérend hiciera un milagro volvió a renacer en todos. Pero cuando mejor parecía, el enfermo confundió al general Sardá con un oficial español de los treinta y ocho que Santander había hecho fusilar en un día y sin juicio previo después de la batalla de Boyacá. Más tarde sufrió una recaída súbita de la cual no se volvió a recuperar, y gritó con lo poco que le quedaba de voz que se llevaran los músicos lejos de la casa, donde no perturbaran la paz de su agonía. Cuando recobró la calma le ordenó a Wilson redactar una carta para el general Justo Briceño, pidiéndole como un homenaje casi póstumo que se reconciliara con el general Urdaneta para salvar al país de los horrores de la anarquía. Lo único que le dictó textual fue el encabezado: ''En los últimos momentos de mi vida le escribo esta carta''.

Por la noche conversó hasta muy tarde con Fernando, y por primera vez le dio consejos sobre el porvenir. La idea de escribir juntos las memorias se quedaba en proyecto, pero el sobrino había vivido bastante a su lado para intentar escribirlas como un simple ejercicio del corazón, de modo que sus hijos tuvieran una idea de aquellos años de glorias y desdichas. «O'Leary escribirá algo si persevera en sus deseos», dijo el general. «Pero será distinto». Fernando tenía entonces veintiséis años, y había de vivir hasta los ochenta y ocho sin escribir nada más que unas cuantas páginas descosidas, porque el destino le deparó la inmensa fortuna de perder la memoria.

José Palacios había estado en el dormitorio mientras el general dictaba el testamento. Ni él ni nadie dijo una palabra en un acto que estuvo revestido de una solemnidad sacramental. Pero en la noche, durante el proceso del baño emoliente, le suplicó al general que cambiara su voluntad.

«Siempre hemos sido pobres y nada nos ha faltado», le dijo.

«La verdad es la contraria», le dijo el general. «Siempre hemos sido ricos y nada nos ha sobrado».

Ambos extremos eran ciertos. José Palacios había entrado muy joven a su servicio, por disposición de la madre del general, que era su dueña, y no fue emancipado de una manera formal. Quedó flotando en un limbo civil, en el que nunca se le asignó un sueldo, ni se le definió un estado, sino que sus necesidades personales formaban parte de las necesidades privadas del general. Se identificó con él hasta en el modo de vestir y de comer, y exageró su sobriedad. El general no estaba dispuesto a dejarlo a la deriva sin un grado militar ni una cédula de invalidez, y a una edad en que ya no estaba para empezar a vivir. Así que no había alternativa: la cláusula de los ocho mil pesos no sólo era irrevocable sino irrenunciable.

«Es lo justo», concluyó el general.

José Palacios replicó de un tajo:

«Lo justo es morirnos juntos».

De hecho fue así, pues manejó tan mal sus dineros

como el general manejaba los suyos. A la muerte de éste se quedó en Cartagena de Indias a merced de la caridad pública, probó el alcohol para ahogar los recuerdos y sucumbió a sus complacencias. Murió a la edad de setenta y seis años, revolcándose en el lodo por los tormentos del delirium tremens, en un antro de mendigos licenciados del ejército libertador.

El general amaneció tan mal el 10 de diciembre, que llamaron de urgencia al obispo Estévez, por si quería confesarse. El obispo acudió de inmediato, y fue tanta la importancia que le dio a la entrevista que se vistió de pontifical. Pero fue a puerta cerrada y sin testigos, por disposición del general, y sólo duró catorce minutos. Nunca se supo una palabra de lo que hablaron. El obispo salió de prisa y descompuesto, subió a su carroza sin despedirse, y no ofició los funerales a pesar de los muchos llamados que le hicieron, ni asistió al entierro. El general quedó en tan mal estado, que no pudo levantarse solo de la hamaca, y el médico tuvo que alzarlo en brazos, como a un recién nacido, y lo sentó en la cama apoyado en las almohadas para que no lo ahogara la tos. Cuando por fin recobró el aliento hizo salir a todos para hablar a solas con el médico.

«No me imaginé que esta vaina fuera tan grave como para pensar en los santos óleos», le dijo. «Yo, que no tengo la felicidad de creer en la vida del otro mundo».

«No se trata de eso», dijo Révérend. «Lo que está demostrado es que el arreglo de los asuntos de la conciencia le infunde al enfermo un estado de ánimo que facilita mucho la tarea del médico».

El general no le prestó atención a la maestría de la respuesta, porque lo estremeció la revelación deslum-

268

brante de que la loca carrera entre sus males y sus sueños llegaba en aquel instante a la meta final. El resto eran las tinieblas.

«Carajos», suspiró. «¡Cómo voy a salir de este laberinto!»

Examinó el aposento con la clarividencia de sus vísperas, y por primera vez vio la verdad: la última cama prestada, el tocador de lástima cuyo turbio espejo de paciencia no lo volvería a repetir, el aguamanil de porcelana descarchada con el agua y la toalla y el jabón para otras manos, la prisa sin corazón del reloj octogonal desbocado hacia la cita ineluctable del 17 de diciembre a la una y siete minutos de su tarde final. Entonces cruzó los brazos contra el pecho y empezó a oír las voces radiantes de los esclavos cantando la salve de las seis en los trapiches, y vio por la ventana el diamante de Venus en el cielo que se iba para siempre, las nieves eternas, la enredadera nueva cuyas campánulas amarillas no vería florecer el sábado siguiente en la casa cerrada por el duelo, los últimos fulgores de la vida que nunca más, por los siglos de los siglos, volvería a repetirse.

FIN

Gratitudes

Durante muchos años le escuché a Álvaro Mutis su proyecto de escribir el viaje final de Simón Bolívar por el río Magdalena. Cuando publicó *El Último Rostro*, que era un fragmento anticipado del libro, me pareció un relato tan maduro, y su estilo y su tono tan depurados, que me preparé para leerlo completo en poco tiempo. Sin embargo, dos años más tarde tuve la impresión de que lo había echado al olvido, como nos ocurre a tantos escritores aun con nuestros sueños más amados, y sólo entonces me atreví a pedirle que me permitiera escribirlo. Fue un zarpazo certero después de un acecho de diez años. Así que mi primera gratitud es para él.

Más que las glorias del personaje me interesaba entonces el río Magdalena, que empecé a conocer de niño, viajando desde la costa caribe, donde tuve la buena suerte de nacer, hasta la ciudad de Bogotá, lejana y turbia, donde me sentí más forastero que en ninguna otra desde la primera vez. En mis años de estudiante lo recorrí once veces en sus dos sentidos, en aquellos buques de vapor que salían de los astilleros del Misisipí condenados a la nostalgia, y con una vocación mítica que ningún escritor podría resistir.

Por otra parte, los fundamentos históricos me preocupaban poco, pues el último viaje por el río es el tiempo menos documentado de la vida de Bolívar. Sólo escribió entonces

271

tres o cuatro cartas —un hombre que debió dictar más de diez mil— y ninguno de sus acompañantes dejó memoria escrita de aquellos catorce días desventurados. Sin embargo, desde el primer capítulo tuve que hacer alguna consulta ocasional sobre su modo de vida, y esa consulta me remitió a otra, y luego a otra más y a otra más, hasta más no poder. Durante dos años largos me fui hundiendo en las arenas movedizas de una documentación torrencial, contradictoria y muchas veces incierta, desde los treinta y cuatro tomos de Daniel Florencio O'Leary hasta los recortes de periódicos menos pensados. Mi falta absoluta de experiencia y de método en la investigación histórica hizo aún más arduos mis días.

Este libro no habría sido posible sin el auxilio de quienes trillaron esos territorios antes que yo, durante un siglo y medio, y me hicieron más fácil la temeridad literaria de contar una vida con una documentación tiránica, sin renunciar a los fueros desaforados de la novela. Pero mis gratitudes van de manera muy especial para un grupo de amigos, viejos y nuevos, que tomaron como asunto propio y de gran importancia no sólo mis dudas más graves —como el pensamiento político real de Bolívar en medio de sus contradicciones flagrantes— sino también las más triviales —como el número que calzaba. Sin embargo, nada he de apreciar tanto como la indulgencia de quienes no se encuentren en esta relación de gratitudes por un olvido abominable.

El historiador colombiano Eugenio Gutiérrez Celys, en respuesta a un cuestionario de muchas páginas, elaboró para mí un archivo de tarjetas que no sólo me aportó datos sorprendentes —muchos de ellos traspapelados en la prensa colombiana del siglo XIX— sino que me dio las primeras luces para un método de pesquisa y ordenamiento de la información. Además, su libro *Bolívar Día a Día*, escrito a cuatro manos con el historiador Fabio Puyo, fue una carta de navegación que a lo largo de la escritura me permitió moverme a mis anchas por todos los tiempos del personaje. El mismo Fabio Puyo tuvo la virtud de calmar mis angustias con documentos analgésicos que me leía por teléfono desde París, o que me mandaba con carácter urgente por télex o telefax, como si fueran medicinas de vida o muerte. El historiador colombiano Gustavo Vargas, profesor de la Universidad Nacional Autónoma de México, se mantuvo al alcance de mi teléfono para aclararme dudas mayores y menores, sobre todo las que tenían que ver con las ideas políticas de la época. El historiador bolivariano Vinicio Romero Martínez me ayudó desde Caracas con hallazgos que me parecían imposibles sobre las costumbres privadas de Bolívar —en especial sobre su habla gruesa—, y sobre el carácter y el destino de su séquito, y con una revisión implacable de los datos históricos en la versión final. A él le debo la advertencia providencial de que Bolívar no pudo comer mangos con el deleite infantil que yo le había atribuido, por la buena razón de que aún faltaban varios años para que el mango llegara a las Américas.

Jorge Eduardo Ritter, embajador de Panamá en Colombia y luego canciller de su país, hizo varios vuelos urgentes sólo para traerme algunos de sus libros inencontrables. Don Francisco de Abrisqueta, de Bogotá, fue un guía tozudo en la intrincada y vasta bibliografía bolivariana. El expresidente Belisario Betancur me aclaró dudas dispersas durante todo un año de consultas telefónicas, y estableció para mí que unos versos citados de memoria por Bolívar eran del poeta ecuatoriano José Joaquín Olmedo. Con Francisco Pividal sostuve en La Habana las lentas conversaciones preliminares que me permitieron formarme una idea clara del libro que debía escribir. Roberto Cadavid (Argos), el lingüista más popular y servicial de Colombia, me hizo el favor de investigar el sentido y la edad de algunos localismos. A solicitud mía, el geógrafo Gladstone Oliva y el astrónomo Jorge Pérez Doval, de la Academia de Ciencias de Cuba, hicie-

273

ron el inventario de las noches de luna llena en los primeros treinta años del siglo pasado.

Mi viejo amigo Aníbal Noguera Mendoza —desde su embajada de Colombia en Puerto Príncipe— me envió copias de papeles personales suyos, con su permiso generoso para servirme de ellos con toda libertad, a pesar de que eran notas y borradores de un estudio que él está escribiendo sobre el mismo tema. Además, en la primera versión de los originales descubrió media docena de falacias mortales y anacronismos suicidas que habrían sembrado dudas sobre el rigor de esta novela.

Por último, Antonio Bolívar Goyanes —pariente oblicuo del protagonista y tal vez el último tipógrafo al buen modo antiguo que va quedando en México— tuvo la bondad de revisar conmigo los originales, en una cacería milimétrica de contrasentidos, repeticiones, inconsecuencias, errores y erratas, y en un escrutinio encarnizado del lenguaje y la ortografía, hasta agotar siete versiones. Fue así como sorprendimos con las manos en la masa a un militar que ganaba batallas antes de nacer, una viuda que se fue a Europa con su amado esposo, y un almuerzo íntimo de Bolívar y Sucre en Bogotá, mientras uno de ellos se encontraba en Caracas y el otro en Quito. Sin embargo, no estoy muy seguro de que deba agradecer estas dos ayudas finales, pues me parece que semejantes disparates habrían puesto unas gotas de humor involuntario —y tal vez deseable— en el horror de este libro.

G.G.M.

Ciudad de México, enero de 1989

Sucinta cronología de Simón Bolívar

(Elaborada por Vinicio Romero Martínez)

1783 24 de julio: nacimiento de Simón Bolívar.

1786 19 de enero: muerte de Juan Vicente Bolívar, padre de Simón.

1792 6 de julio: muerte de doña María de la Concepción Palacios y Blanco, madre de Bolívar.

1795 23 de julio: Bolívar abandona la casa de su tío. Se inicia un largo juicio, y es trasladado a casa de su maestro Simón Rodríguez. En octubre regresa a casa de su tío Carlos.

1797 Conspiración de Gual y España en Venezuela. Bolívar ingresa a la milicia como cadete, en los Valles de Aragua.

1797-
1798 Andrés Bello le da lecciones de gramática y geografía. También por esta época estudia física y matemáticas, en su propia casa, en la academia que estableció el padre Francisco de Andújar.

1799 19 de enero: viaja a España, haciendo escalas en México y Cuba. En Veracruz escribe su primera carta.

1799-
1800 En Madrid entra en contacto con el sabio Marqués de Ustáriz, su verdadero forjador intelectual.

1801 Entre marzo y diciembre estudia francés en Bilbao.

1802 12 de febrero: en Amiens (Francia) admira a Napoleón Bonaparte. Queda enamorado de París.

26 de mayo: se casa con María Teresa Rodríguez del Toro en Madrid, España.

12 de julio: llega a Venezuela con su esposa. Se dedica a atender sus haciendas.

1803   22 de enero: María Teresa muere en Caracas.

23 de octubre: nuevamente en España.

1804   2 de diciembre: asiste en París a la coronación de Napoleón.

1805   15 de agosto: juramento en el Monte Sacro, Roma, Italia.

27 de diciembre: se inicia en la masonería del rito escocés, en París. En enero de 1806 asciende al grado de maestro.

1807   1 de enero, desembarca en Charleston (EUA). Recorre varias ciudades de este país, y en junio regresa a Caracas.

1810   18 de abril: confinado en su hacienda de Aragua; por esta razón no participa en los acontecimientos del 19 de abril, día inicial de la revolución venezolana.

9 de junio: parte en misión diplomática para Londres. Aquí conoce a Francisco de Miranda.

5 de diciembre: regresa de Londres. Cinco días más tarde, Miranda llega también a Caracas y se aloja en casa de Simón Bolívar.

1811   2 de marzo: se reúne el primer Congreso de Venezuela.

4 de julio: discurso de Bolívar en la Sociedad Patriótica.

5 de julio: declaración de la Independencia de Venezuela.

23 de julio: combate Bolívar bajo las órdenes de Miranda, en Valencia. Es su primera experiencia de guerra.

1812   26 de marzo: terremoto en Caracas.

6 de julio: se pierde en manos del coronel Simón Bolívar el castillo de Puerto Cabello, al consumarse una traición.

30 de julio: junto con otros oficiales apresa a Miranda para seguirle un juicio militar, creyéndolo traidor por haber firmado la capitulación. Manuel María Casas les quita al ilustre preso de las manos y lo entrega a los españoles.

1 de septiembre: llega a Curazao, en su primer exilio.

15 de diciembre: lanza en Nueva Granada el Manifiesto de Cartagena.

24 de diciembre: con la ocupación de Tenerife inicia Bolívar la campaña del río Magdalena, que barrerá de realistas toda la región.

1813   28 de febrero: combate de Cúcuta.

1 de marzo: ocupa San Antonio del Táchira.

12 de marzo: brigadier de Nueva Granada.

14 de mayo: en Cúcuta inicia la Campaña Admirable.

23 de mayo: aclamado como Libertador en Mérida.

15 de junio: En Trujillo, Proclama de Guerra a Muerte.

6 de agosto: entrada triunfal a Caracas. Fin de la Campaña Admirable.

14 de octubre: el Concejo de Caracas, en asamblea pública, aclama a Bolívar como capitán general y Libertador.

5 de diciembre: batalla de Araure.

1814   8 de febrero: ordena la ejecución de presos en La Guayra.

12 de febrero: batalla de La Victoria.

28 de febrero: batalla de San Mateo.

28 de mayo: primera batalla de Carabobo.

7 de julio: unos veinte mil caraqueños, con el Li-

bertador a la cabeza, emprenden la emigración a Oriente.

4 de septiembre: Ribas y Piar, que han proscrito a Bolívar y a Mariño, ordenan el arresto de éstos en Carúpano.

7 de septiembre: Bolívar lanza su Manifiesto de Carúpano y, desconociendo la orden de arresto, se embarca al día siguiente con rumbo a Cartagena.

27 de noviembre: el gobierno de Nueva Granada lo asciende a general en jefe, con el encargo de reconquistar el estado de Cundinamarca. Emprende la campaña, hasta lograr la capitulación de Bogotá.

12 de diciembre: establece gobierno en Bogotá.

1815   10 de mayo: en su intento de liberar a Venezuela, entrando desde Cartagena, encuentra seria oposición de las autoridades de esta ciudad y decide embarcarse con destino a Jamaica, en un exilio voluntario.

6 de septiembre: publica la célebre Carta de Jamaica.

24 de diciembre: desembarca en Los Cayos, Haití, donde se encuentra con su amigo Luis Brión, marino curazoleño. En Haití se entrevista con el presidente Pétion, quien le brindará invalorable colaboración.

1816   31 de marzo: sale de Haití la llamada expedición de Los Cayos. Le acompaña Luis Brión.

2 de junio: en Carúpano decreta la libertad de esclavos.

1817   9 de febrero: Bolívar y Bermúdez se reconcilian y se abrazan en el puente sobre el río Neveri (Barcelona).

11 de abril: batalla de San Félix, librada por Piar. Se obtiene la liberación de Angostura, el dominio del río Orinoco y la estabilización definitiva de la República (III República).

8 de mayo: se reúne en Cariaco un congreso que ha-

bía sido convocado por el canónigo José Cortés Madariaga. Este congresillo de Cariaco terminó en fracaso, aunque dos de sus decretos continúan vigentes: las siete estrellas de la bandera nacional y el nombre de Estado Nueva Esparta para la isla de Margarita.

12 de mayo: asciende a Piar a general en jefe.

19 de junio: escribe a Piar en tono conciliatorio: «General, prefiero un combate con los españoles a estos disgustos entre los patriotas».

4 de julio: en la laguna de Casacoima, con el agua al cuello, escondido para escapar a una emboscada realista, se dio a elucubrar ante sus atónitos oficiales, prediciendo lo que haría desde la conquista de Angostura hasta la liberación del Perú.

16 de octubre: fusilamiento del General Piar, en Angostura.

El consejo de guerra estuvo presidido por Luis Brión.

1818 30 de enero: en el hato de Cañafístula, Apure, se entrevista por primera vez con Páez, caudillo de los Llanos.

12 de febrero: Bolívar derrota a Morillo en Calabozo.

27 de junio: funda en Angostura el correo del Orinoco.

1819 15 de febrero: instala el congreso de Angostura. Pronuncia el célebre discurso de ese nombre. Es elegido presidente de Venezuela. Enseguida emprende la campaña de liberación de la Nueva Granada.

7 de agosto: batalla de Boyacá.

17 de diciembre: Bolívar crea la república de Colombia, dividida en tres departamentos: Venezuela, Cundinamarca y Quito. El Congreso lo elige presidente de Colombia.

1820 11 de enero: está en San Juan de Payara, Apure.

5 de marzo: en Bogotá.

19 de abril: celebra en San Cristóbal los diez años del inicio de la revolución.

27 de noviembre: se entrevista con Pablo Morillo en Santa Ana, Trujillo. El día anterior ha ratificado el armisticio y el tratado de regularización de la guerra.

1821   5 de enero: está en Bogotá, planificando la campaña del Sur, que se la encomendará a Sucre.

14 de febrero: felicita a Rafael Urdaneta por haberse proclamado independiente Maracaibo, aunque manifiesta el temor de que España lo considere un acto de mala fe, en perjuicio del armisticio.

17 de abril: en una proclama anuncia la ruptura del armisticio y el comienzo de una "guerra santa": «Se luchará por desarmar al adversario, no por destruirlo».

28 de abril: se abren las hostilidades de nuevo.

27 de junio: Bolívar vence en Carabobo a La Torre. Aunque no fue la última batalla, en Carabobo aseguró la independencia de Venezuela.

1822   7 de abril: batalla de Bomboná.

24 de mayo: batalla de Pichincha.

16 de junio: conoce en Quito a Manuelita Sáenz, al hacer su entrada triunfal a la ciudad al lado de Sucre.

11 de julio: llega Bolívar a Guayaquil. Dos días más tarde lo declara incorporado a Colombia.

26/27 de julio: entrevista de Bolívar y San Martín en Guayaquil.

13 de octubre: escribe *Mi delirio sobre el Chimborazo*, en Loja, cerca de Cuenca, Ecuador.

1823   1 de marzo: Riva Agüero, presidente del Perú, pide al Libertador cuatro mil soldados y el auxilio de Colombia para lograr su independencia. El primer contingente de tres mil hombres lo envía Bolívar el

17 de marzo, y el 12 de abril otros tres mil.

14 de mayo: el Congreso del Perú publica un decreto mediante el cual llama al Libertador para que acabe con la guerra civil.

1 de septiembre: llega Bolívar a Lima, Perú. El Congreso lo autoriza para que someta a Riva Agüero, alzado a favor de los españoles.

1824   1 de enero: llega enfermo a Pativilca.

12 de enero: decreta pena capital contra los que roben del tesoro público desde diez pesos en adelante.

19 de enero: hermosa carta a su maestro Simón Rodríguez: «Usted formó mi corazón para la libertad, para la justicia, para lo grande, para lo hermoso».

10 de febrero: el Congreso del Perú lo nombra dictador, para que salve a la República en ruina.

6 de agosto: batalla de Junín.

5 de diciembre: Bolívar liberta a Lima.

7 de diciembre: convoca el Congreso de Panamá.

9 de diciembre: victoria de Sucre en Ayacucho. Queda libre toda la América española.

1825   Inglaterra reconoce la independencia de los nuevos estados de América.

12 de febrero: el Congreso del Perú, agradecido, decreta honores al Libertador: una medalla, una estatua ecuestre, un millón de pesos para él y otro millón para el ejército libertador. Bolívar rechazó el dinero que le ofreció el Congreso y aceptó el que le correspondía a sus soldados.

18 de febrero: el Congreso del Perú no le acepta la renuncia a la presidencia con poderes ilimitados.

6 de agosto: una asamblea reunida en Chuquisaca, Alto Perú, decide la creación de la república de Bolivia.

26 de octubre: Bolívar en el Cerro de Potosí.

25 de diciembre: decreta en Chuquisaca la siembra

de un millón de árboles, "donde haya más necesidad de ellos".

1826   25 de mayo: desde Lima le participa a Sucre que el Perú ha reconocido la república de Bolivia. Asimismo, le envía el proyecto de constitución boliviana.

22 de junio: se instala el Congreso de Panamá.

16 de diciembre: llega a Maracaibo desde donde ofrece a los venezolanos convocar la gran convención.

31 de diciembre: llega a Puerto Cabello en busca de Páez.

1827   1 de enero: decreta amnistía para responsables de la Cosiata. Ratifica a Páez en el cargo de jefe superior de Venezuela.

1 de enero: desde Puerto Cabello escribe a Páez: «Yo no puedo dividir la república; pero lo deseo para el bien de Venezuela y se hará en la asamblea general si Venezuela lo quiere».

4 de enero: en Naguanagua, cerca de Valencia, se encuentra con Páez y le ofrece su apoyo. Antes le había dicho que tenía «derecho para resistir a la injusticia con la justicia, y al abuso de la fuerza con la desobediencia» al Congreso de Bogotá. Esto molesta a Santander, quien alimenta su descontento con el Libertador.

12 de enero: llega con Páez a Caracas, en medio de los aplausos del pueblo.

5 de febrero: desde Caracas envía al Congreso de Bogotá una nueva renuncia a la presidencia, con una dramática exposición de motivos que le hace concluir: «Con tales sentimientos renuncio una, mil y millones de veces a la presidencia de la república...».

16 de marzo: rompe definitivamente con Santander: «No me escriba más, porque no quiero responderle ni darle el título de amigo».

6 de junio: el Congreso de Colombia rechaza la re-

nuncia de Bolívar y le exige vaya a Bogotá a juramentarse.

5 de julio: sale de Caracas para Bogotá. No volvería a visitar su ciudad natal.

10 de septiembre: llega a Bogotá y se juramenta como presidente de la república, enfrentando a una feroz oposición política.

11 de septiembre: carta a Tomás de Heres: «Ayer entré en esta capital y estoy ya en posesión de la presidencia. Esto era preciso: se evitan muchos males en cambio de infinitas dificultades».

1828   10 de abril: está en Bucaramanga mientras se celebra la Convención de Ocaña. En ésta se definen claramente los partidos bolivarista y santanderista. Bolívar protesta ante la Convención por las ''acciones de gracias dirigidas al general Padilla, por sus atentados cometidos en Cartagena''.

9 de junio: sale de Bucaramanga con la idea de llegar hasta Venezuela. Tenía la intención de residir en la quinta Anauco, del marqués del Toro.

11 de junio: se disuelve la Convención de Ocaña.

24 de junio: alterados los planes, regresa a Bogotá, donde es aclamado.

15 de julio: en proclama dada en Valencia, Páez llama a Bolívar «el genio singular del siglo XIX,... el que por dieciocho años ha pasado de sacrificio en sacrificio por vuestra felicidad, ha hecho el mayor que podía exigirse a su corazón: el mando supremo que mil veces ha resignado, pero que en el actual estado de la república es obligado a ejercer».

27 de agosto: decreto orgánico de la dictadura, impuesta con motivo de las rivalidades de la Convención de Ocaña. Bolívar elimina la vicepresidencia, con lo cual Santander queda fuera del gobierno. El Libertador le ofrece la embajada de Colombia en Es-

tados Unidos. Santander acepta, pero difiere el viaje por un tiempo. Es posible que la eliminación del cargo de Santander haya influido en el atentado contra Bolívar.

21 de septiembre: Páez reconoce a Bolívar como jefe supremo y jura ante el arzobispo Ramón Ignacio Méndez, ante una multitud congregada en la Plaza Mayor de Caracas: «...y prometo bajo juramento obedecer, guardar y ejecutar los decretos que expidiere como leyes de la república. El cielo, testigo de mi juramento, premiará la fidelidad con que cumpla mi promesa».

25 de septiembre: intentan asesinar a Bolívar en Bogotá. Lo salva Manuelita Sáenz. Santander entre los implicados. Urdaneta, juez de la causa, lo condena a muerte. Bolívar cambia la pena de muerte por la de destierro.

1829 1 de enero: está en Purificación. Su presencia en Ecuador es necesaria por los conflictos con el Perú, que ha ocupado militarmente Guayaquil.

21 de julio: Colombia recupera Guayaquil. El pueblo recibe al Libertador triunfalmente.

13 de septiembre: escribe a O'Leary: «Todos sabemos que la reunión de la Nueva Granada y Venezuela existe ligada únicamente por mi autoridad, la cual debe faltar ahora o luego, cuando quiera la Providencia o los hombres...».

13 de septiembre: carta de Páez: «He mandado publicar una circular convidando a todos los ciudadanos y corporaciones para que expresen formal y solemnemente sus opiniones. Ahora puede usted instar legalmente para que el público diga lo que quiera. Ha llegado el caso en que Venezuela se pronuncie sin atender a consideración ninguna más que al bien general. Si se adoptan medidas radicales para decir

284

lo que verdaderamente ustedes desean, las reformas serán perfectas y el espíritu público se cumplirá...»

20 de octubre: regresa a Quito.

29 de octubre: sale hacia Bogotá.

5 de diciembre: desde Popayán escribe a Juan José Flores: «Probablemente será el general Sucre mi sucesor, y también es probable que lo sostengamos entre todos; por mi parte ofrezco hacerlo con alma y corazón».

15 de diciembre: le manifiesta a Páez que no aceptará nuevamente la presidencia de la república, y que si el Congreso elige a Páez presidente de Colombia, le jura por su honor que servirá con el mayor gusto a sus órdenes.

18 de diciembre: desaprueba categóricamente el proyecto de monarquía para Colombia.

1830   15 de enero: está de nuevo en Bogotá.

20 de enero: se instala el Congreso de Colombia. Mensaje de Bolívar. Presenta su renuncia a la presidencia.

27 de enero: solicita permiso del Congreso para ir a Venezuela. El Congreso de Colombia le niega el permiso.

1 de marzo: entrega el poder a Domingo Caicedo, presidente del consejo de gobierno, y se retira a Fucha.

27 de abril: en mensaje al Congreso Admirable reitera su decisión de no continuar en la presidencia.

4 de mayo: Joaquín Mosquera es elegido presidente de Colombia.

8 de mayo: sale Bolívar de Bogotá a su destino final.

4 de junio: Sucre cae asesinado en Berruecos. Bolívar lo supo el 1 de julio al pie del Cerro de la Popa, y se conmovió profundamente.

5 de septiembre: Urdaneta se hace cargo del gobierno

de Colombia, ante la evidente falta de autoridad pública. En Bogotá, Cartagena y otras ciudades de Nueva Granada se hacen manifestaciones y pronunciamientos en favor del Libertador para que regrese al poder. Mientras tanto, Urdaneta le espera.

18 de septiembre: al conocer los sucesos que pusieron a Urdaneta al frente del gobierno, se ofrece como ciudadano y como soldado para defender la integridad de la república, y anuncia que marchará hasta Bogotá a la cabeza de dos mil hombres para sostener el gobierno existente; rechaza en parte la solicitud que le hacen de encargarse del poder, alegando que se le tomaría como un usurpador, pero deja abierta la posibilidad de que en próximas elecciones «...la legitimidad me cubrirá con su sombra o habrá un nuevo presidente...»; por último, pide a sus compatriotas reunirse en torno al gobierno de Urdaneta.

2 de octubre: está en Turbaco.

15 de octubre: en Soledad.

8 de noviembre: en Barranquilla.

1 de diciembre: llega en estado de postración a Santa Marta.

6 de diciembre: se dirige a la quinta de San Pedro Alejandrino, propiedad del español don Joaquín de Mier.

10 de diciembre: dicta el testamento y la última proclama. Ante la insistencia del médico para que se confiese y reciba los sacramentos, Bolívar dice: «¿Qué es esto?... ¿Estaré tan malo para que se me hable de testamento y de confesarme?... ¡Cómo saldré yo de este laberinto!»

17 de diciembre: muere en la quinta de San Pedro Alejandrino, rodeado de muy pocos amigos.

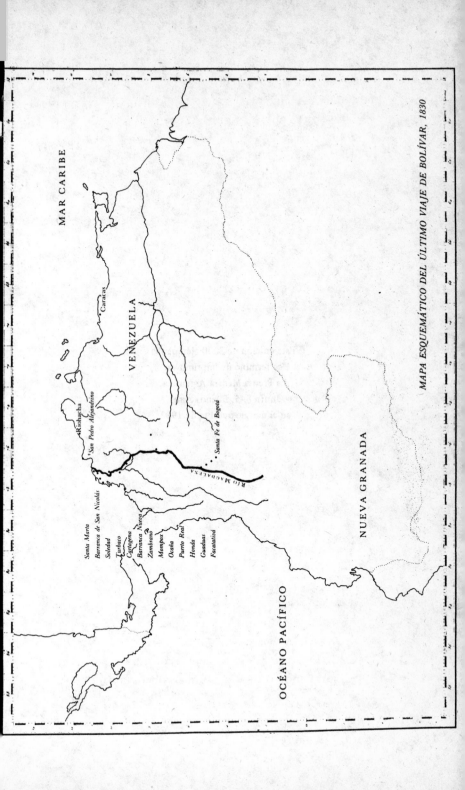

MAR CARIBE

VENEZUELA

Caracas

Riohacha
San Pedro Alejandrino

Santa Marta
Barranca de San Nicolás
Soledad
Turbaco
Cartagena
Barranca Nueva
Zambrano
Mompox
Ocaña
Puerto Real
Honda
Guaduas
Facatativá

RÍO MAGDALENA

Santa Fe de Bogotá

NUEVA GRANADA

OCÉANO PACÍFICO

MAPA ESQUEMÁTICO DEL ÚLTIMO VIAJE DE BOLÍVAR, 1830

Esta edición de 3000 ejemplares
se terminó de imprimir en
La Prensa Médica Argentina,
Junín 845, Buenos Aires,
en el mes de octubre de 1991.